KB090566

사회초년생이 꼭 알아야 할

글로벌 비즈니스 상식과 매너

최영민 · 김정하 · 서선 · 허지현 · 이수진 공저

백산출판사

머리말

전 세계는 이제 거대한 하나의 네트워크를 형성하고 있다. 이 밖에 자유주의적 사고의 확산, 자유경쟁을 추구하는 경제적 기조의 확대 등 오늘날 국제관계에 영향을 주는 여러 요소들이 복합적으로 작용해 '세계화'라는 거대한 흐름을 형성하고 있다.

이러한 21세기 국제화시대를 살아가는 젊은이들에게 있어 가장 기본적인 것은 자기 자신의 능력을 향상시키는 것과 더불어 세련된 매너를 익혀야 한다.

진심으로 맞이해주는 따뜻한 매너는 상대방에게 보다 큰 감동으로 남을 수 있고, 곧 자신의 좋은 이미지를 형성하면서 스스로에게 기쁨과 보람으로 남게 되는 것이다.

젊은 세대는 특별해야 한다. 많은 준비와 노력으로 더 많은 세상과 문화를 접하면서 꿈을 찾을 수 있기 때문이다. 젊은 세대의 꿈을 찾아가는 모습은 대한민국이 발전하고 있다는 것이다.

실패와 좌절도 있을 수 있다. 실패와 좌절이 있기 때문에 더 많이 배우고 더 많이 세상을 알아 갈 수 있다. 역경과 고뇌를 이겨내어 내 스스로 터득한 지혜는 세상을 살아가는 버팀목이 될 것이다.

우리 모든 젊은이가 자신에 대한 긍지를 든든하게 가지고, 스스로 '자신에게 부끄럽지 않은 긍지 높은 인격체'가 되기 위해서 심신을 닦아야 할 것이다. 여러분이 최고가 아니라 최선을 다했기 때문에 세계 어디를 가서도 당당하게 긍지를 가지고 자부심을 가질 충분한 이유가 여기에 있는 것이다.

본서는 젊은이들에게 세계에 대한 이해를 높이며, 첫 사회생활을 하는데 조금이라도 도움이 되었으면 하는 바람이다. 흔쾌히 출판을 허락해 주신 백산출판사 진육상 사장님과 직원 분들의 노고에 감사드린다.

저자일동 씀

차 례

PART 1
세계화 시대를 이해 하자

PART 2
첫 사회생활 자기관리하기

PART 3
직장생활 매너 익히기

PART 4
출장, 여행 매너

PART 5 식탁매너 익히기

PART 6
생활 속 매너 익히기

PART 7
글로벌 협상 스킬 익히기

부 록

표

그림

PART 1

세계화 시대를 이해 하자

1. 지금은 세계화 시대
2. 세계인이 되기 위해 필요한 자질
3. 이문화 커뮤니케이션
4. 세계의 문화권
5. 세계의 종교

PART 1

세계화 시대를 이해 하자

1. 지금은 세계화 시대

오늘날 교통과 통신의 발달은 국가 간 지리적 차이를 좁히고 있으며, 컴퓨터와 초고속 인터넷 망의 보급으로 전 세계는 이제 거대한 하나의 네트워크를 형성하고 있다. 이 밖에 자유주의적 사고의 확산, 자유경쟁을 추구하는 경제적 기조의 확대 등 오늘날 국제 관계에 영향을 주는 여러 요소들이 복합적으로 작용해 '세계화'라는 거대한 흐름을 형성하고 있다.

세계화는 정치 · 경제 · 문화 등 사회 전반에 걸친 변화이기 때문에 어떤 범주에서 논의하느냐에 따라 다양한 견해가 제시될 수 있다.

세계화 시대를 이해하기 위해서는 국제화라는 말을 먼저 이해해야 한다. 국제화(Internationalizaion)라는 말은 오래 전부터 사용되어 오던 말이고 지금도 우리 일상생활에서 사용하는 말이다. 즉 국가가 상호 호혜주의적 원칙에 따라 자원과 문화를 자유롭게 상호 교환하는 관계를 만들어 나간다는 의미다.

국가간 무역협정을 맺고 정해진 관세에 따라 제품이나 용역을 거래하고,

정치적으로도 국제 협약에 따라 상호 존중해 가며 정치적 교류를 하는 관계를 형성하며, 국가들은 서로 대등한 입장에서 자국의 이익을 위해 외교도 하고 무역거래도 하는 관계를 유지하는 것이다.

반면, 세계화(Globalization)개념은 "지구상의 인류는 한 가족"으로 국경과 이념과 인종을 초월하여 모든 인류가 한 가족처럼 사이좋게 지내자는 의미가 들어 있다. 국제화는 현실적인 국가 간 관계를 지향하는 것에 비해, 세계화는 이상적인 국가 간 관계를 지향하는 개념이라 할 수 있다.

즉, 세계화가 진정으로 구현된다면, 인종, 국경, 이념을 초월하고 경제적 이익 등을 초월하여 공동의 목적을 달성하여, 인류를 위해 발전하는 모습으로 성장해 나가는 것이다.

미국의 예를 들면, 경제적으로는 세계화 되었을지라도 정치적으로는 그렇지 못하다. 월남전이나 이라크 전을 보면 자국의 경제적 이익을 위해, 그리고 편향된 종교적 이념 하에 인류의 조화를 꾀하기보다는 파괴하는 지극히 세계화에 반하는 행동을 보여주고 있다. 또한, 제1 · 2차 세계대전을 일으킨 독일, 일본, 이탈리아 등 나치, 파시스트, 군국주의 국가들도 국제화에는 앞선 국가라는 평가를 받을지 몰라도 세계화에는 실패한 나라들이라 할 수 있다.

기업을 예를 든다면, 글로벌 기업은 이념이나 국경이나 문화를 따지지 않고 세계 여러 나라에 사무실, 공장, 판매망, 연구소를 가지고 있고 주식도 여러 나라 사람들이 공동 소유하고 있는 사실상 국적이 불분명한 기업의 형태로 발전하는 것이다.

현재의 대다수의 기업들은 국제화에는 성공했을지라도 진정한 세계화에 성공하지는 못하였다. 즉, 경제적 세계화는 성공했을지라도 정치적인 세계화는 이루지 못하고 있다.

세계화 시대에 우리가 세계화의 선두에 서려면 세계의 모든 문화가 상호 갈등 없이 공존하는 정신적 포용력을 발휘함으로써 '큰 마음'을 가져, 21세기에 세계화의 선두에 설 수 있도록 해야 할 것이다.

우리나라가 '마음 큰 나라'로서 세계화의 선두에 서려면 극복해야 할 것들이 아직도 많다.

세계화 시대에 우리가 가져야 할 자세는,

첫째, 인종차별주의가 없어져야 한다. 우리 교포들이 미국에서 일본에서 차별을 받고 있다고 하지만 우리나라처럼 인종차별이 강한 나라도 드물다. 최근 외국인 근로자에 대한 몰지각한 기업인들의 인권유린의 사례, 외국인 신부에 대한 편견과 학대 등은 없어져야 할 것이다.

둘째, 사대주의에서 벗어나야 한다. 잘사는 나라, 옛날에는 중국, 현대에는 미국이나 일본에 대한 열등감 또는 무조건 찬양주의 등은 일방적인 문화 종속으로 세계로 나아가는 데 커다란 걸림돌이다.

셋째, 우리 문화와 우리다운 것을 가꾸고 자긍심을 가지려는 태도를 가져야 한다. 다른 나라의 전통과 문화를 존중하려면 내 것에 대한 열등감이 없어야 한다. 이러한 열등감은 진정한 세계화에 걸림돌이 되는 것이다.

쉬어가는 페이지

피할수 없는 "문명의 충돌"

세계화의 이득이 국가, 종족, 지역, 부문간에 불평등하게 배분될 때 그 결과는 민주주의의 물질적 기초를 약화시킬 뿐만 아니라 민주주의의 문화적 기반을 약화시킬 것이라는 주장이 대두하고 있다. 세계화가 민주적인 지구촌 문화를 형성하기보다는 세계화의 대열에서 이탈한 자들이 인종, 종교, 언어에 기반한 특수문화를 번성시킬 것이라는 것이다. 실제로 구소련 지역의 변방, 발칸지역, 아프리카, 인도네시아에서는 종족, 인종, 종교적 차이로 인한 유혈 갈등이 벌어지고 있다.

헌팅턴은 새로운 종족, 지역, 종교적 분쟁을 '문명의 충돌'이라는 개념으로 설명하려고 하고 있지만, 이를 문화론적으로 설명하기에는 충분치 못하다. 종족, 지역, 종교적 갈등의 근저에는 세계화 대에 종족, 지역, 종교집단 간에 경제적 불평등이 증대하고 있다는 사실이 깔려 있다. 세계경제의 대열에서 이탈했을 때 사람들은 자신을 보호해 줄 피난처를 찾고자 한다. 그들은 종족, 고향, 카스트, 세대, 종교에의 향수를 못 버리고 그곳에서 자신들의 정체성을 확인하려 한다. 시장의 폭력에 대항하여 그들은 반 장주의적이고, 과거지향적, 그리고 지방적인데서 그들의 피난처를 발견하였다. 그러나 이러한 종교적 근본주의와 종족적 민족주의는 민주주의 발전을 저해할 것이다. 왜냐하면 민주주의란 기본적으로 다양한 대안의 표출과 조직이 관용될 뿐만 아니라 장려하는 정치문화의 토양 위에서 번성하나 종교적 근본주의와 종족적 민족주의는 바로 이러한 정치문화의 소생을 질식시킬 것이기 때문이다.

헌팅턴의 문명충돌론은 세계화로 인한 불평등이 초래할 수 있는 반민주적 사회의 출현에 대한 경고이다. 세계화로 인해 경제적 지위와 정치적 권력의 불평등이 심화되고 서구의 비서구에 대한 패권이 강화되면 비서구사회에서는 서구문화, 스타일, 습관에 저항하면서 비서구화를 주장하는 토착엘리트의 부활이 일어날 것이라는 것이다(Huntington, 1993). 그러나 '문명충돌'은 헌팅턴이 주장하는 것처럼 물질주의적이고 테크노크라틱한 서구문명과 토착문명 간의 충돌이 아니라, 오히려 토착문화집단 간의 피비린내 나는 갈등으로 나타나고 있다. 세계화의 혜택에서 배제된 지역과 집단의 지도자들은 본원적 정체성에 기초하여 집단적 유대를 형성하기 위해 타도해야 할 적을 만들고 대중을 동원한다. 본원적 정체성을 찾기 위한 운동은 기존에 형성되어 있는 국민국가를 해체시키고, 그 결과 국민국가에 기초한 민주주의가 위협받고 있다. 본원적 정체성에 기초한 분리운동은 강렬하다. 본원적 정체성을 다시 회복하고 유지하는 것을 자신의 총체적 생활영역을 수호하려는 운동으로 믿기 때문이다. 근대화 대에는 국가가 이러한 민주주의를 위협하는 분파적 행위를 통제할 수 있었다. 그러나 국가의 주권이 약화되면서 이러한 민주주의를 위협하는 분파적 행동을 규제할 수 있는 새로운 대체 주권이 형성되고 있지 않고 있다. 국민 국가적 규범이 보편성을 상실하고 있으나 새로운 보편적 규범은 태어나고 있지 않고 있는 것이다.

2. 세계인이 되기 위해 필요한 자질

우리는 세계를 무대로 활동할 수 있는 인재가 되어야 한다.

이상적으로 말한다면 인류 공영과 세계 평화를 위해 헌신적으로 활동하는 인물이라 할 수 있고, 현실적으로 말한다면 세계를 무대로 활동하여 자신의 역량을 발휘하여 자신과 국가의 성장과 발전을 도모하는 것이다.

세계인들과 함께 살아가는 방식에는 여러 수준이 있을 수 있다. 단순히 외국인들이 말하는 것을 알아듣고 이해하는 수준에서 반기문 유엔사무총장처럼 세계무대 한 가운데에서 세계를 이끌어가는 수준까지 다양하다.

글로벌 인재가 되고자 할 때 그 첫 관문인 영어에 너무 많은 시간과 돈을 투자하기 때문에 영어가 글로벌 교육의 가장 중요하고 큰 부분인 것처럼 착각할 수 있다. 세계인들과 의사소통할 수 있는 유창한 영어 능력, 많은 외국인들의 기분을 상하게 하지 않은 세련된 국제적 감각과 매너 등은 글로벌 인재의 중요한 조건들이다. 영어를 남보다 유창하게 구사할 줄 안다는 것으로 인재가 되었다고 생각해서는 안 된다는 것이다.

이제, 우리의 자아실현의 장이 한국이 아닌 세계로 넓어졌다. 우리는 세계를 호흡하는 세계 시민으로 자의든 타의든 외국간의 교류가 늘어났으며 우리나라에 있는 외국인도 상당히 늘어났다.

세계인이 되기 위해서는 3H를 갖추어야 한다.

첫째, 지적능력(Head)이다.

우리는 자신의 분야에 탁월한 전문성을 갖추어야 한다. 머리를 쓰는 지식을 항상 학습하고 발전시켜야 한다. 자신의 직무 뿐만 아니라 사회인으로서 갖추어야 할 교양도 갖추어야 한다.

지적능력이 영어능력은 아니다. 이제 영어란 영문학을 공부하고자 하는 사람 이외엔 세상과 소통하는 수단과 도구일 뿐이다.

이제 영어는 세계의 언어가 되었기 때문에, 자신의 영어 능력으로 세계인들에게 성숙한 자신의 이야기를 자연스럽게 구사하여 세계인들과 Network를 형성할 수 있어야 하고, 자신이 관심을 가지고 있는 한 분야의 특정 주제에 대하여 자신감을 갖고 세계인들에게 설명할 수 있어야 한다.

자랑할 만한 우리 문화 중 어떤 것에 대하여 외국인들이 흥미를 갖도록 재미있게 설명할 수 있어야 한다.

둘째, 친근감과 인간적인 매력(Heart)이다.

가슴에서 우러나오는 열정과 주인의식, 사회공헌의식을 갖추어야 한다.

세계의 대통령이라 할 수 있는 UN 사무총장이 되신 반기문 전 외교통상부 장관이 그 자리에 당선되었을 때 언론에서는 그 분이 그 자리에 오를 수 있었던 가장 중요한 그분의 장점에 대한 관심이 집중되었었다.

그 분의 가장 중요한 장점이 어학과 국제적 감각이었을까?

결국 언론에서는 그 분이 갖고 있는 가장 중요한 특징을 '적이 없는 사람'으로 표현했다. 친근감과 인간적인 매력으로 미국과 유럽, 아시아와 아프리카 등 세계 어떤 지역의 외교관과 정치인들에도 호감을 주었다는 것이다. 일에 대한 성실함, 모든 사람들에게 따뜻한 인간적인 배려를 하는 가장 근본적이고 보편적 가치에 충실하고자 했던 일관된 노력을 통해 세계 경영의 자리에 서게 된 것이다. 세계를 무대로 활동하는 바쁜 시간에도 외교부에서 일하고 있는 부하 직원들에게 일일이 친필로 편지를 쓰는 그런 따뜻한 인간미가 그분에게는 있었다는 것은 이미 잘 알려진 일화이다.

그 핵심에는 우리가 남을 배려하고 이해하는 인간적인 품성과 자질 함양이 자리해야 한다는 것을 절대 잊어서는 안 된다.

셋째, 국제적 감각, 국제 매너(Hand)이다.

영어는 우리나라 사람과의 의사소통이 아니라 외국인과의 의사소통을 위해서 배운다. 외국인에 대하여, 또는 외국 문화에 대해 기본적 이해와 존중하는 마음을 갖고 있지 못한다면 아무리 영어 구사 능력이 뛰어나다 하더라도 의사소통을 성공적으로 수행하기는 어렵다.

자신과 자기 나라가 존중받고 있다는 느낌을 갖게 해주는 것이 의사소통을 위해 더 소중한 것이다. 언어로서 영어가 유창하더라도 매너가 없고 타 문화에 대한 배려나 존중이 없다고 한다면 외국인들과의 좋은 관계 형성은 불가능한 일이 되고 말 것이다.

쉬어가는 페이지

직장인 65%, 글로벌 인재 되기 위해 노력 중

직장인 10명 중 7명은 글로벌 인재가 되기 위해 노력하는 것으로 조사되었다.

온라인 취업사이트 사람인(www.saramin.co.kr 대표 이정근)이 자사회원인 직장인 1,148명을 대상으로 "평소 글로벌 인재가 되기 위해 노력하고 있습니까?"라는 설문을 진행한 결과, 65.2%가 '노력한다'라고 응답했다.

근무하는 기업형태별로 살펴보면 '대기업'이 71.4%로 가장 높았고, '외국계기업'(70.4%), '공기업'(66.3%), '벤처기업'(65.8%), '중소기업'(60.1%)의 순이었다.

이들이 하는 노력은 '업무 전문성 강화'(61%, 복수응답)가 1위를 차지했다. 그 다음으로 '외국어 학원 수강'(38.2%), '독서'(36%), '외국방송 애청(CNN 등)'(31.1%), '봉사활동'(18.4%) 등이 뒤를 이었다.

글로벌 인재가 되기 위해 하루 평균 투자하는 시간은 42.9%가 '2시간'이라고 답했으며, '1시간 이하'(26.8%), '3시간'(12.7%), '4시간'(6.3%), '8시간 이상'(4.8%), '6시간'(3.5%) 등으로 나타났다.

지출하는 비용은 월 평균 '5~10만원 미만'(21.6%)이 가장 많았고, '10~15만원 미만'(20.2%), '5만원 미만'(17.8%), '15~20만원 미만'(14.4%), '20~25만원 미만'(6.5%), '25~30만원 미만'(6.4%) 등의 순이었다.

자신의 글로벌 역량 지수를 묻는 질문에는 '50점'(17.1%)이 가장 많았다. 뒤이어 '70점'(15.9%), '60점'(13.1%), '80점'(13%), '30점'(10.2%), '40점'(7.2%) 등의 순으로 평균 52점으로 집계되었다.

그렇다면 직장인들이 생각하는 글로벌 인재는 어떤 유형일까?

응답자의 20.9%는 '오픈 마인드를 가진 인재'를 첫 번째로 꼽았다. 이외에도 '유연한 사고를 가진 인재'(15.9%), '외국 문화와 사정을 잘 아는 인재'(14.2%), '창의적인 인재'(12.3%), '탁월한 업무능력을 가진 인재'(12.3%) 등을 선택했다.

한편, 최근 글로벌 인재를 채용하는 기업이 증가하는 것에 대해서는 83.5%가 '긍정적'이라고 답했으며, 그 이유로는 '기업의 경쟁력을 높일 수 있어서'가 40%로 가장 많았다. 그 밖에 '학벌 등이 아닌 실력위주 채용이라서'(16.4%), '개인도 경쟁력을 키울 수 있으므로'(14.8%), '자기계발에 자극이 되어서'(10.7%), '우수 인재를 확보 할 수 있어서'(8.3%) 등이 있었다.

기사제공 : 중앙일보 [2008-05-28]

3. 이문화 커뮤니케이션

커뮤니케이션은 언어와 비언어적 상징을 의도적 또는 의식적으로 사용하여 다른 사람들과 상호교류하며 사회생활을 영위해 가는 상호작용을 말한다. 사람들 간의 언어코드를 통한 상호작용은 언어적, 비언어적인 것으로 나눌 수 있으며, 동일한 언어권에서 언어적인 부분이 20%, 억양, 표정, 자세 등의 바디랭귀지 80%를 차지한다고 한다.

하지만, 우리가 이문화와의 커뮤니케이션을 할 때는 언어적인 부분이 차지하는 부분은 많이 줄어든다.

이문화와 커뮤니케이션을 하는데 있어서 우리는 첫째, 이문화에 대한 호기심, 둘째, 이문화에 대한 관심과 존중, 셋째, 용기, 넷째, 올바른 커뮤니케이션 능력, 마지막으로 현지의 핵심가치에 대한 이해가 필요하다.

특히, 이문화 커뮤니케이션은 언어적 · 문화적 차이 등으로 인해 쉽지 않은 일이다.

언어적 차이로 발생한 커뮤니케이션의 오류를 예로 들자면, 페더럴 익스프레스(Federal Express)는 국내진출 초기 '연방고속도로'로 번역됐으며, Nova가 스페인어로 'it doesn't go'라는 의미를 몰랐던 GM은 '쉐비 노바(Chevy Nova)'란 자동차 브랜드 네임으로, Flera가 스페인어로 'ugly old woman'라는 의미를 몰랐던 포드도 스페인 진출시 낭패를 보았다. 소니의 경우에는 디지털 카메라 저장방법을 매뉴얼에 잘못 번역했다가 고소를 당하기도 했다.

왼손은 화장실에서만 쓰는 문화를 지닌 중동인을 왼손으로 잡으면 기분 나빠하듯 문화적 차이로 생기는 커뮤니케이션의 오류도 다양하다. 이유식 회사인 거버 프로덕트(Gerber Products)의 심볼은 웃고 있는 예쁜 백인 아이의 얼굴이다. 아프리카인들의 문맹률이 높아 제품 패키지에 안에 들어있는 내용물을 그림으로 표현한다는 것을 알지 못했던 거버 프로덕트의 아프리카 진출은 실패로 끝나고 만다. 해외시장 진출시에는 그들의 문화를 알고 우리가 가진 제품과 서비스를 글로벌한 맥락에서 바르게 재해석해 적용하는 것이 중요하다.

또한 핵심가치의 우선순위가 자유 · 독립 · 자기의존 · 평등인 미국인과, 소유물 · 집단의 화합인 일본인, 가족의 안전 · 가족의 화합 · 가족주의인 아랍인과 일할 때에는 각각 그들의 핵심가치를 이해해야 한다는 것을 명심해야 한다.

이문화를 수용하는 자세, 외국에 가서 또는 외국인을 대할 때의 자세, 문화쇼크에 대처하는 자세를 익히는 것이 중요하다.

특히, 이문화의 이해를 높이는 것이 중요하다. 문화비교는 어떤 상반된 두 개념을 비교하여 기준으로 설정한 것에 비교하는 것이기 때문에 이문화에 대한 왜곡현상을 일으킬 수 있기 때문에 이문화 자체로 이해해야 한다.

문화충격(Culture shock)의 사전적 의미로는 "이질적인 문화나 새로운 생활양식을 접할 때 받는 충격"으로 문화적으로 익숙하고 친밀한 자신의 모국을 떠나 문화적 배경이 아주 다른 외국을 방문하거나 그곳에서 살게 되는 경우, 문화적 차이와 이질감 때문에 겪게 되는 심리적, 정신적 충격을 말한다. 세계화 시대에 우리는 크든 작든 간에 이문화를 접하게 되고 적지 않은 영향을 받고 있다.

미수다 - 문화충격
"한국 남성들도 앉아서 소변 봐야"

"미녀들의 수다"는 KBS 인기 있는 오락 프로그램으로 각국의 미녀들이 나와서 한국에 와서 겪은 일들을 주고 받으면서 서로의 문화를 이야기하여 서로의 문화에 대해 생각할 수 있는 재미있게 보았던 프로그램이다.

21일 방송된 KBS 2TV '미녀들의 수다' 73회에서는 '한국 남자와 결혼한다면 ○○○만은 꼭 각서로 받고 싶다'는 주제로 '결혼 전에 한국 남자들에게 바라는 점'에 관해 열띤 논쟁을 펼쳤다. 이날 방송에서 미르야는 "독일에서는 20~30대 남성들 80%가 앉아서 소변을 본다"며 한국 남성들도 고려해 볼 점이라고 당부해 눈길을 끌었다.

독일 출신의 미르야가 "한국 남성들도 앉아서 소변보는 배려심을 갖춰야 한다"고 주장해 문화적 충격을 받은 대부분의 남자 게스트들은 문화적 차이로 인한 당혹감을 감추지 못했다. 탤런트 이형철은 "앉아서 소변을 보면 내 몸에 튀지 않느냐"며 난감해했다. 이어 변기수는 "건강한 사람은 앉아서 일을 봐도 다 튄다"고 말해 폭소를 자아냈다. 가수 팀 역시 큰 일이 아닌 이상 어색하다며 쑥쓰러워했다.

반면 랩퍼 라이머는 '남성도 앉아서 소변보기'를 지지하고 나섰다. 3대 독자로 자란 그는 "여자들 위주의 집안에서 크다 보니 자연스레 따르게 됐다"고 경험함을 털어놓으며 "처음엔 힘들었지만 사랑하는 사람에 대한 예의며 배려라고 생각하니 추천하고 싶더라"고 말해 미수다 미녀들의 박수갈채를 받았다.

한편 이날 방송의 화두로 등장한 '남성 소변보기'에 대해서는 각국의 문화적 차이가 확연히 드러났다. 우즈베키스탄 출신의 구잘은 "무슬림 남자들은 종교적 율법으로 인해 무조건 앉아서 본다"고 깜짝 발언했다. 하지만 캐서린은 "아직 뉴질랜드에도 흔치 않아서 독일 방문시 놀랐다"고 밝혔다.

그 외에도 미녀들이 선정한 '한국의 경조사 이것이 놀랍다'는 1위 온 가족이 노래하고 춤춘다, 2위 고스톱 치며 밤새우는 장례식, 3위 태어나자마자 돌 잔치 백일 잔치 순으로 꼽혔다. 중국미녀 채리나가 장례식에서 나는 홍어냄새가 시신 냄새인 줄 알았다고 고백해 충격을 줬다.

출처 : 뉴스엔 http://www.newsen.com

" '미수다' 문화충격 "한국 남성들도 앉아서 소변봐야" 2008.4.22

4. 세계의 문화권

세계의 문화는 종교 · 인종 · 기후 · 자연 · 역사적 환경 및 생활양식 등에 의해 영향을 받아 왔으며, 이러한 요소들에 의해 구분될 수 있다. 문화의 공통적인 구성인자로서 터프스트라(V.Terpstra)는 교육 · 종교 · 가치관 · 기술 · 사회조직 및 정치적 환경이라고 규정하고 있다.

세계문화의 지역적인 구분은 대륙별 구분에 가깝게 형성되어 있으며, 지역을 중심으로 살펴보면, 아시아문화권, 오리엔트(중동)문화권, 유럽문화권, 아메리카문화권, 오세아니아 · 태평양문화권, 아프리카문화권으로 나눌 수 있다.

〈표 1-1〉 세계의 문화권

문화권	문화지역	주요국가	특징
아시아문화권	동북아시아문화권	한국, 일본, 중국	유교적 가치관과 불교, 한자
	인도문화권	인도, 스리랑카, 파키스탄 등	카스트제도, 힌두, 이슬람
	동남아시아문화권	인도차이나반도, 베트남 등	불교, 이슬람교, 외래문화영향
오리엔트문화권	중앙아시아문화권	외몽고, 터키 등	라마교, 이슬람교를 믿고, 관개농업와 유목
	아랍, 베르베르문화권	아라비아 반도, 북아프리카 지역, 이집트 등	오아시스를 통해 촌락을 형성
유럽문화권	북서유럽문화권	영국, 독일, 스위스 등	앵글로색슨족, 게르만족, 개신교
	남부유럽문화권	스페인, 이탈리아, 그리스 등	카톨릭, 라틴족
	동부유럽문화권	러시아, 체코, 불가리아 등	슬라브족, 그리스정교
아프리카문화권	사하라사막 이남의 아프리카와 흑인문화지역	전 아프리카지역	종족 · 언어 · 종교 다양
아메리카문화권	앵글로아메리카문화권	미국, 캐나다	북서유럽문화 영향
	라틴아메리카문화권	멕시코 등	남부유럽문화 영향
오세아니아문화권	오스트레일리아, 뉴질랜드문화권	오스트레일리아, 뉴질랜드	영국계와 원주민 구성, 기독교
	태평양제도문화권	폴리네시아, 미크로네사아, 멜라네시아지역	섬들로 구성
북극문화권	유라시아문화권	라프족, 사모예드족	
	아메리카, 그린란드 문화권	에스키모족	

1) 아시아문화권

아시아문화는 종교적으로 보면 불교와 유교가 중심이 되고 있다. 지역적으로 구분하면 한국 · 일본 · 중국이 속한 동북 아시아권, 인도를 중심으로 한 인도문화권, 동남아시아 국가들이 포함된 동남 아시아권으로 구분할 수 있다.

동북아시아권은 유교적 가치관과 불교 · 한자를 공통적으로 사용하고 있으며, 벼농사를 통해 쌀을 주식으로 하고 있다. 특히 남성중심사회라는 특징도 지니고 있다. 또한 유교의 영향으로 예의 · 범절을 지키는 사회문화를 갖고 있다.

인도문화권은 엄격한 계급제도인 카스트제도를 사회의 근간으로 하고 있으며, 힌두교를 국교로 하는 인도, 회교국인 파키스탄 · 방글라데시 · 불교국가 스리랑카 등의 국가가 속해 있다. 인도문화권은 인도의 경우 카스트제도의 영향과 정신세계, 즉 대세에 대한 비중과 추구경향이 강한 특성을 지니고 있다. 현실만족과 적극적인 환경개척 및 상황극복 의지의 부족으로 국가경제발전의 장애로 작용하게 되었다는 점도 지적되고 있다.

동남아시아권에 속한 나라는 태국 · 싱가포르 · 말레이지아 · 인도네시아 · 필리핀 · 베트남 · 캄보디아 · 라오스 · 미얀마 등이다.

종교적으로 보면 태국 · 미얀마 · 베트남 · 캄보디아 · 라오스는 불교국가이다. 인도네시아 · 말레이지아는 회교국가이며, 필리핀의 경우는 가톨릭을 믿고 있다. 동남아시아 국가들은 대부분 미국 · 영국 · 네델란드 · 프랑스 등의 식민 통치를 통해 외래문화 영향을 받았다는 점이 거의 공통적이다.

2) 오리엔트문화권

오리엔트문화권은 인류가 지구상에서 가장 먼저 원시생활을 벗어나 문명의 단계로 들어선 지역으로 오늘날 중동지방을 중심으로 한 메소포타미아의 티그리스 · 유프라테스 강 유역과 이집트의 나일 강 유역을 말한다. 이 문화권은 연간 강수량이 500mm 이하의 초원이나 사막지대를 말한다. 그대서 농업중심사회였던 이 지역에서는 관계치수를 좌우하던 국왕의 권력이 절대시 될 수밖에 없었다. 전제정치의 여건을 마련해 주게 된 것이다.

외몽고 · 터키 · 티벳이 속한 중앙아시아문화권은 서남아시아 · 아라비아 반도 · 아프리카 북부지역이 포함된 아랍 · 베르베르문화권으로 구분된다. 중앙아시아문화권의 특징은 라마교 · 이슬람교를 믿고, 관개농업와 유목이 발전되었다는 점이다. 몽고와 티베트는 라마교, 터키는 이슬람교를 믿고 있다.

아랍 · 베르베르문화권의 특징은 이슬람교를 믿으며, 아랍어를 사용하고, 오아시스를 통한 농업을 하며, 낙타를 사막지역에서 가장 유용한 교통수단 및 재산으로 취급하고 있다는 점이다. 오아시스를 통해 촌락을 형성하고 대추야자를 주작물로 재배하고 있다. 이집트와 바빌로니아지역, 아프카니스탄 등 서남아시아지역, 사우디아라비아, 알제리 등의 국가들이 속한다.

3) 유럽문화권

유럽의 거의 모든 국가가 포함된다. 중 · 서부유럽, 북부유럽. 동부유럽, 러시아 등이 속한다. 이 문화권은 카톨릭 · 개신교 · 그리스정교를 믿고 있으며, 백인종으로 구성되어 있다. 그리스의 도시국가(police)를 기반으로 발전한 민주정치와 자유로운 시민문화는 동방에 전파되어 헬레니즘문화를 탄생시키게 된다. 여기에 고대문명과 결합하여 지중해문명을 형성하게 된다.

또한 로마제국은 세계로의 팽창을 통해 그리스도교를 서방에 전파하는 역할을 담당하게 된다. 이후에 특히 서양은 14세기 말~16세기 초에 일어난 문예부흥인 르네상스를 통해 비약적인 발전을 이루게 되며, 세계로의 진출을 통해 아메리카 · 호주 · 아프리카 등에 문화적인 영향을 미치게 된다.

주로 신교인 개신교를 믿고 있는 서양문화권은 영국 · 독일 · 프랑스 · 스위스 · 네덜랄드 · 덴마크 · 노르웨이 · 스웨덴 · 핀란드 등이 포함된 북서유립권, 주로 구교인 가톨릭를 믿고 있고 식민지배를 통해 남미에 큰 영향을 미친 국가들이 포함된 지중해 연안 국가들인 이탈리아 · 그리스 · 포르투갈 · 스페인 등이 속한 지중해권, 주요 종교로 그리스정교를 믿고 있는 러시아 · 체코

· 폴란드 · 헝가리 · 루마니아 · 불가리아 등의 국가들이 포함된 동부유럽권으로 구분할 수 있다.

4) 아프리카문화권

유럽의 영향을 받은 남아프리카지역과 아랍 · 베르베르문화지역에 속하는 북부 아프리카지역을 제외한 전아프리카지역이 아프리카문화권이다. 아프리카는 아랍어를 사용하는 지역에서는 거의 이슬람교를 믿고 있다. 약 1,000개 이상의 부족이 800여종의 언어를 구사하고 있고, 종족과 문화가 각양각색이다. 지역적인 특징을 살펴보면 사하라사막 북부지역은 유럽인종 · 아랍인 · 이디오피아인 중심으로 거주하고 있으며, 중부지역 이남은 니그로족, 열대산림지역인 콩고분지는 피그미족 중심으로 거주하고 있다. 그리고 동부지역은 목축이나 유목생활을 중심으로 하고 있다. 아프리카대륙은 큰 산이나 골짜기가 별로 없는 600m~700m 정도의 고원과 대지로 이루어져 있다는 것이 특징이다.

5) 아메리카문화권

아메리카는 북아메리카와 남아메리카로 구분되며, 15세기 이후 유럽으로부터 이주하여 정착하기 전까지는 10만년 전부터 아시아로부터 이주하여 정착생활을 시작한 인디언들의 터전이었다.

고원문명으로 유명한 이곳은 멕시코고원의 게오티차간, 아스덱문명, 유카탄반도의 마야문멍을 거쳐, 14세기 멕시코 고원에 이스텍제국을, 남미의 안데스산지에 잉카제국을 건설하였다(시내양, BOO2: 194). 북아메리카는 15세기 이후 주로 영국 · 프랑스 등의 북유럽의 이민자가 대다수로 앵글로 아메리카라고도 명명된다.

현재의 미국과 캐나다 지역을 지칭한다. 남아메리카는 주로 스페인 · 포르투갈 등의 식민지개척을 위한 진출로 이민자가 유입되었다 그래서 라틴문화의 영향을 받았으며, 라틴아메리카라고도 불린다. 16세기 이후 본격적인 개척이 시작되었다. 남아메리카는 멕시코 중앙아메리카 · 카리브해 · 남아메리카대륙을 포함하고 있다. 특히 식민지개척을 위한 흑인의 유입으로 기존의 거주민인 인디오와 라틴계 인종과 함께 인종적인 혼혈이 이루어져 혼합된 문화를 보이고 있다.

6) 오세아니아 · 태평양문화권

세계 최초의 대륙인 오세아니아 대륙은 17세기 초 이후 유럽, 특히 영국에서 이민온 사람들에 의해 정착되기 시작되었다. 오세아니아는 호주와 뉴질랜드가 대표적인 국가이다. 오세아니아주는 4개 영역으로 나눌 수 있는데, 오스트레일리아와 뉴질랜드의 오스트라시아(Austrasia)지역, 뉴기니아 · 비스마르크제도 솔로몬제도 · 뉴칼레도니아심 · 피지제도 등의 멜라네시아(Melanesia)지역, 카라비시 괌 · 사이판 · 캐롤라인제도 · 마샬제도 등의 미크로네시아(Micronesia)지역, 하와이제도, 통가 · 타피티 서사모아 투발루 · 이스터 피닉스제도 등 남북회귀선 사이에 산재하고 있는 폴리네시아(Polynesia)지역 등으로 구분된다. 사실상 호주는 처음 영국에서 유형수를 수용하기 위한 유형식민지로 개척되었다. 뉴질랜드는 현재 대다수 국민이 영국계이지만, 초기 원주민들은 마오리족이 거주하고 있었다. 섬 자체가 고지대로 만년설과 빙하를 가진 높은 산으로 구성된 산악국으로 웅장한 산과 빙하와 피요르드가 발달하였다. 태평양의 섬은 멜라네시아 · 미크로네시아 · 폴리네시아로 구성되어 있다. 멜라네시아는 검은 섬들이라는 뜻을 지니고 있다. 미크로네시아는 작은 섬들이란 의미를 갖고 있고, 이 섬들의 주변 바다는 아주 깊고 아름다운 비취색을 내고 있다. 폴리네시아는 많은 섬들이란 뜻으로 태평양에 아주 넓게 분포하고 있고, 대부분 섬이 산호초와 현무암지대로 이루어져 있다.

동아시아문화권의 기본 요소

동아시아 문화는 중국 문명의 발생과 전개를 기본 축으로 하면서 형성 발전되어 왔다. 이러한 동아시아문화권의 기본 요소는 한자문화, 유교주의 문화, 율령 국가 체제와 불교문화라고 할 수 있다. 이들 문화 요소는 대체로 한 나라의 통치 과정에서 정비되어 우리나라, 몽골, 일본 베트남 등 주변국가로 전파되기 시작하였다.

–'동양사 개론', 신채식 –

이슬람 문화의 특징

이슬람 문화는 몇 가지 특징을 가지고 있다. 첫 번째 특징은, 이슬람 문화는 무엇보다 이슬람교 신자들의 신앙과 행동 방식, 그리고 관습에 근거를 두고 있다는 것이다. 두 번째 특징은 이슬람교 신자들 중에는 아랍어를 쓰는 사람이 많다는 점이다. 세 번째 특징으로는 이슬람교 의식, 특히 하루에 다섯 번씩 메카를 향해 드리는 기도와 성지 순례에 관한 의식들이 이슬람교 신자들을 하나로 묶어준다는 사실이다.

– '이슬람교 입문', 하에리 –

크리스트 교 문화권의 다양성

크리스트 교 문화권은 지역과 나라에 따라 다양한 종파로 나뉘어 있다. 예를 들어, 이탈리아는 국민의 90% 이상이 가톨릭교 신자인 반면에, 스웨덴은 인구의 90% 이상이 신교인 루터파 신자로 되어 있다. 또 그리스는 옛날 비잔틴 제국에서 발달하였던 크리스트 교의 일파인 그리스 정교를 믿고 있다. 그러나 이들 모두는 자신들의 문화권을 이슬람 문화권과는 완전히 다른 것으로 인식하고 있다.

힌두교도의 임무

'힌두교' 라는 말은 단순한 사상이나 종교가 아니라 인도인의 사회적, 개인적인 관습과 생활을 모두 포함하는 종합적인 용어라고 할 수 있다. 힌두교도들은 태어나면서부터 힌두교도로서 정해진 규정에 바탕을 두고 결혼해서 자식을 낳고, 전통적인 제례 의식에 따라 죽은 조상을 모시며, 성스러운 강에서 목욕을 하고, 사원을 순례한다. 이것은 힌두교도 한사람 한 사람의 의지에 따른 것이 아니라 사회적인 관습에 의한 것이며, 거의 강제력을 가진 규정이다.

– '힌두교 입문', 아키라 –

5. 세계의 종교

종교(宗敎, religion)의 사전적 정의는 무한(無限) · 절대(絕對)의 초인간적인 신을 숭배하고 신앙하여 선악을 권계하고 행복을 얻고자 하는 일이다.

종교는 초경험적 · 초자연적이면서 의지를 가진 존재로 믿어지는 것이 신이나 영혼이며, 원리로 인정되는 것이 법 · 도덕이다. 이것들은 단순한 사상이나 이론이 아니라 종교적 상징으로 만자(卍字)나 십자가(十字架)는 물론, 신상(神像)과 같은 구체적인 형태로 표현되는 경우가 많다. 또 신의 초인간적 행동이 신화로서 전해지고 숭배의 일정한 형식인 의례(儀禮)가 행해지는데,

이러한 종교의 특징이 고대로부터 철학자 · 지식인들 사이에 종교에 대한 경멸심을 일으키게 하고, 과학의 인식과 모순된다고 지적받고 있다. 그러나 한편으로는 일상의 경험으로는 도저히 체험할 수 없는 구체성 · 실재감(實在感)이 사람들의 종교를 지탱해 가는 매력이다.

세계적인 여러 사상이 나타난 시기에 발전한 종교사상 중에서 후세에 가장 크게 영향을 끼친 것은 현세부정의 사상이다. 미개 · 고대의 시대에는 타계(他界)관념은 있었어도 현세의 가치는 부정되지 않았는데, 이 시기의 종교는, 인간은 영원히 이 세상에 전생(轉生)하며 고통을 경험하여야만 된다든지, 타고난 죄(원죄)의 관념 등을 가르쳤다. 이와 같은 문제의 해결에는 이미 현세의 인간관계에 의지할 수 없기 때문에 그 구제는 초자연적인 힘에 의하여 내세에서 달성된다고 생각하게 되었다. 이리하여 민족 특유의 종교로부터 세계적 · 보편적인 종교가 출현하였다.

그 중에서도 BC 5세기에 힌두교에서 나온 불교, 1세기에 유대교에서 출발한 그리스도교, 7세기에 아라비아의 민족종교에서 발생한 이슬람교가 가장 세력을 떨쳤다. 이 종류의 종교는 석가, 예수그리스도, 마호메트와 같은 교조가 있어서 각기 교단을 형성하고 민족의 테두리를 넘어서 전도(포교)활동을 활발히 하였다. 그 내부에서는 여러 가지 변천이 있었으나 현재에 이르기까지 그 조직은 존속되어 정치적 집단에 비해 훨씬 오랜 연속성을 지니고 있다.

이렇듯 종교는 인간의 가치관과 관습을 형성하는 중요한 문화요소로 사회유지와 통합, 문화권 형성의 중요한 기반이 되는 것이다. 7대 종파로 분류하면 유교 · 도교 · 불교 · 크리스트 교 · 이슬람교 · 힌두교 · 유대교로 나눌 수 있다.

〈표 1-2〉 세계의 종교

종교	형성	경전	분포지역	특징
크리스트 교	팔레스타인 예수	성경 (구약 · 신약)	전세계	유대 교를 모체로 발달, 사람의 종교, 삼위 일체설, 유럽 문화의 바탕 형성, 유럽의 팽창과 함께 전세계로 전파, 가톨릭, 그리스 정교, 신교 등 다양한 종파로 구성
이슬람교	서남아시아, 메카 마호메트	코란	아리비아, 아시아, 아프리카	철저한 일신교 신앙, 신자들의 5대 의무, 강력한 종교적 공동체 형성, 이슬람 제국을 통하여 동서 문화 종합, 자연 과학의 발달
힌두교	인도의 브리만교를 모체로 형성	베다, 브라마나, 우파니샤드 등	인도	브라만 교에 바탕, 다신교, 인도의 전통적인 사상인 업(業)과 윤회 사상을 신봉, 인도인의 관습과 생활 방식을 지배하면서도 인도 문화 발전에 절대적 영향력 행사
불교	인도 북부 석가	팔만대장경	아시아	불교는 호국 불교 및 민중 종교로 발달, 거대한 사원 건축이 발달
유교	중국 북부 공자	사서오경	중국, 한국, 아시아	유교는 정치 이념인 동시에 학문과 교육의 기본 바탕
유대교	이스라엘 모세	구약, 탈무드	이스라엘, 북아메리카, 유럽, 러시아	선민사상을 강조
도교	중국북부 공자	사서오경	중국, 한국, 아시아	무위자연의 도덕성 강조

1) 종교의 기원설과 전개과정

종교가 언제, 어디서, 어떠한 이유로 발생하였는가에 대해서는 여러 가지 학설이 있다. 이미 원시시대, 수렵의 성공을 기원하는 벽화나 장법(葬法)에서도 영혼의 관념을 엿볼 수 있다. 그러나 종교기원설의 자료가 된 것은 지금도 원시적 생활을 계속하는 미개인의 종교였다.

신비한 힘을 가졌다고 믿어지는 주물(呪物)을 기원으로 보는 페티시즘설(說), 사자(死者)의 숭배를 최고(最古)로 보는 설, 꿈과 죽음의 경험에서 육체 이외에 영혼을 상상한 것이 기원이라고 보는 애니미즘설, 마나(에너지와 같은 힘에 대한 원시신앙)를 애니미즘 이전의 신앙형태로 보는 마나이즘(manaism)설, 동식물과 인간과의 밀접한 관계의 신념을 원초(原初)로 보는 토테미즘(totemism)설 등이 19세기 말 이래 잇달아 제창되었다.

또 물질문화가 빈약한 미개민족에게 인격을 가진 지상신(至上神)이 많다는 점에서 연유된 원시 지상신설도 있다. 그러나 이들의 대부분은 단순한 관념으로부터 복잡한 관념으로의 경과에서 파악되는 심리적 억측에 의거하고 있으므로 실증적인 근거는 희박하다.

미개종교에서는 각자가 당연한 습관으로서 전해진 것을 믿고 있으며, 개인적인 면보다 사회적인 면이 강해서 제사(祭祀) 등의 의례가 그 중심이 되었다. 다만 종교를 주재하는 신관(神官)의 계급이 생기고 국가형성의 진전과 더불어 각지의 신들이 통합되고, 신들의 친자관계와 그 역할 등이 체계화되었다. 이것이 전형적인 다신교(多神敎)의 시대이다. 고대사회에서는 정치와 종교가 밀접하게 결부되어 이집트 · 오리엔트제국(諸國) · 중국 · 페루에서와 같이 종교가 국가에 의하여 뒷받침되고, 국왕은 신 또는 신의 자손으로 여겨진 때도 있었다. 종교사상(宗敎史上) 최대의 질적 전개는 기원 전후 약 10세기 동안에 세계 각지에서 일어났다. 인도의 우파니샤드 철학의 전개(BC 8세기), 이스라엘 예언자의 활약(BC 8~BC 7세기), 중국의 공자를 비롯한 제가(諸家)의 활동(BC 6~BC 5세기), 그리스의 탈레스로부터 소크라테스, 플라톤에 이르는 철학의 발생과 전개(BC 6세기 이후) 등이 주요한 것들인데, 그 영향은 현재까지도 미치고 있다. 이들 사상가의 특징은 합리화라고는 하지만 신화나 주술(呪術)에서 분리하여 체계적인 사상을 부여함으로써 철학 · 윤리 등이 독립하고, 정치와 종교의 밀접한 관계도 이루어졌다.

2) 크리스트 교

크리스트 교는 [Christianity] 불교 · 이슬람교와 더불어 세계 3대 종교를 이룬다. 원어(原語)는 크리스티아노스(Christianos)라는 그리스어에서 유래하는데, 그 뜻은 '그리스도를 따르는 사람'이다. 그러므로 그 기점과 근거는 바로 예수 그리스도로서, 예수를 하느님의 아들이며 이 인류의 구원자로 믿는 것을 신앙의 근본교의로 삼는다.

로마 제국의 통치하에 시달리던 팔레스타인 지방에서 유대인인 예수 크리스트에 의해 시작되었다. 크리스트 교는 그 뿌리를 유대교에 두고 있기 때문에, 유대교의 경전인 구약 성서도 경전으로 삼고 있다. 신의 선택을 받은 유대인만이 구원을 받을 수 있다는 유대교와는 달리, 크리스트 교는 유대교의 선민주의에서 벗어나 신분과 민족을 초월한 사랑과 믿음을 주장하였다. 이러한 까닭에 크리스트 교는 국가와 민족을 초월하여 널리 전파되었다.

크리스트 교는 4세기경 로마의 국교가 되면서 지중해 지역에 널리 전파되었으나, 로마 제국이 분리된 뒤 동로마의 그리스 정교와 서로마의 가톨릭으로 나뉘었다. 이 후, 그리스 정교는 발칸 반도와 동부 유럽, 러시아 지역으로 확산되어, 이 지역에 지중해의 문화 전통을 전달하는 역할을 하였다. 가톨릭은 서남부 유럽으로 확산되었으며, 15세기 이후 에스파냐와 포르투갈의 해외 진출에 따라 라틴 아메리카, 아프리카, 필리핀 등지로 확산되었다. 종교개혁 이후, 가톨릭에서 분리된 신교는 서유럽 일대에 급속히 확산 되었으며, 유럽인의 해외 진출에 따라 앵글로 아메리카와 오스트레일리아 등지에 전파되었다.

중세 유럽의 문화는 크리스트 교 중심의 문화라고 할 정도로 크리스트 교는 유럽 문화 형성에 결정적인 영향을 주었다. 그리하여 중세의 학문은 교부철학이나 스콜라 철학 등 신학을 중심으로 발전하였다. 또, 크리스트 교는 영세, 혼인, 장례식과 같은 7성사 제도를 통하여 중세 유럽 사람들의 생활을 완전히 지배하였으며, 더 나아가 정치나 경제생활에도 결정적인 영향을 주었다.

콘스탄티노플을 수도로 동로마 제국(비잔틴 제국)에서 발달한 크리스트교의 일파로, 11세기경에 동서 교회가 분리되면서 로마 가톨릭과는 다른 독자적인 교리와 조직을 갖춘 교회가 되었다.

경전으로는 구약성경 39권과 신약성경 27권을 합쳐 사용하며, 천주교와 동방정교회에서는 '외경'을 추가하여 사용하고 있다.

칼뱅주의와 금욕적 직업 윤리

칼뱅은 예수에 의한 구제를 신의 부르심, 곧 소명이라 해석하고 이 부르심을 받느냐 받지 못하느냐는 신에 의해 예정되어 있다고 했다. "예정설"은 신의 의사의 절대성을 극도로 주장한 것으로 역사와 인간의 운명이 신에 의해 결정되어 있다고 확신했다. 칼뱅은 신의 의사는 절대적인 것이므로 자기가 구제 받을 사람으로 뽑혀 있는지 그 여부는 알 길이 없을 뿐더러 그것을 알려고 하는 것은 불손한 일에 속한다고 했다. 그러므로 인간들은 자기 확신을 가지고 노동과 절약에 전념하는 방법 밖에 없다고 주장했다.

이에 따라 칼뱅주의는 근면, 검소, 성실 등 '세속적 금욕주의'를 강조했고, 이윤을 저축하고 생산활동에 재투자하여 부를 축적함으로써 구원받을 수 있다는 확신은 더욱 굳어졌다. 이는 서구인의 직업 의식과 자본주의 정신을 합리화시키는 원인이 되었다.

3) 이슬람교

이슬람교는 7세기 아라비아 반도에서 마호메트에 의해 창시되었으며 서남아시아, 북부 아프리카, 인도네시아 등지에서 신봉되는 종교이다. 이슬람교 신도들은 하루에 다섯 번의 예배, 금식(라마단), 성지 순례, 가난한 사람들과의 나눔, 알라에게의 고백 등의 다섯 가지 행동(5행)을 생활 속에서 실천하고 있다.

크리스트 교 · 불교와 함께 세계 3대 종교의 하나이다. 전지전능(全知全能)한 알라의 가르침이 대천사(大天使) 가브리엘을 통하여 마호메트에게 계시되었으며, 유대교 · 크리스트 교 등 유대계의 여러 종교를 완성시킨 유일신 종교임을 자처한다.

유럽에서는 창시자의 이름을 따서 마호메트교라고 하며, 중국에서는 위구르족[回紇族]을 통하여 전래되었으므로 회회교(回回教) 또는 청진교(清眞教)라고 한다. 한국에서는 이슬람교 또는 회교(回教)로 불린다.

터키 이스탄불의 술탄 마호메트 모스크

이슬람 교도들은 페르시아 · 그리스 · 비잔틴 등 주변의 우수한 문화를 잘 흡수하여 이를 발전시키는 한편, 수학과 과학 분야에서 탁월한 창조력을 발휘하여 인류 역사에 크게 이바지하였다. 이슬람교도들에 있어 이슬람교는 실로 그들의 문화적 창조력과 지적 상상력의 원천이 되었던 것이다

– '서양사 산책', 진원숙 –

정교일치의 일신교로 알라의 계시를 모은 것을 『코란』이라고 하는데, 이것은 마호메트가 말한 내용으로서, 그가 죽은 뒤 신도들이 수집 · 정리한 것이다. 코란(Quran)은 암송 · 낭송이란 뜻으로 마호메트가 이십여 년 간 알라로부터 받은 계시를 기록한 것으로 마호메트가 죽은 후 완성되었다.

다섯가지 교리 [알라(신), 천사(가브리엘과 사탄), 경전(코란경), 예언자(마호메트), 부활과 심판(내세)]와 다섯 가지의 의무 [신앙고백(샤하다), 예배 · 기도(살라트), 구제 · 희사(자카드), 금식 · 단식(샤움), 순례(하주)]가 있다.

4) 힌두교

인도인의 고대 브라만교에서 시작된 종교인 힌두교는 민족 종교의 성격이 강하며, 카스트 제도와 밀접하게 연결되어 있다. 힌두교에서는 살아 있는 것에 대한 존경심과 살생 금지, 그리고 환생에 대한 강한 믿음을 가지고 있다.

힌두교는 창시자 없이 오랜 역사를 두고 생긴 인도의 고유종교로 여러 종교의 교리를 흡수하고 포용하여 성장한 것으로 자연숭배 · 물신숭배 · 정령숭배에서부터 다신교 · 일신교 · 철학사상에 이르기까지 다양한 신앙형태가 혼합된 종교이다.

고대 종족인 인더스 강 유역의 힌두족(인도 · 이란어 족인 아리안족)에 의해 발달되었고, 인도 카스트제도의 첫째 계급인 브라만 승려계급을 중심으로 발달했다고 해서 바라문교라고도 한다.

힌두교에는 수많은 신이 존재한다. 심지어 여러 가지 신을 동시에 숭배하는 종파도 있으며, 같은 종파 내에서도 각기 서로 다른 신을 믿는 경우도 있다. 힌두교에서는 하나의 신을 숭배하는 것이 반드시 다른 신을 부정하는 것을 의미 하지는 않는다. 그리하여 어디를 가나 갖가지 이름을 가진 크고 작은 신전이 있다. 힌두교는 일상생활에서 겪는 삶의 문제는 이러한 신들에게 공양을 바치고 기원함으로써 해결의 실마리를 찾을 수 있다고 믿고 있다. 그러나 인도인들은 다양한 신들의 배후에 유일 절대자 존재가 산정되어 있다고 믿는다. 즉, 여러 신은 최고신이 모습을 바꾸어 나타난 것이며, 우주 창조의 신 브하만, 우주 관리와 유지를 맡는 비슈누, 파괴를 맡는 시바가 바로 최고신이라는 것이다. 특히, 비슈누와 시바는 인격신으로, 인도인들은 이 신들을 인간의 행복과 불행을 좌우하는 신으로 숭배하고 있다.

힌두교는 8세기부터 시작된 이슬람교의 인도 침입으로 인해 오랫동안 침체 상태를 면하지 못하였다. 그러나 19세기 후반부터 반영 민족운동이 활발해지면서 힌두교가 인도인의 정신적 구심점 역할을 하게 되어 본격적인 부흥기를 맞게 되었다.

힌두교에서 파생된 종교로는 힌두교와 이슬람교를 단일화시키기 위해 고유의 경전을 가지고 있는 시크 교(Sikhism)가 있다.

힌두교의 경전은 시대마다 계속 생겨났으나 어느 뚜렷한 대표적인 경전은 없다. 모든 경전은 산스크리트어로 기록되어 있으며, 베다(Veda), 브라마나(Brahmana), 우파니샤드(Upanishad), 슈트라(Sutra), 바가바드 기타(Bhagavad Gita) 경전이 있다.

갠지스 강에서 목욕하는 힌두교도

힌두교도는 갠지스 강을 신들의 집합처라고 여기며, 인도의 모든 강 중에서 가장 신성한 강으로 생각한다. 그리고 이 강에서 목욕을 하면 모든 죄가 없어지고, 소원이 다 이루어진다고 생각한다. 말하자면, 갠지스 강은 인도인의 성지 그 자체라고 할 수 있다.

하지만, 인도인들은 여기서 가족의 시체를 띄워 보내기, 화장한 재 뿌리기, 빨래와 설거지, 쓰레기 처리까지 여기서 모두 한다. 한 쪽에서 화장한 재를 뿌리고, 다른 곳에서는 볼 일을 보고, 또 다른 곳에서는 그 물을 식수로 사용하고 있다.

5) 불교

불교는 석가모니(釋迦牟尼)를 교조로 삼고 그가 설(說)한 교법(敎法)을 종지(宗旨)로 하는 종교이다. 불교라는 말은 부처(석가모니)가 설한 교법이라는 뜻과(이런 의미에서 釋敎라고도 한다) 부처가 되기 위한 교법이라는 뜻이 포함된다. 불(佛:불타)이란 각성(覺性)한 사람, 즉 각자(覺者)라는 산스크리트

· 팔리어(語)의 보통명사로, 고대 인도에서 널리 쓰이던 말인데 뒤에는 특히 석가를 가리키는 말이 되었다.

불교는 석가 생전에 이미 교단(教團)이 조직되어 포교가 시작되었으나 이것이 발전하게 된 것은 그가 죽은 후이며, 기원 전후에 소승불교는 자기해탈과 금욕을 위주로 하여 인도 · 스리랑카 등지로 전파되었고, 다시 동남아시아로 전파되었다.

대승불교는 토착의 주술과 다른 종교의 사상을 어느 정도 포용하고 대중의 해탈을 목적으로 중국으로, 중국에서 한국으로 들어왔고, 한국에서 일본으로 교권(教圈)이 확대되어 세계적 종교로서 자리를 굳혔다.

그러나 14세기 이후로는 이슬람교에 밀려 점차 교권을 잠식당하고 오늘날에는 발상지인 인도에서는 세력이 약화되었으나, 아직 스리랑카 · 미얀마 · 타이 · 캄보디아, 티베트에서 몽골에 걸친 지역, 한국을 중심으로 한 동아시아 지역에 많은 신자가 있으며, 크리스트 교 · 이슬람교와 함께 세계 3대 종교의 하나이다.

한국에 불교가 전파된 것은 372년(고구려 소수림왕 2) 6월 진(秦)나라의 순도(順道)와 아도(阿道)가 불경과 불상을 가지고 들어와 초문사(肖門寺)·이불란사(伊弗蘭寺) 등을 창건하고 설법을 시작한 것이 그 시초이다.

불교는 한국역사에서 빼놓을 수 없는 자리를 차지하고 있다.

인도에서 불교가 쇠퇴한 이유

인도에서 불교가 쇠퇴한 원인으로는 다양한 해석이 존재한다. 첫째, 불교와 인도 전통 신앙 간의 괴리이다. 불교는 무신론적 교리를 가지고 있었고 평등 사상을 주장하였다. 반면에 인도인들은 다신교적 신앙을 가지고 있었고 전통적 신분 제도인 카스트 제도에 순응하며 살아가고 있었다. 이러한 차이로 인해 불교가 인도 사회에 뿌리를 내리는데는 한계가 있었다. 둘째, 굽타 왕조의 민족문화 부흥정책이다. 민족문화 부흥정책을 추진한 굽타 왕조는 왕권강화를 위해 브라만교를 받아들여 힌두교화하였고, 이 과정에서 불교는 쇠퇴하였다. 셋째, 불교계의 변화이다. 불교는 시간이 지나면서 지방어 대신 산스크리트 어를 사용하고 형이상학적 논의에 치중하였다. 이 때문에 불교는 점차 대중들에게 멀어지게 되었다. 1세기경에 등장한 대승 불교에서는 부처가 신으로 숭배되면서 힌두 교의 신들과 구별이 사라지게 되었다. 또한 불교는 인도의 전통적인 종교 관념인 업과 윤회사상을 받아들였다. 이로 인해 인도인들은 불교를 힌두교의 하나로 간주하였고, 불교는 점차 힌두교에 흡수되었다. 넷째, 이슬람 세력의 침입이다. 인도에 침입한 이슬람 세력은 불교 사원과 성지를 파괴하고 승려들을 학살하였다. 이에 대부분의 불교 승려들은 네팔과 티벳 지역 또는 남인도 지역으로 피난하였고, 이후 불교는 인도에서 그 세력을 잃어갔다.

생각해 봅시다!!!

사소한 행복의 순간들이 모여서...

가장 큰 행복은

해변가에서 안락의자에 누워 있을 때 느껴지는 것이 아니다.

삶의 최고의 순간은

수동적이거나 긴장을 푼 상태가 아니라

육체와 정신이 팽팽하게 긴장되어 있을 때 다가온다.

행복은 당신의 마음 속에 호기심의 불꽃이 타오르는 것을 느끼고

그 불꽃에서 열정이 불타오를 때 느껴진다.

진정한 행복은 오래 지속되는 것이 아니라

사소한 행복의 순간들이 모여서 만들어진다.

PART 2

첫 사회생활 자기관리하기

1. IQ: Image Quotient (이미지 지수) 올리기
2. EQ: Emotional Quotient (감성지수) 올리기
3. BQ: Brilliant Quotient (명석지수) 올리기
4. CQ: Communication Quotient (소통지수) 올리기
5. FQ: Financial Quotient (금융지수) 올리기

PART 2
첫 사회생활 자기관리하기

1. IQ: Image Quotient(이미지 지수) 올리기

1) 이미지 메이킹

대학을 나와도 대학생들은 취업하는 길이 막막하기만 하고, 직장인들조차 자신의 위치가 안정적이지 못하다는 것이 현실이다. 이와 함께 나타난 세간의 이목을 받고 있는 뜨거운 감자가 바로 “이미지 메이킹”이다. 사회인들 사이에서, 또한 면접을 준비하는 학생들에게서 이미지 메이킹은 성공적인 취업길을 여는 중요한 열쇠가 된 것이다.

사전적인 의미처럼 이미지 메이킹이란 ‘자신의 이미지를 상대방 또는 일반인에게 각인 시키는 일’을 일컫는다. 우리는 살면서 많은 사람들과 관계를 맺고 살아간다. 그것이 가정에서든, 학교에서든, 혹은 졸업 후에 갖게 될 직장에서든 우리는 원만한 인간관계를 맺고 싶어 한다.

실제로 한 통계에 의하면 직장생활에서 업무능력이 차지하는 부분은 15%, 대인관계가 85%를 차지한다. 나는 성공적인 인간관계의 중심에는 자신의 이미지를 긍정적이고, 밝은 이미지로 남기고 싶다는 생각은 모든 사람들의 바램일 것이다.

이러한 이미지 메이킹은 기업, 선거, 연예계 등 여러 분야에서 쓰이고 있으며, 이는 실제로 선거에서 승리할 수 있는 결정적 역할과 스타에게는 인기와 부를 가져다 주기도 한다.

어린왕자 책에서도 보면, 한 천문학자가 소행성을 발견했다고 발표를 했을 때 허름한 옷차림을 하고 발표를 했더니 사람들은 인정해 주지 않았지만, 다음에 정장에 말끔하게 차려입고 갔더니 참 훌륭한 과학자라고 사람들이 인정해 주었던 것처럼 나의 이미지를 만들어 가는 것은 중요하다.

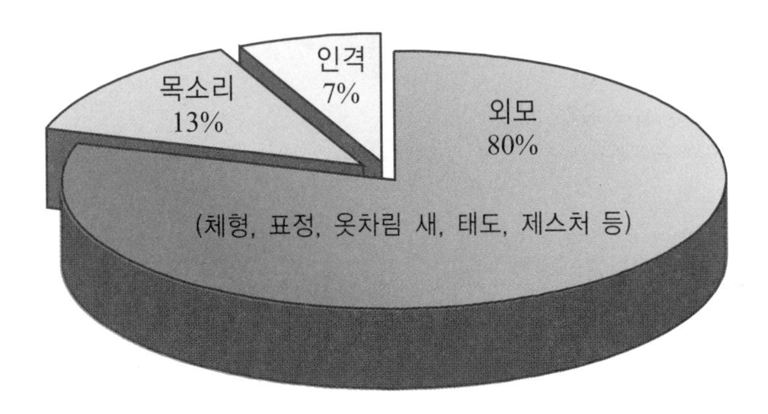

〈그림 2-1〉 왜 이미지 메이킹을 하는가?

현대인에게 있어서의 중요한 첫인상은 그 사람의 이미지에 의해 크게 좌우된다. 그러기 위해서는 긍정적인 첫인상을 위한 이미지 메이킹을 하여야 한다.

이미지 메이킹이란 얼굴의 표정, 생김새, 옷차림 등의 여러 요인들이 종합적으로 연결되어 어떤 하나의 형태를 만들어내는 것이다.

이미지 메이킹을 하기 전에 무엇보다 진정으로 내 모습에 자신을 가지고 변화하기를 원하는 마음가짐을 가져야 한다. 따라서 자신의 체형을 정확하게 파악하고 그에 어울리는 헤어스타일, 메이크업, 옷차림 그리고 액세서리에는 어떠한 것들이 있는지 꾸준히 살펴보아야 한다.

이미지 구성요소는 〈그림 2-2〉와 같다.

무엇보다도 자신에 대한 자신감을 갖아야 한다. 그리고 자신을 객관적인 시각으로 인정하고 자신의 장점을 최대한 노출하고 자신의 단점을 최소화할 수 있도록 시선을 분산시켜 꾸준히 일관된 이미지를 연출하는 것이다. 외모와 더불어 화술과 호감가는 표정을 만드는 것이 중요하다.

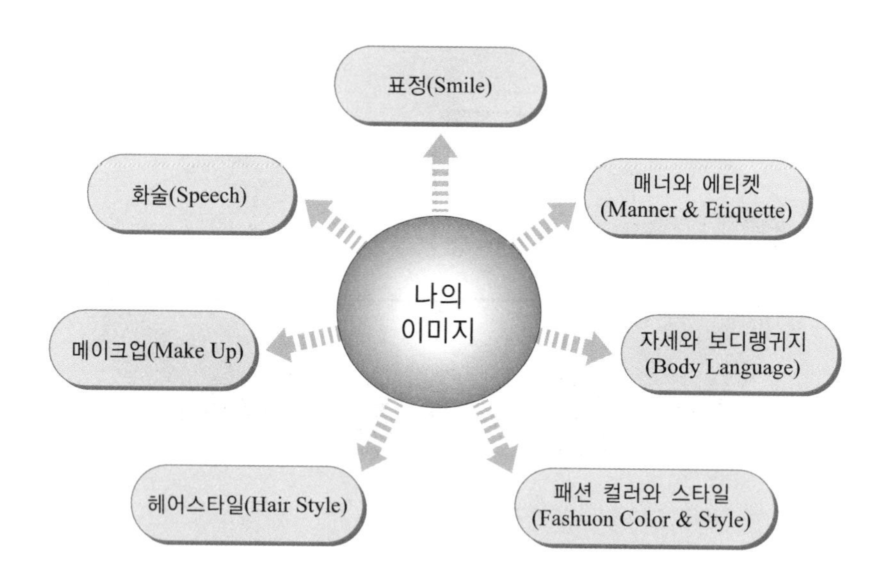

〈그림 2-2〉 이미지 구성요소

〈표 2-1〉 나의 이미지 체크 포인트

1. 좋아하는 색은?
a. 귀여워보이는 파스텔톤의 색
b. 회색계, 중간계 차분한 색
c. 모노톤, 감색, 땅색
d. 차가운 컬러, 에스닉조의 색
e. 비비드톤, 대조되는 색

2. 좋아하는 소재는?
a. 부드럽고 드레이프한 것(실크, 죠제트)
b. 가벼운 재질의 고급풍(실크, 울, 죠제트)
c. 자연적이고 전통적인 것(개버딘)
d. 간단하게 물세탁되는 것(진, 면, 저지)
e. 색다른 소재와 혼방한 것(가죽, 새틴)

3. 좋아하는 헤어스타일은?
a. 웨이브 있는 화려한 헤어스타일
b. 손질이 많이 가는 깔끔한 헤어스타일
c. 그다지 웨이브가 없는 오소독소한 헤어스타일
d. 캐주얼하고 손질이 그다지 가지 않는 헤어스타일
e. 샤프한 커트

4. 좋아하는 메이크업은?
a. 귀엽고 화려한 메이크업
b. 연하고 고상한 메이크업
c. 최소한의 메이크업
d. 그다지 색을 사용하지 않는 내추럴 메이크업
e. 강약이 확실한 메이크업

5. 좋아하는 패션은?
a. 여성적인 디자인
b. 소프트하고 쉬크한 디자인
c. 잘맞는 테일러드
d. (의복의)착용감이 좋은 약간 여유가 있고 어깨가 편안한 것
e. 샤프한 라인의 독특한 디자인

6. 최고의 당신다운 이미지는?
a. 화려하고 여성스러운 느낌
b. 조심스러우며 소극적인 부드러운 느낌
c. 오소독스하고 단정한 느낌
d. 격식있고 뽐내지 않는 느낌
e. 대담하고 눈에 띄는 느낌

7. 당신이 즐겨 입는 옷은?
a. 부드러운 블라우스+플레어 스커트
b. 샤넬 슈트 스타일
c. 자켓+스커트, 팬츠의 조합
d. 진에 티셔츠
e. 직선적인 라인, 비대칭 스타일

8. 성장할 때의 좋아하는 패션은?
a. 프릴이나 드레이프진 드레스
b. 실크의 드레스나 투피스
c. 테일러드 슈트
d. 면이나 니트의 상하
e. 기발한 조합

9. 좋아하는 액세서리는?
a. 귀엽고 조금 크면서 화려한 것
b. 진주 등의 작은 것
c. 오소독tm하고 그다지 크지 않는 심플한 것
d. 핸드 메이드 등 에스닉 조
e. 대담한 디자인으로 크면서 독특한 것

10. 좋아하는 디테일은?
a. 스모크, 플레어, 퍼프 슬리브
b. 부드러운 프릴, 보우, 부
c. 테일러드, 심플
d. 셔츠 칼라, 터들, 재킷
e. 대담하고 샤프한

11. 좋아하는 가방은?

a. 부드러운 피혁제품
b. 좀 작고 기품이 있는 것
c. 심플한 비즈니스 타입
d. 디자인보다는 많이 넣을 수 있는 것
e. 크면서 독특한 디자인

12. 친구에게 어떻게 평가되어지고 있는가?

a. 우아하고 매력적이다.
b. 차분하고 조용하다
c. 활동적, 현실파
d. 쉽게 친해지고 정력적이다.
e. 독립심이 강한 개성파

13. 자신을 어떤 타입이라 생각하는가?

a. 꿈꾸는 소녀 타입
b. 기품을 중요시하는 타입
c. 수완가 타입
d. 제멋대로 하는 자유의 타입
e. 눈에 띄는 타입

14. 어떨 때 기쁨을 느끼는가?

a. 친구와 재미있게 얘기할 때
b. 다른 사람의 말을 듣고 있을 때
c. 자신의 재능이나 실력이 확인될 때
d. 태양 아래서 스포츠를 할 때
e. 다른 사람들보다 눈에 띌 때

15. 장래의 희망은?

a. 사람끼리의 온화함을 중시하고 따뜻한 가정을 만드는 것(온건파)
b. 평온하고 착실한 인생(현실파)
c. 팀의 리더로 활약(실전파)
d. 자유로운 생활을 즐기기(엔조이파)
e. 스타성이 있는 존재(야심파)

16. 당신이 원하는 직업은?

a. 애기 옷 가게, 그림책방, 꽃집
b. 비서, 번역가
c. 교사, 팀리더
d. 매스커뮤니케이션 관계, 편집, 카피라이터
e. 어패럴 관계, 디자이너, 헤어디자이너, 스타일 리스트

	a	b	c	d	e
Q1					
Q2					
Q3					
Q4					
Q5					
Q6					
Q7					
Q8					
Q9					
Q10					
Q11					
Q12					
Q13					
Q14					
Q15					
Q16					
합계					

당신의 이미지 타입은?

a가 많으면 로맨틱
b가 많으면 엘레강스
c가 많으면 클래식
d가 많으면 내추럴
e가 많으면 드라마틱

2) 미소, 웃음

표정은 사람의 신체 중 가장 표현력이 강하며, 눈에 띄는 부분이며, 상대방이 나를 판단하는 요소가 된다. 좋은 인상을 주기 위해서는 좋은 인상이 필요하다.

우리가 말하는 좋은 인상은 웃을 때 입꼬리가 올라가는 듯한 미소를 말한다.

예쁜 미소는 하루 아침에 만들어지지 않는다. 많이 웃는 사람만이 예쁜 미소를 만들 수 있다. 화난 듯한 표정을 가진 친구는 오해를 사기도 한다. 이 사람이 나에게 불만이 있나? 내가 시킨 일이 싫어서 그런가? 건방진 신입사원이군, 고객을 무시 하는군 하고 나는 그렇지 않는데 하고 정신적 피해를 입기도 한다.

얼굴표정을 짓는 데는 60개의 근육이 필요하다. 웃을 때 필요한 근육 17개, 찡그릴 때 짓는 근육 43개, 우리는 가만히 있어도 무뚝뚝하고 무서운 표정이 되는 이유가 그 때문이다.

신입사원 채용에 있어서도 우리는 조각처럼 이쁘고 잘생긴 사람을 뽑지 않는다. 못생겨도 상대방에서 밝은 미소로 맞아 줄 수 있는 사람을 뽑는다.

적어도, 나의 마음은 그게 아닌데~ 난 그렇게 하지 않았는데~ 하고 땅을 치지 말고 내 자신의 미소가 어떤지 파악하고 좋은 미소를 가질 수 있도록 노력해야 한다.

웃으면 복이 온다는 옛말이 있다. 이는 과학적으로도 맞는 말이다. 웃으면 뇌하수체에서 엔돌핀이 다량으로 분비되면서 스트레스가 확 풀리게 됨으로써 자주 웃는 사람은 건강한 삶을 살 수 있기 때문이다. 실제로 장수하는 사람들을 보면 대부분 많이 웃으면서 삶을 즐겁게 살아온 사람들이다.

아무리 못생긴 사람이라도 웃을 때의 표정이 가장 아름답다.

생후 5개월된 유아가 엄마와 까꿍을 하면서 깔깔대며 웃는 것을 볼 수 있는데, 이때 엄마가 손수건으로 얼굴을 가리면 유아는 엄마 얼굴이 보이지 않음으로써 일시적으로 심리적 긴장감을 느낀다. 그런데 다음 순간 엄마가 얼굴에서 손수건을 떼면 다시 엄마 얼굴이 나타남으로써 순식간에 긴장이 풀리면서 유쾌한 웃음을 웃게 된다.

웃음은 분위기를 밝게 해주며, 한결 부드러운 사이가 된다. 마음의 여유를 가져다 준다.

웃음의 효과는 다음 열 가지로 요약할 수 있다.

① 마인드컨트롤 효과 의도적으로 웃는 얼굴을 하면 서서히 감정이 순화되고 기분이 좋아진다.

② 대화효과 : 웃는 얼굴은 그 자체가 훌륭한 대화의 기능을 발휘한다.

③ 전염효과 : 상대히는 모든 사람의 기분까지 좋게 한나.

④ 건강증진 효과 : 웃을 때 스트레스가 없어지고 몸에 좋은 호르몬이 나온다.

⑤ 신바람 효과 : 고달픈 상황에서도 활력을 불어 넣는다.

⑥ 호감 효과 : 인상을 좋게 해주어 호감과 친밀감을 느끼게 한다.

⑦ 실적향상 효과 : 하는 일이 술술 잘 풀리게 한다.

⑧ 이미지 메이킹 효과 : 트레이드 마크처럼 되어 좋은 이미지를 형성하게 한다.

⑨ 행동 컨트롤 효과 : 언행에도 영향을 미쳐 더욱 상냥하고 친절한 행동을 하게 한다.

⑩ 젊음 유지 효과 : 웃는 얼굴은 사람을 젊게 보이게 한다.

쉬어가는 페이지

웃음에 대한 명언

- 만일 그가 여전히 웃을 수 있다면 그 사람은 가난하지 않다. – 레이먼드 히치코크 –
- 인류에게 한가지 참으로 효과적인 무기가 있으니 그것은 웃음이다.
  – 마크 트웨인 –
- 일반적으로 어떤 사람의 자유는 그 웃음의 양에 따라 판단된다. – 작자 미상 –
- 인간은 울고 웃을 수 있는 유일한 동물이다. – 윌리엄 해즐릿 –
- 웃음은 어떤 언어로도 번역될 수 있다. –낙서–
- 웃음은 말 다음으로 사회를 유지하는 주요한 것이다. – 맥스 이스트먼 –
- 가장 가치없이 보낸 날은 웃지 않고 지낸 날이다. – 세바스티엥 로슈 니콜라스 –
- 아이의 웃음을 싫어하는 사람을 조심하라. – 요한 카스파 라바터 –
- 웃음은 두 사람 사이의 가장 가까운 거리이다. – 빅터 보르게 –
- 주름살은 단지 미소가 있던 곳의 이력서가 되어야 한다. – 마크 트웨인 –
- 웃음은 전염된다. 웃음은 감염된다. 이 둘은 당신의 건강에 좋다.
  – 윌리엄 프라이(스탠포드 의대 교수) –
- 울지않는 지혜, 웃지않는 철학, 아이들 앞에 머리를 숙이지 않는 위대함은 피하라.
  – 칼릴 지브란 –
- 당신이 웃고 있는한 위궤양은 악화되지 않는다. –패티우텐 –
- 우리는 행복하기 때문에 웃는 것이 아니고 웃기 때문에 행복하다.
  – 윌리엄 제임스 –
- 유머는 믿음의 서곡이고 웃음은 기도의 출발이다. – 라인홀드 니버 –
- 그대의 마음을 웃음과 기쁨으로 감싸라. 그러면 1천 해로움을 막아주고 생명을 연장시켜 줄 것이다. – 윌리엄 세익스피어 –
- 유머 그 자체의 은밀한 공급처는 기쁨이 아니라 슬픔이다. 그러므로 천국엔 웃음이 없다. – 마크 트웨인 –

- 만사가 형통할 때 웃는 것은 아주 쉽다. 그러나 그의 바지가 벗겨졌을 때 웃을 수 있는 사람은 대단한 사람이다. – 작자 미상 –
- 의약에는 별로 재미있는 것이 없지만 웃음에는 대단히 많은 의약이 있다. – 조쉬 빌링스 –
- 인생의 많은 고통을 평행시키기 위해 하늘이 두가지 것을 주었으니 희망과 잠이라고 볼테르가 말했다. 그는 웃음을 더 첨가해야 했었다. – 임마누엘 칸트 –
- 웃음은 마음의 치료제일 뿐만 아니라 몸의 미용제이다. 당신은 웃을 때 가장 아름답다. – 칼 조세프 쿠쉘 –
- 아무것도 두려워하지 않는 사람도 웃음은 무서워 한다. – 니콜라이 고골 –

3) 비즈니스맨의 외모

옷을 입는 이유는 부끄러운 부분을 가리고 외적인 아름다움을 드러내기 위해서 뿐만 아니라 내적인 모든 것을 바깥으로 내보이는 수단이 될 수도 있기 때문에 우리는 때와 장소에 맞추어 옷을 갖추어 입는다. 옷을 갖추어 입는다는 것은 단순히 옷만 잘 입는 것이 아니라 그에 맞는 단정한 헤어스타일, 신발, 구두 액세서리 등을 포함한 것이다.

특히 한국과 같이 우뇌 중심, 즉 커뮤니케이션의 유형으로 정황주의(High context: 사실이나 원칙보다는 감정이나 감성이 우선하는 경향이 지배적인 스타일)가 지배적인 사람들에게는 보이는 부분에 대한 평가가 그 사람의 인상을 좌우하는 중요 요소로 받아들여진다.

그중 특히 그 사람이 갖추어진 복장은 얼굴 표정만큼이나 그 사람을 평가하는 중요한 척도가 되곤 한다. 복장을 제대로 갖추지 못해 문전박대 당하거나 무시당하는 사례를 우리는 어렵지 않게 주변에서 찾아볼 수 있다.

예전에 독일교포 출신의 나이 지긋한 여교수가 평상복 차림으로 지방의 한 옷가게에 갔다가 무시당하자, 그 다음날 정장에 모자까지 쓰고 그 가게에 다시 갔다고 한다. 그랬더니 주인의 태도가 180도 돌변해 굽실거렸다는 웃을 수 없는 이야기를 직접 듣기도 했다.

그 외에도 비슷한 내용의 일화는 아주 많다.

비즈니스의 세계에서도 마찬가지이다.

우리가 일상 생활에서나 직장 생활에서 옷차림과 몸치장에 주의한다는 것은 단순히 멋을 부린다는 것이 아니라 품위를 갖춘다는 말이다. 직장인 가운데 지나치게 외모에 신경을 쓰지 않아, 수염도 더부룩하고 구두도 닦지 않고, 흰색 양말이 더러워 질 때까지 신고 다닌다면 아무리 업무능력에서 뛰어나더라도 그 능력을 인정받지 못한다. 또한, 지나치게 화려하고 사치스러운 옷차림과 몸치장을 하여 주위의 눈총을 받을 수 있다. 이러한 과시욕 내지 현시욕은 자신의 품격을 떨어뜨릴 뿐 아니라 회사의 이미지를 낮출 염려가 있기 때문이다. 멋을 잘 부리는 사람이란 무엇보다도 때와 장소에 따라 자기에게 어울리는 차림과 치장을 하는 사람이다.

출장시에도 업무의 연속이다. 해외 출장시 다소 불편해도 재킷을 걸치고 비즈니스맨으로서의 복장을 제대로 갖추면, 당장 공항 입 · 출국 심사과정에서부터 혜택을 받게 된다.

지금은 옷차림이나 복장 매너에 대한 인식이 많이 달라졌지만, 여전히 회사나 지하철 안에서는 꼴불견 차림을 한 사람들이 눈에 많이 띈다.

남성인 경우, 바지 뒷주머니에 낡은 긴 지갑을 넣고 다니거나 한번 입은 바지를 일주일 내내 바꿔 입지 않는 사람도 있다.

또한 여름 와이셔츠 속에 입은 줄무늬 내의가 바깥으로 비친다거나 구두 뒤축이 닳고닳아 티내고 다니는 절약형도 있다.

여성의 경우는 붙는 옷이 유행이라고 재킷 안에 스판 소재의 T를 입거나 튀는 옷에 브래지어 색깔을 드러내기도 하며, 무릎이 다 나올 정도로 짧은 치마를 입고 10m밖에서도 들을 수 있는 뒷굽 소리를 크게 내며 걷는 '나 홀로 패션'형의 직장 여성들이 적지 않다.

이처럼 복장에 대한 회사 규정의 부재 혹은 교육의 부재 속에서 제대로 갖추지 못한 복장으로 비즈니스의 현장에 나가 회사를 대표하며 활동한다면 회사에 누가 될 수 있다는 것을 명심해야 한다.

세련되고 매너를 갖춘 복장은 자신이 하는 일에 대한 자신감의 표현이다. 경제적인 면을 강조하면 할수록 더 초라해지는 것을 물론이고, 주변으로부터 낮게 평가된다는 사실을 잊어서는 안 될 것이다.

진정한 비즈니스맨에게 있어서 외모에 대한 투자는 비즈니스를 성사시키기 위한 밑거름이다.

(1) 남성의 외모

① 얼굴 : 매일 깨끗하게 면도한다. 지저분한 귀, 입냄새 등은 좋은 인상을 손상시키며, 머리카락이 이마, 귀, 와이셔츠 깃을 덮지 않도록 한다.

뒷머리는 와이셔츠 깃을 덮지 않도록 하고, 자주 빗질을 하여 단정한 모양을 유지한다.

또 코털이 자라나 밖으로 보이지 않도록 유의한다.

② 수트 : 아래위를 같은 소재로 지은 한 벌 옷, 비즈니스 사회의 '격식'을 대변하는 의상으로 서양에선 이미 200여 년 동안이나 활동하는 남성의 상징이 되어 왔으며, '슈트를 잘 입는 사람이 남자 세계를 지배한다'라는 말이 있을 정도로 사회생활에서 수트는 큰 역할을 한다. 지나치게 '튀는'색 보다는 기본 색상 몇 가지를 충실히 갖추어 놓는 것이 좋다. 슈트의 기본 색상은 청색, 회색, 밤색, 검정색 계열이다.

③ 바지 : 주름이 있는 것이 편하다. 젊은 사람들은 주름 없는 것을 선호하기도 한다. 바지를 입을 때는 멜빵과 허리띠를 동시에 사용하지 않는다. 밑단을 접은 바지는 구두 등을 살짝 덮는 정도가 좋고, 접지 않은 바지는 뒷부분이 구두창과 굽이 만나는 지점까지 내려오도록 입는다. 걸을 때 양말이 보이지 않도록 해야 한다. 바지 앞주름은 무릎을 구부렸을 때 가운데에 와야 한다.

④ 양말 : 양말은 색상에 특히 신경을 써야 한다. 흔히 바짓단에 가려 보이지 않겠거니 해서 소홀히 여기는 경우가 많은데, 바지나 구두의 색상과 같은 계통의 양말을 신는 것이 좋으며 검정색이 가장 무난하다. 정장 착용시 흰색 양말과 목이 짧은 스니커즈 양말은 신지 않는다. 검은색, 진회색, 진갈색이 좋다. 목이 짧은 양말은 품위를 떨어뜨리게 되며, 앉은 자세에서 다릿살이 드러나서는 안 된다.

⑤ 구두 : 끈이 있는 것이 정장용 구두로 좋으며, 지저분하지 않아야 하며, 뒷굽을 구겨 신지 않는다. 남자의 깔끔함은 구두로 나타난다는 말도 있으므로 늘 광택이 잘 나도록 닦아 신도록 하고, 출근하고 나서 슬리퍼

로 바꾸어 신기도 하는 데, 경우에 따라서는 자칫 눈에 거슬려 보이기 쉬우니 잠시라도 회사 밖으로 나갈 때는 반드시 구두로 갈아 신도록 한다.

사무실 안에서도 손님이 오시거나 거래처에서 오면 슬리퍼를 신고 사무실에 왔다 갔다 하는 모습은 안좋아 보일 수 있다.

검은색 · 회색 · 청색 계열 슈트에는 검은색 구두를, 밤색 · 올리브 그린 계열의 슈트에는 밤색 구두를 신는 것이 좋다.

⑥ 넥타이: 넥타이의 길이가 적당한가 살필 때는 내려다보지 말고 거울에 비춰 보는 것이 정확하다. 넥타이의 폭은 상의의 깃과 폭이 같은 것으로 선택하는 것이 좋고, 깃이 넓은 넥타이는 매듭 밑에 움푹한 주름을 만들어 주어 액센트를 주는 것이 맵시 있다. 수트와 같은 계열 색상은 차분하고 단정한 인상을 준다. 강렬한 이미지를 연출하고 싶을 땐 수트와 반대색 계열의 타이를 맨다. 같은 수트라도 어느 넥타이를 착용하느냐에 따라 달라 보인다. 넥타이를 맨 길이는 벨트의 버클을 약간 덮을 정도가 적당하고, 이보다 짧으면 여유가 없어 보이고, 길면 느슨한 느낌을 준다.

조끼를 입을 때는 넥타이가 조끼 밑으로 나와서는 안 된다.

⑦ 소지품 : 필기도구, 명함, 수첩, 빗, 지갑, 손수건, 신분증 등은 본인이 정한 위치에 항상 휴대하고 다닌다. 호주머니를 불룩하게 나오지 않도록 필요한 소지품만 소지하고, 손수건을 매일 갈아 넣고 다니다.

(2) 여성의 외모

① 유니폼과 양장 : 유니폼은 항상 청결히 하며 단정하게 있는다. 유니폼이라고 해서 무관심하게 입지 말고 바느질이 터진 곳은 없는지 혹은 심하게 구겨지지나 않았는지 살펴보아야 하고. 또한, 명찰이 제 자리에 제대로 붙어 있는지 수시로 확인하도록 한다.

옷을 잘 입는 여성은 색상의 조화를 통해 자신의 개성을 표현하기도 하나 직장 여성의 복장은 지나치게 화려한 색상은 피하는 것이 좋다.

그리고 너무 짧은 치마나 꼭 끼는 바지, 소매 없는 옷, 반바지 등의 착용을 자제한다.

블라우스의 경우도 속이 들여다 보이지 않게 하고, 속옷이 밖으로 나오지 않게 입는다.

② 스타킹 : 피부색에 가까운 것으로 하고, 원색이나 무늬가 있는 것은 피하는 것이 좋다. 올이 빠지거나 늘어지는 것에 주의한다.

③ 구두 : 구두는 여성의 또 다른 얼굴이다.

자신의 걸음걸이를 균형 있게 유지해 주는 것으로 선택하고 출근 후 사무실에서 슬리퍼나 샌들로 바꿔 신는 것은 자칫 남의 눈에 단정치 못하게 보이기 쉬우므로 불가피하게 구두를 바꿔 신어야 할 경우 낮고 편한 정장용 구두를 선택한다.

④ 머리 및 화장 : 머리는 너무 요란하거나 지나친 염색은 피하고, 근무 중에는 되도록 단정한 모습을 갖추어야 한다. 자주 세발하여 청결을 유지하고 요란한 장식은 피한다.

화장을 너무 진하게 하거나 향취가 진한 것은 적당하지 않으며, 얼굴을 건강하게 보이도록 표현하며 자연미를 살리는 모습이 보기 좋다.

⑤ 액세서리 : 요란하게 액세서리를 달고 다니는 것은 자칫 천박하게 보일 수 있으므로 액세서리는 간결하면서도 옷차림을 돋보이게 하는 것을 선택하는 것이 바람직하다.

직장인들 "외모 가꾸면 직장생활 도움 된다"

남성직장인 10명에 4명은 분위기 전환이나 결혼 등 자기중심적인 이유로 직장생활중 외모를 바꿀 생각을 한 것으로 조사됐다.

취업전문업체 커리어(www.career.co.kr)는 17일, 직장인 1,532명(여성 806명, 남성 726명)을 상대로 조사한 결과, 응답자의 92.4%가 직장생활을 하는 동안 외모를 바꿔보고 싶다는 생각을 한 적이 있는 것으로 나타났다고 밝혔다.

외모를 바꾸고 싶은 이유는 '분위기 전환을 하고 싶을 때'가 21.0%로 가장 많았고 다음으로 '결혼(연애)하고 싶을 때' 18.1%, '외모로 인해 부당한 대우를 받았을 때' 15.2%, '잘생긴 연예인을 볼 때' 12.4%, '나이에 맞지 않게 보일 때' 11.0%, '괜찮은 외모를 가진 후배와 비교당할 때' 10.7% '이직한 새 직장에서 잘 보이고 싶을 때' 9.6% 등으로 나왔다.

성별로는 여성은 '외모로 인해 부당한 대우를 받았을 때'(17.1%), '잘생긴 연예인을 봤을 때'(15.5%), '괜찮은 외모를 가진 후배와 비교당할 때'(10.6%) 등 상대적으로 타인과 비교당했을 때 외모 변신의 충동을 느낀 것으로 나타났다.

그러나 남성은 '분위기 전환을 위해'(23.6%), '결혼(연애)하고 싶을 때'(21.9%) 등 자기 중심적인 답변 비율이 높은 것으로 분석됐다.

외모를 바꾸는 방법은 '헬스 요가 등 꾸준한 운동'(27.8%)'이 가장 많았고 다음으로 '성형수술' 17.0%, '헤어스타일 변화' 15.8%, '피부관리/치아교정' 14.1% 등이 뒤를 이었다.

성별로는 여성의 경우 '성형수술'(24.3%)을, 남성은 '꾸준한 운동'(36.9%) 을 외모 변신의 가장 좋은 방법으로 꼽아 차이를 보였다.

한편 외모를 가꾸는 것이 승진, 이직, 창업 등 직장생활에 도움이 된다고 생각하느냐는 질문에는 87.8%가 '그렇다'고 응답해 직장인들이 외모에 민감함을 시사했다.

또 올해 외모에 대한 투자비용은 '월 5~10만원 미만'이 35.4%로 가장 많았고 '월 5만원 미만' 25.6%, '월 10~20만원 미만' 23.2%, '월 20~30만원 미만' 6.8% 등의 순으로 나왔는데 '월 30만원 이상'도 9.0%나 되는 것으로 나왔다.

출처 : 2007-01-17 노컷뉴스 http://www.cbs.co.kr

〈표 2-2〉 용모 복장 CHECK POINT(남성용)

항 목		CHECK	용모 복장 CHECK POINT
머 리			단정히 머리를 깎고 앞머리가 눈을 가리지 않는가?
			잠자던 흔적이 남은 머리는 아닌가?
			비듬이 없는가, 냄새는 없는가?
얼 굴			면도하다 남은 수염이나 콧털은 보이지 않는가?
			이는 깨끗한가, 구취대책은 되어 있는가?
			눈은 충혈되어 있지 않는가, 안경은 더러워져 있지 않는가?
복장	DRESS-SHIRTS		옷깃이나 소매깃은 더럽지 않은가?
			소매깃의 단추는 채워져 있는가, 소매는 걷어 올려져 있지 않은가?
			색깔, 모양은 적당한가?
			다림질은 되어 있는가?
	NECK-TIE		비틀어지지 않았는가, 매듭은 늘어져 있지 않은가?
			더러워졌거나 주름이 가지는 않았는가?
			옷에 어울리는가?
			길이는 적당한가, 타이핀의 위치는 적당한가?
	상 의		어깨의 비듬에 주의, 너무 화려하지 않은가, 주름이 가지는 않았는가?
			서 있을 때 단추는 채워져 있는가?
			주머니가 부풀 정도로 물건을 넣지는 않았는가?
	하 의		다림질은 잘 되어 있는가?
			벨트는 손상되어 있지 않은가?
손			더러워져 있지 않은가?
			손톱은 길지 않은가?
양 말			흘러 내려가 있지 않은가, 청결한가(냄새에 주의)?
			화려한 색깔이나 모양은 아닌가, 흰 스포츠용 양말은 아닌가?
구 두			깨끗이 닦여 있는가?
			뒤꿈치가 닳아 있지 않은가?
			색깔이나 모양은 적당한가?
지 갑			모양이 변하지는 않았는가?
			깨끗이 손질되어 있는가?
			명함은 명함지갑에 넣어져 있는가, 매수는 적당한가?

〈표 2-3〉 용모 복장 CHECK POINT(여성용)

항 목	CHECK	용모 복장 CHECK POINT
머 리		청결한가, 손질은 되어 있는가?
		일하기 쉬운 머리형인가?
		앞머리가 눈을 가리지 않는가?
		UNIFORM에 어울리는가?
		머리 액세서리가 너무 눈에 띄지 않는가?
화 장		청결하고 건강한 느낌을 주고 있는가?
		피부처리 및 부분화장이 흐트러지지는 않았는가?
		LIPSTICK 색깔은 적당한가?
복 장		제복이 구겨지지는 않았는가?
		제복에 얼룩은 없는가?
		다림질은 되어 있는가(블라우스, 스커트의 주름 등)?
		스커트의 단처리가 깔끔한가?
		어깨에 비듬이나 머리카락이 붙어있지 않은가?
		통근시의 복장은 단정한가?
손		손톱의 길이는 적당한가(1mm 이내)?
		손의 굳은살은 깨끗한가?
스 타 킹		색깔은 적당한가, 늘어진 곳은 없는가?
		예비 스타킹을 가지고 있는가?
구 두		깨끗이 닦여 있는가?
		모양이 찌그러지지 않은가?
		뒤축이 벗겨지거나 닳아 있지 않은가?
액세서리		방해가 되는 액세서리, 눈에 띄는 물건은 착용하지 않았는가?

머리부터 발끝까지 조화를 이루고 있습니까?

직장에서의 용모는 활동적인 아름다움에 있다는 점에 유의합시다.

거울(전신거울) 앞에서 다시 한 번 자기점검을 합시다.

바느질 SET는 가지고 있습니까?

손수건은 2장 준비합시다.

2. EQ: Emotional Quotient(감성지수) 올리기

1) 감성지수란

EQ는 지능지수(intelligence quotient/IQ)에 대비되는 개념으로, '마음의 지능지수'라고도 한다. 미국의 행동심리학자인 대니얼 골먼이 창시했는데, '인간의 총명함을 결정하는 것은 IQ가 아니라 EQ'라고 제창해 커다란 반향을 불러일으켰다.

EQ란, 거짓 없는 자기의 느낌을 솔직하게 인정하고 마음으로부터 납득할 수 있는 판단을 내리는 능력, 불안이나 분노 등에 대한 충동을 조절할 수 있는 능력, 궁지에 몰렸을 때에도 자기 자신에게 힘을 북돋아주고 낙관적인 생각을 유지할 수 있는 능력, 남을 배려하고 공감할 수 있는 능력, 집단 속에서 조화와 협조를 중시하는 사회적 능력 등을 일컫는다.

마시멜로 실험

마시멜로라는 이름의 유명한 실험이 있다. 1960년대초 미국 심리학자 미첼박사가 4살짜리 꼬마들에게 아이들이 좋아하는 마시멜로라는 과자를 주며 다음과 같이 제안을 했다.

내가 잠깐 나갔다가 올 동안 기다리면 마시멜로를 두 개를 먹을 수 있어. 그런데 기다리지 않고 먼저 먹으면 그냥 한 개만 먹을 수 있단다.

먹고 싶은 과자를 눈앞에 두고 4살짜리 꼬마들은 얼마나 참을 수 있을까?

연구결과 이 꼬마들의 3분의 1은 참지

못하고 마시멜로를 먹고 말았다.

그러나 나머지 3분의 2는 끝까지 참았다.

그런데 정작 더 흥미로운 것은 14년 뒤 두 집단의 대조적인 모습이다.

마시멜로의 유혹을 참아낸 아이들은 어떠한 스트레스에도 굴복하지 않는 정신력을 가졌으며 사회성이 뛰어난 청소년들로 자라 있었다. 반대로 참지 못하고 마시멜로를 먼저 먹은 아이들은 쉽게 짜증을 내고 사소한 일로 싸움에 말려드는 경우가 많았다.

두 그룹은 학업성적에서도 큰 차이가 있었다.

마시멜로를 먼저 먹은 아이들보다 끝까지 참았던 아이들은 대학수학능력시험에서 평균 210점이나 더 높은 점수를 받았다.

이는 지능지수의 영향보다 더 큰 것이었다. 마시멜로 실험은 당장 하고 싶은 일들을 10분, 15분 참을 수 있는 능력이 아이의 장래에 얼마나 지대한 영향을 끼치는지를 잘 보여준다. 공부를 하든 운동을 하든 자신의 감정과 충동을 조절할 수 있는 능력은 때로 지능보다 더 중요하다는 것을 시사한다.

마시멜로 실험에서 볼 수 있듯이, 유혹을 잘 참는 아이는 높은 자존감을 가지고 있었고, 스스로 스트레스 상황을 잘 극복할 수 있다고 자신에 대해 긍정적인 평가를 하고 있었다. 즉 유혹을 물리칠 수 있다는 자신에 대한 믿음이 목표를 이루게 하는 추진력이 되는 것이다. 유혹으로부터 얻는 순간의 만족을 지연시킬 수 있는 능력이 계획했던 목표를 이루게 하는 원동력이 된다.

2) 감성지수의 중요성

최근 들어 EQ에 대한 중요성이 부각되면서 사회 전반적으로 EQ 바람이 일고 있다. 특히 CEO들은 EQ를 경영에 도입하고 있다. 이른바 감성경영의 시대가 열린 것이다. CEO들은 감성을 이용, 직원과 고객들에게 더욱 가깝게

다가가려 하고 있다. 최근 들어 e-메일이나 개인 홈페이지로 직원들과 대화를 나누려는 CEO들이 늘고 있다.

뿐만 아니라 CEO들이 직접 나서서 직원들과 격의 없는 대화의 장을 열고 있다. 이를 통해 과거에는 권위주의로만 비춰지던 CEO의 모습을 벗고 인간적인 관계를 형성하기 위해 노력하고 있다.

그 동안 학교나 가정에서 머리 좋고, 공부 잘 하던 사람이 사회에 나가서도 성공하는 것으로 여겨져 왔던 관념이 무너졌기 때문이다. 그 동안 우리사회는 머리 좋음과 성공이 비례 관계로 인식돼 왔다. 하지만 시대가 변하고 사회가 다양화, 고도화, 전문화되면서 이러한 고정관념은 변화하게 됐다. 한 연구결과에 따르면 진정으로 사람들에게 존경을 받고 또 괄목할 만한 성공을 이룬 사람들은 두뇌가 우수하거나 학업성적과는 거리가 멀다는 사실이 밝혀지기도 하였다.

회사생활에서 우리는 부당한 업무를 맡거나 다른 직원과 차별 등 많은 사소한 일들이 화가 나게 만든다. 화가 날 때마다 동료직원 또는 상사에게 바로 화풀이를 한다면 당신은 어느 순간부터 회사에서 멀어지고 다른 직장에 눈을 돌릴 것이다.

하지만 다른 직장에서도 마찬가지로 불같은 성미는 직장 생활에 어려움을 겪는다. 화가 날 때는 무조건 화를 내기보다는 무엇이 나를 화나게 하는지 다시 한번 생각하고 좋은 방향으로 웃으면서 그 상황을 좋게 해결할 수 있는 방안을 현명하게 찾아내야 한다. 화를 이겨내는 것도 자신과의 싸움이며, 다른 방법으로 스트레스를 푸는 것도 좋다.

계획을 세우고, 실천을 하는 것은 인간에게 많은 혜택을 준다. 우선 무엇보다, 자신과의 약속을 지키는 자신을 발견했을 때 그만큼 기쁜 일이 없다는 것이다. 그런 기쁨을 위해 살아가는 것이 인간이다.

직장이 그런 약속과 계획을 만들고 실천하는 훌륭한 동기를 부여하는 곳이다. 그런 직장을 잘 이용하라는 얘기는 결국 자신을 더 발전시키고 기쁨을 누리라는 이야기다.

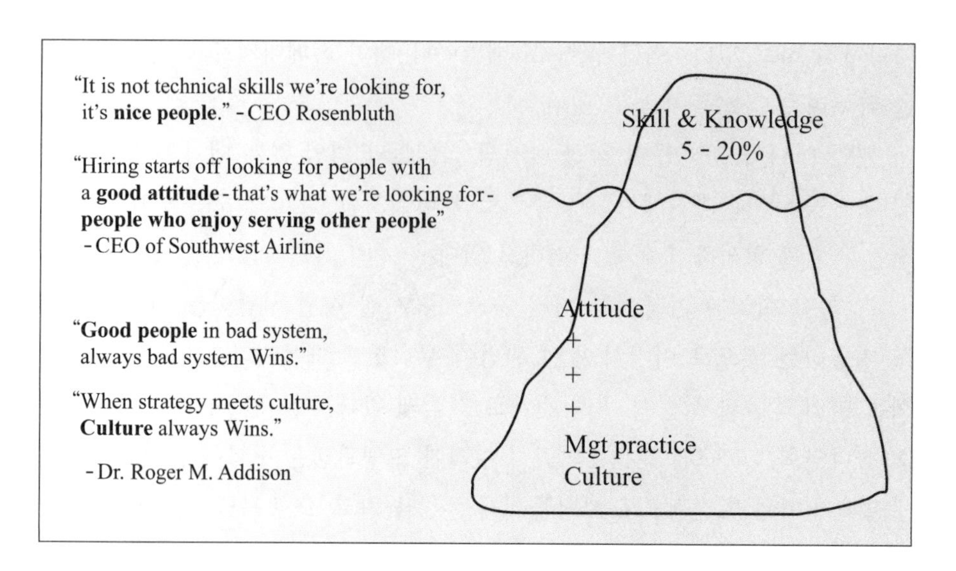

대부분의 인간관계는 이성적인 측면보다 감성적인 측면에서 좌우되는 경향이 강하다.

〈감성 역량〉을 펴낸 '다니엘 골맨(Daniel Goleman)'은 수백 개의 기업을 대상으로 오랫동안 연구한 결과, 업무에서의 성공 요소 중에 똑똑함을 대표하는 IQ 요소가 20%인데 비해 감성 역량을 의미하는 EQ 요소는 80%를 차지한다는 사실을 밝혀냈다.

따라서 기업경영에 있어서 감성역량의 중요성은 더 이상 말할 필요가 없어진 것이다. 그렇다면 감성 역량이란 무엇인가? 감성역량은 '자신의 감성과 다른 사람의 감성을 잘 다스려, 자신과 다른 사람간에 좋은 관계를 유지하는 능력'이라고 정의할 수 있다.

자기 자신의 감성에 대한 이해 능력, 타인의 감성에 대한 이해 능력, 자기 자신의 감성 관리 능력, 타인의 감성 관리 능력을 가져야 한다. 이것이 바로 감성역량인 것이다. 아울러, 조직 구성원들이 감성 역량을 가질 때, 개인적으로 또 조직 전체에 좋은 결과를 낳는다는 것을 알 필요가 있다.

경영자 측면에서 감성경영은 조직원들을 관리하고 진정으로 회사를 위해

일하게 하려면 이들의 감성을 존중해 주는 것이 중요하다.

실제로 조직이 높은 감성 역량을 지닌 종업원들로 구성될 때, 위기에 더욱 유연하게 대응하는 경우가 많다.

대기업을 비롯한 외국계 기업과 중소기업의 최고경영자들이 앞다투어 직원들과 함께 문화공연을 같이 보고 호프집에서 맥주잔을 기울이면서 마음의 스킨십을 시도한다.

E-mail로 직원들의 마음을 따뜻하게 위로하는가 하면, 회사에 새로 입사한 신입 직원의 부모들에게 '인재를 보내주어 감사하다'는 편지와 꽃다발을 배달시킨다.

눈코 뜰 새 없이 바쁜 CEO들이 어떤 이유로 이런 행동을 하는 걸까? 왜 하나같이 감성 경영에 목을 매는 것일까. 이유는 한가지다. 상대방의 마음을 장악할 수 있는 가장 큰 무기가 '감성'임을 알기 때문이다. 직위를 이용하여 강제적으로 지시하지 않아도, 보너스를 줘가며 열심히 해달라 당부하지 않아도 조직구성원들로 하여금 기꺼이 자신의 소중한 시간을 투자하고 날밤을 새면서 최선을 다하도록 하는 능력, 그 능력이 바로 감성에서 나온다는 것을 눈치챘기 때문이다.

3) 감성지수 올리기

감성에 대한 일반 사람들의 생각들을 살펴보면 오해하고 있는 부분이 많다. 첫 번째 오해는 감성지능이 높은 사람은 감정이 풍부해서 변덕스러울 것이라는 생각이다.

"슬픈 영화를 보면 눈물을 흘린다."

"가을에 떨어지는 낙엽을 보며 시를 읊는다."

일반적으로 '감성이 풍부하다'고 이야기되는 사람들은 예민한 감수성과 풍부한 감정을 가진 사람이라고 생각하는데 이것은 분명한 오해이다.

감성에 대한 의미는 여러 가지로 해석할 수 있으나 감성경영을 언급할 때의 감성은 감정과 동의어가 아니다. 감정이란 어떤 대상이나 상태에 따라 일어나는 기쁨, 슬픔, 노여움 등 마음의 일시적이며 주관적 현상을 말한다. 반면, 감성이란 단순한 감수성이 아닌 상황인식에 대해 균형 있게 처리된 감정적 반응이며, 감성지능은 감정을 능숙하게 처리하는 인지능력이다.

두 번째 오해는 감성지능은 타고 난다는 것이다.

고대 이집트에서는 감정이 '머리'가 아닌 '가슴'에서 나온다고 보았다. 또한 플라톤은 지능은 뇌에서 다스리고 공포, 화, 용기는 간에서 다스리며 욕망과 고민 등은 장에서 다스린다고 하였으며, 히포크라테스는 사람의 뇌에서 기쁘고 슬프고 즐거운 것을 느낀다고 주장하였다. 누구의 말이 옳은 것일가? 히포크라테스의 주장이 옳다.

대부분의 사람들은 감정이 가슴에서 발생하는 것으로 생각한다. 그래서 사람들은 슬프거나 속상한 일이 있으면 "어이구, 억장 무너지네"하며 자신의 주먹으로 가슴을 친다. 그러나 실제로는 우리의 뇌에서 다양한 감성의 양상을 다루는 곳이 바로 편도이며, 감정상황에 대해 구체적 행동계획을 만드는 곳이 바로 전전두엽이다. 편도와 전전두엽 사이의 회로가 얼마나 원활하게 작동하느냐에 감성지능의 높고 낮음이 달려 있다.

감정을 통제하고 조절하는 감성지능은 마치 운동을 통해 몸의 근육을 강화시키는 것처럼 교육과 훈련을 통해 높일 수가 있다. 결코 선천적인 능력은 아닌 것이다. Mayer & Geher(1996)에 따르면, 감성지능이 낮은 사람에게 감정인식과 표현 방법, 조절 능력을 교육함으로써 감성적으로 더 똑똑해질 수 있다고 하였다.

따라서 "난 감정이 풍부하지 못해서 감성지능도 낮다"거나 "감성지능은 교육을 받는다고 높아지는 것이 아니다"라는 생각은 절대적으로 틀린 생각이다. 영어 공부를 해서 토익 점수를 높이고 근력강화운동을 해서 내 몸의 근육을 강화시키는 것과 똑같이, 감성 역량에 대한 교육과 훈련을 통해 얼마든지 나의 감성지능을 높일 수 있다.

첫째, 자신의 마음 상태를 잘 표현하고, 조절하는 능력을 키우자.

다음 기분이 좋고 나쁜 이유를 생각해 보게 하고 그 과정을 통해 스스로 감정 상태를 치료하고 조절하는 능력을 가지게 된다.

둘째, 상대방의 입장에서 생각해본다.

다른 사람들의 심리나 처지에 대해 생각하는 기회를 가지게 되는데, 이것은 많은 경우 폭넓은 이해력으로 발전하게 된다. 그렇게 되면 오해하거나 사소한 일에 화를 내는 경우가 없어진다.

셋째, 화를 다스리자.

걸핏하면 화를 내고 신경질을 부리는 사람의 주변에는 사람이 없다.

내가 그렇다면, 내가 화가 왜 나게 되었는지 우선 생각해 보고 숨을 크게 들이쉬게 하거나, 마음속으로 1부터 10까지 천천히 세도록 한다.

그러고 나면 언제 그랬냐는 듯이 감정 조절을 하는 경우가 많다.

마음을 다스리기 위해서는 자기 자신의 감정 상태에 대해서 냉철하게 생각해 보는 기회를 갖게 하는 것이 좋다. 그렇게 하면 감정을 다스릴 수 있는 능력이 조금씩 높아질 것이다.

〈표 2-4〉 자기 이해 체크 포인트

1. 나는 무엇을 좋아하고 싫어하는가?
2. 나는 어떤 때 즐거워하고, 슬퍼하고, 화를 내는가?
3. 나는 어떤 가능성을 가지고 있는가? (희망, 이상, 꿈 등)
4. 나는 자신을 어떻게 보고 있는가?
5. 나는 어떤 성격을 가지고 있는가?
6. 나의 단점은?
7. 나의 장점은?
8. 나의 콤플렉스는?
9. 나의 삶의 목적은?
10. 나의 학교/사회생활은 어떠한가?
11. 나의 대인관계는 어떤가? (원만한가, 외톨이 인가, 친구는 많지만 외롭다 등)
12. 나의 행동에 대한 책임감은?
13. 나는 가정/학교/사회에서 꼭 필요한 존재인가?
14. 각각의 나를 써보세요.

쉬어가는 페이지

직장인 스트레스 풀기

● 이완해주기

직장인들은 긴장을 풀기 위한 휴식의 방법으로 고작 담배를 피우러 밖으로 나가거나 커피를 뽑아 마시는 것을 택한다. 그러나 담배와 커피는 일시적이고 순간적인 긴장 해소의 수단은 될 수 있을지 모르나 심신의 이완과는 다소 거리가 있는 것들이다. 커피 속의 카페인과 담배 속의 니코틴은 모두 신경을 자극하는 물질로 심신을 안정시키기 보다는 오히려 흥분시키며, 특히 니코틴은 폐의 기능을 떨어뜨리기 때문에 스트레스를 피하기 위해 술을 마시고 담배를 피우는 것은 올바른 해소책이 되지 못한다.

스트레스를 해소시킬 수 있는 방법 중 효과적이면서도 손쉽게 할 수 있는 것이 몸의 이완이다. 매일 낮 20분씩 완전히 휴식을 취하는 사람은 그렇지 못한 사람들에 비해 각종 질병이 훨씬 적게 발병했다는 보고가 있다. 휴식은 스트레스에 대한 강력한 해독제이다.

[이완의 방법]

- 최대한 편안한 포즈를 취한다. 뒷목을 받쳐주는 의자가 효과적이며, 팔걸이가 있다면 편안히 팔도 걸친다. 누울 수 있는 경우는 무릎 밑에 쿠션을 받쳐준다.
- 시계 · 목걸이 · 반지 · 허리띠 등 일체의 장신구나 신체를 조이는 것들을 제거한다.
- 되도록 소음이 적은 조용한 장소를 택하며, 조명도 약간 어두운 곳이 적합하다.
- 이완을 억지로 하려고 신체적인 무리를 할 필요는 없다. 스스로에게 느껴지는 것들을 경험하고 관찰한다.
- 이완 훈련은 매일매일 규칙적으로 실행해야 효과적이며, 하루에 두 번 이상 하는 것이 좋다. 일정한 시간을 확보해 놓고 실시하면, 숙면의 효과도 얻을 수 있다.

● 편안한 주변환경과 개인 공간을 만들어라

환경은 기분과 밀접한 관련성을 가지기 때문에 주위 환경을 편안한 재충전의 장으로 만들려면, 환경 속의 스트레스 인자를 가려내어 없애야 한다. 스트레스를 막아주는 이상적인 공간이란 개인의 취향에 맞는 양식, 고요함과 소리의 균형, 다양한 색깔과 빛이 조화롭게 어우러져 있는 곳으로, 좁은 공간이라도 조금만 노력만 하면 얼마든지 쾌적한 개인 공간을 만들 수 있다. 자기의 체질에 맞는 색깔이나 가구를 배치하여 좀더 안정을 꾀하는 것도 좋다.

● 매너리즘에 빠졌을 때 – 비전, 목표 세우기

사실 매일 똑 같은 일이 반복되면 아무런 변화가 없기 때문에 시간이 갈수록 미래에 대한 관심이나 도전 의식이 생길리 없고 점점 따분하고 활력이 떨어진다. 먼저 정말 우리에게 중요한 것들이 무엇인지 생각해 본다. 우선 필수항목을 작성한다. 필수항목에는 월급 · 재산 · 주택처럼 실용적인 요소와 개성 · 자율성 · 창의성 같은 개인적인 요소가 포함된다. 모든 항목을 적은 뒤에는 목표를 달성할 기한을 정한다. 기한은 아마 1년, 3년, 5년, 10년 등일 수 있다. 다음에는 조용히 앉아 눈을 감고 몇 년 후의 나를 상상해 본다. 꿈을 이룬 자신의 느낌과 모습 등을 마음껏 상상하라. 다시 현실로 돌아와 꿈을 이루는데 필요한 단계를 하나씩 생각해본다. 예를 들어 5년안에 회사의 임원이 되는 것이 목표라면 앞으로 어떤 단계를 밟아야 할지 생각한다. 지금 당장 첫 단계를 시작한다.

● 안정된 직장 분위기를 만들어라

안정된 직장 분위기를 위해서는 물리적 환경과 정서적 · 내적 환경이 모두 양호해야 한다.

직장분위기를 보다 긍정적이고 만족스럽게 변화시키기 위해서는 첫째, 칭찬이나 감사 등의 호의적인 말을 자주 사용하는 것이 좋다. 남에게 존중 받고 인정 받으려면 자신도 다른 사람을 존중하고 인정해야 한다. 말에는 부메랑 효과가 있기 때문이다.

둘째, 솔직한 의사소통을 할 수 있는 분위기를 만든다. 이는 업무의 질을 높여주고 직장 분위기를 원만하게 해줄 뿐만 아니라, 일하고자 하는 욕구가 발생되고 심한

스트레스 요인이 간간이 발행한다 하더라도 대처할 수 있게 해준다. 또한 주변의 감정적 기류가 긍정적이고 사기를 올려 주는 것일 때, 사람들은 스트레스에 저항하고 그로부터 회복되는 것이 빨라진다.

셋째, 어느 직장이든 반드시 공격적인 인물이 몇 명씩 있기 마련이다. 이들로 인해 직장 분위기가 싸늘해지는 경우가 많다. 이런 공격적인 사람을 협조적인 사람으로 만들기 위해서는 다양한 방법의 모색이 필요하다. 좋은 직장 분위기를 만들어 공격적인 인물을 감화시키는 것이 최상의 방법이긴 하나 그것이 어려울 땐 아래 방법을 사용해보자.

[공격적인 사람을 상대하는 방법]

- 브로컨 레코드 기법: 이 방법은 공격적인 사람에게 계속해서 한가지 말만 되풀이해 말문이 막히게 하는 방법이다. 말문이 막히게 되면 더 이상 다투지 않게 되고 불필요한 스트레스를 받지 않고 대화를 중단할 수 있게 된다.
- 기어 변속법: 공격적인 사람이 화를 내지 않고 차분히 논의할 수 있을 때까지 기다리거나 대화를 연기하는 방법이다. 대화 도중 공격적인 사람에게 화를 그만 내라고 말했는데도 계속 언성을 높이는 경우엔 "다음에 다시 얘기하자"라고 말한다.
- 일시 중단법: 시선을 다른 곳으로 돌리거나 다른 일에 몰두해 공격적인 사람을 피하는 방법이다.

출처 : 〈굿바이, 스트레스! 웰컴, 석세스!〉

(클레어 해리스 저 / 박수철 역 이가서 출판사)

3. BQ: Brilliant Quotient(명석지수) 올리기

1) 명석지수

인간이 내적 · 외적으로 얼마나 뛰어난지를 보여주는 명석지수(Brilliant quotient, 明晳指數)라 한다. 지능(Brain)과 아름다움(Beauty) · 행동력(Behavior) 등 3B를 합하여 수치화한 것으로, IQ와 EQ에 이어 사람의 능력을 나타내는 용어이다.

주로 직장인의 능력을 평가하는 데 사용되며, 2005년 타이완의 하버드 기업 관리 컨설턴트사가 타이완의 직장인 1,226명을 대상으로 조사하여 발표한 것이 시초로, 이에 따르면 조사자들의 BQ는 180점 만점에 135점으로 나타났는데, 회계사와 변호사 등 전문직이 가장 높았고, 금융보험업과 교통운수업 · 국제무역업 · 도소매업 종사자 등의 순으로 나타났으며, 일반적으로 직위가 높고 경험이 많을수록 높게 나왔는데, 고위급 간부의 BQ 지수는 148, 기업 책임자는 143, 중급 간부는 141, 일반 사무직은 126으로 나왔다.

2) 명석지수의 중요성

뛰어난 직장인이 되려면 자신을 가꾸는 일도 신경 써야 한다는 분석이 흥미롭다. 외모란 꼭 얼굴의 잘생기고 못생긴 정도를 뜻하지 않는다. 품성과 지적 매력, 매무새 등에서 우러나오는 전체적인 분위기를 말한다. 타고난 외모는 쉽게 바꿀 수 없겠지만 후천적 노력으로 얼마든지 아름다운 사람이 될 수 있다.

지능 면에서 단순히 IQ 뿐만 아니라 다방면에서 아는 것이 많아야 한다.

이야기를 하는데 무식이 철철 흐른다면 누가 당신과 대화를 하고 싶어 하겠는가?

일반적으로 사람들은 행동이 생각이나 말을 따라가지 못한다. 그래서 말만 앞선다는 비난을 받는 사람들도 있다. 사람은 정도의 차이일 뿐 정말 생각하는 것, 말했던 것을 다 실천하는 사람은 이 세상에 없다. 예수나 부처 같은 성인을 빼고는 말이다.

그래서 말만 많고 실행에 옮기지 않는 사람을 "허풍선"이라 하며, 끈기가 없어, 안 그러면 왜 어떤 사람들은 행동력, 실천력이 높고 나는 그렇지 못할까, 많은 사람들이 행동력을 높이지 못하는 이유는 '행동'을, '실천'을 성공한 경험이 적기 때문이다. 우리는 모두 스스로 결단하고 행동했던 경험을 가지고 있다. 하지만 사람에 따라서 그 경험의 수는 적을 수도 많을 수도 있다. 그러한 경험이 많으면 많을수록 그 사람은 행동력을 갖춘 사람이 될 확률이 높고 다른 사람도 그렇게 평가해 줄 것이다.

명석지수의 평가의 한 예로서 어떤 사람이 비내리는 밤길에 차를 운전하고 가는데 비를 맞으며 차를 기다리는 세 사람을 만나게 되었다. 한 사람은 금방이라도 출산을 할 듯한 만삭의 임신부요, 또 한 사람은 내가 사고를 당했을 때 생명을 구해준 고마운 의사 선생님이요, 다른 하나는 내가 평소에 그려보던 이상형의 젊은 여인이었다. 태울 자리는 딱 한 자리다. 세 사람 중 누구를 태울까이다. 순간 고민하고 망설일 것이다. 그러나 이에 대한 가장 좋은 의견은 "얼른 차에서 내려 자동차 열쇠를 의사선생님께 드리면서 이 임산부를 빨리 태우고 가서 출산을 도와주세요. 저는 저 여인과 기다렸다 버스타고 갈게요"라고 말하는 것이라 한다.

3) 명석지수 올리기

첫째, 아름다움을 갖추자.

꼭 얼굴의 잘생기고 못생긴 정도를 뜻하지 않는다. 품성과 지적 매력, 매무새 등에서 우러나오는 전체적인 분위기를 가꾸어야 한다.

타고난 외모는 쉽게 바꿀 수 없겠지만 후천적 노력으로 얼마든지 아름다운 사람이 될 수 있다. 항상 때와 장소, 시간에 맞는 옷을 갖추어 입고 입가에는 밝은 표정이 있어야 한다.

표정은 사람의 신체 중 가장 표현력이 강하며 눈에 띄는 부분이며, 상대방이 나를 판단하는 요소가 된다. 좋은 인상을 주기 위해서는 좋은 표정이 필요하다.

둘째, 업무 파악을 잘하고 교양을 습득하자.

직장상사가 일을 시켰을 때, 하나를 하라 하면 딱 하나만 해오는 사원, 하나도 제대로 못하는 사원, 상사가 생각하지 못했던 부분까지 일을 해오는 사원, 과연 상사는 누구에게 일을 맡길 것인가?

셋째, 실천을 통해 행동력을 높이자.

'행동', '실천'의 경험을 늘리기만 하면 당신은 며칠만에 무척 실천력이 높은 사람이라는 평가를 받게 될 것이다.

조금만 연습하면 당신은 금방 실천력과 행동력이 높은 사람으로 바뀔 수 있다.

이렇게 해보자. 오늘은 내가 승용차를 타지 않고 지하철을 타고 가겠다. 그리고 점심은 친구 누구와 어디서 무엇을 먹고, 저녁에는 어떤 일을 하고, 미리 예약을 하고, 옷을 미리 생각하고, 할 얘기를 미리 정하고, 이렇게 마무리해야지.

이처럼 사소한 것을 미리 결정하고 그것을 실천하는 것이다. 스스로 당신이 얼마나 실천력이 높은 사람인지 느끼게 될 것이다. 그리고 그것은 위대한 출발이 될 것이다.

이렇게 쉬운 것부터 차근차근 계획해서 실천해 나가면 어려운 것, 장기간의 계획도 실천할 수 있을 것이다.

황당한 질문은 그만큼 오점이 많은 질문이다.

정확하고 확실한 답변을 원하는 것이 아니라,

그 회사에 입사할 사람이 어려운 상황에 대처할 수 있는 능력이 어느 정도인가,

평소의 생각, 사상이 어떤가를 보려는 것이다.

요즘, 기존의 딱딱한 청문회형 틀을 벗어나 임원진과 면접 지원자들이 같이 등산을 한다든가, 술을 같이 마신다든가, 혹은 같이 노래방을 간다든가 하는 파격에 가까운 새로운 모습을 띄고 있습니다. 또한, 면접에서 황당한 질문을 하는 면접관이 많다. 이는 실력보다 사람을 우선하는 질문을 하는 것으로, 전문직이 아닌 이상 지금까지 아무리 많은 공부를 하고 배웠더라도 새로 입사하는 회사에서 처음부터 시작하고 생소한 환경에서 어쩌면 까다로운 사람들과 일하며 지금까지 배운 것이 무용지물이 되는 새로운 양식을 작성해야 하는 새로운 일을 할 수도 있는 것이다.

이런 새로운 환경에 그리고 이런 새로운 일에 얼마나 빨리 적응하고 자신의 능력을 발휘할 수 있는 사람인가를 테스트 해보기 위한 질문이 바로 황당한 면접 질문을 하는 이유인 것 같다.

황당면접 질문

● 시각장애인에게 노란색을 설명한다면? (두산)

색깔처럼 추상적인 질문은 구체적인 물건에 비유하는 것이 좋다. 비유를 적절히 하면 순발력에서 높은 점수를 받을 것이다. (예) 바나나를 보여주고 직접 먹게 하면서 노란색은 바나나라고 이미지를 전달하겠습니다.

● 사막과 극지방을 여행하는데 필요한 세가지는? (동부철강)

답보다는 해설이 중요하다. 사막과 극지방을 여행할 때 문제점이 무엇인지 분석하고 그에 맞는 답변을 하는 것이 좋다. (예) 저라면 물과 침낭, 선글라스를 준비하겠습니다. 물은 생전에 가장 필요한 에니지원이고, 사막과 극지방은 밤에 기온이 매우 낮으므로 침낭이 필요합니다. 마지막으로 사막의 강한 빛 눈의 설원은 눈을 자극하므로 선글라스를 준비하겠습니다.

● KILL 1254862은 무슨 뜻일까요? (CJ)

암호같지만 실제로 아무 의미 없다. 순간 판단력과 대처능력을 파악하기 위해서이다. (예) 영화제목 같습니다. 〈킬빌〉의 패러디 아닐까요?

● 아이들을 웃게하는 방법? (롯데 캐논)

기업의 인재상과 연결할 수 있는 질문이다. 웃길 수 있는 방법만 아니라 아이들을 고객과 동일화시켜 대답하면 좋다. (예) 아이들을 웃기기 하는 방법은 아이들의 눈높이에서 놀아주는 것입니다. 손가락으로 총을 만들어"빵빵"하고 "윽"하고 맞는것처럼 쓰러져 줍니다.

● 자신의 집 전기 요금은 얼마인가? (한국전력)

지원한 회사에 대한 평소 관심도를 파악하기 위한 질문이다. 정확한 요금은 모르

더라도 자신있게 대답해야 함

(예) 지난달 갑자기 추워져서 전기요금이 많이 나올 줄 알았는데 막상 고지서를 보니 별 차이가 없었습니다. 혼자 자취하기 때문에 8천원 정도 나옵니다.

● **알래스카에서 아이스크림을 팔 수 있는 방법은? (CJ)**

지원분야에 대한 지식이 있어야 답할 수 있다. 요즘 어떤 제품이 뜨는지 업계 동향을 미리 파악해 두면 좋다.

(예) "이한치한" 마케팅을 활용하겠습니다. '겨울에 맛있게 즐기는 방법' 이라는 컨셉으로 갈색이나 레드, 따뜻한 색상과 초콜릿, 치즈, 너트를 첨가한 고급 아이스크림을 만들어 팔겠습니다.

● **'후지산을 옮기는 데 시간이 얼마나 걸리겠습니까?' (IBM)**

이 문제는 대상자의 치밀한 문제해결 능력을 파악하는 데는 제격이다. 최고의 대답은 이런 것이다. 우선 후지산의 높이 정도는 아는 상식이 필요하다. 후지산은 3376m의 원뿔형이다. 밑면의 지름은 대략 1만5000m, 넓이는 1억7000 만㎡, 추론해보면 후지산은 3000억㎥의 화산암이다. 3000억㎥는 트럭 약 100억대 분이다. 흙을 파내고 싣고 하는 과정을 생각하면 하루 정도가 걸린다. 그러니까 100억일이 걸리는 셈이다. 보통 직원이 1만명 정도인 일본의 대기업이 뛰어든다면 1만일, 즉 3000년이 걸린다.

이 정도 대답한다면 면접관들은 뒤로 넘어갈 것이다. 기절할지도 모른다.

● **'맨홀 뚜껑은 왜 동그란가' (IBM)**

'동그란게 보기 좋잖아요'라든가 '제일 먼저 맨홀 뚜껑을 만든 나라가 동그랗게 만들어서 다들 그렇게 한 것 아니냐'는 식의 답은 아주 수준낮은 것이다. 생각을 조금만 해도 정답을 찾을 수 있다.

만약 맨홀 뚜껑이 사각형이라고 생각해보자. 사각형은 대각선의 길이가 한 변의 길이보다 길다. 따라서 작업 중 맨홀 뚜껑을 들어 세로로 세워 방향만 조금 틀어도 뚜껑이 밑으로 빠져버릴 수가 있다. 그러나 원형은 어느쪽이나 지름이 같기 때문에 세우거나 방향을 틀어도 절대로 밑으로 빠지지 않는다.

상상력과 추리력, 분석력의 깊이를 알아내기에는 아주 좋은 질문이다.

4. CQ: Communication Quotient(소통지수) 올리기

1) 의사소통(Communication)의 중요성

의사소통의 유래는 라틴어 코무니카레(communicare)에서 유래되었다. 의미는 '나눔' sharing 또는 '같이하다, 함께하다' partaking의 의미를 가지고 있다.

의사소통은 "인간에게 있어서 가장 중요한 능력은 자기표현이며, 현대의 경영이나 관리는 커뮤니케이션에 의해서 좌우된다"고 할 정도로 매우 중요하다. 아무리 내가 A를 말했다 해도, 상대방이 B로 들었다면, 우리는 B를 말한 것과 같다. 이것이 의사소통의 기본원리이다.

말하는 것, 글 쓰는 것, 읽는 것 등은 인간이 갖는 현저한 특징인 동시에 중요한 기술이요, 또 다른 동물이 갖지 못하는 위대한 능력이다. 물론 개나 원숭이는 공포, 노여움, 주림, 기쁨, 고통, 애정, 등을 어느 정도 표현할 수는 있다.

그러나 추상적인 생각, 과거의 회상, 미래에 대한 희망, 앞으로의 계획을 남에게 전할 수 있는 것은 오직 인간 뿐이다. 인간만이 약속하고 또 약속을 지킬 수 있다. 인간만이 경험을 기록하고 성공 또는 실패의 기록을 적어 남길 수 있다. 인간만이 미래 세대에게 유산과 전통을 전승하며 선인의 경험을 유효 적절히 활용할 수 있다.

언어에 의한 전달이 없으면 교육 또한 어미곰이 새끼곰에게 가르치는 정도 이상으로 현저한 것이 못된다. 추상 개념을 표현하는 능력이 없으면 지금 우리가 누리고 있는 과학의 진보나 인류 문화도 없었을 것이다. 우리는 서로 의사를 소통함으로써 살아나가고 있으며, 이 때문에 우리는 각자 남에게 주는 영향을 마음에 잘 새기고, 사려와 예절로 생각과 느낌을 남에게 전하는 것이 매우 중요함을 알고 있다.

자기의 생각, 기분, 선의를 남에게 알리는 태도는 단지 사교상의 마음가짐 유무를 나타내는 데에 한정되지 않는다. 전달을 통하여 인간 문명의 진보에 기여하기도 하고 혹은 퇴보를 초래하기도 한다.

의사소통의 요소는 송신자, 수신자, 상징, 메시지, 피드백이 있으며, 그림 〈그림 2-3〉과 같은 의사소통의 과정을 거쳐 우리는 의사전달을 하게 되는 것이다.

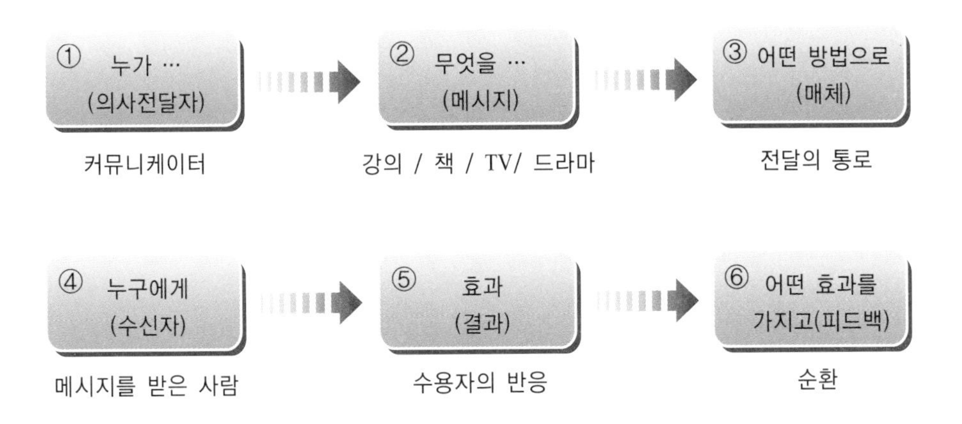

〈그림 2-3〉 의사소통의 과정

의사소통은 언어적인 부분과 비언어적인 부분으로 나눌 수 있다. 우리는 언어적인 부분이 많이 차지한다고 생각할 수 있으나 언어적인 부분이 차지하는 부분은 단지 15%이다.

그 외 비언어적인 의사소통으로는 표정, 자세, 동작, 끄덕임, 눈빛, 눈 맞춤, 옷차림 등이 있다.

상대방과의 거리는 가능한 가까이에서 대화한다. 몸의 거리가 마음의 거리라하여 너무 멀리하면 그 사람을 멀리한다는 느낌을 줄 수 있다.

자세는 편안하게 약간 앞으로 숙인 자세가 좋다. 고개를 뒤로 한 고압적인 자세는 상대방에게 위압감을 주어 따뜻한 대화 분위기를 해친다.

시선은 눈을 바라보며 이야기한다. 특히 중요한 말을 할 때 시선을 마주치면 자연스럽게 그 내용이 강조되어 전달된다. 물론 지나치게 째려 보는 듯한 시선은 피해야 한다.

표정은 여유 있는 은은한 미소가 좋다.

몸짓은 자발적이고 자유스러운 제스처. 자연스러운 손동작이나 몸짓을 함께 해주어야 자연스런 분위기를 연출할 수 있다.

접촉은 부드러운 터치를 자주 이용하면 효과적이다. 첫 터치에서 거부적인 태도를 보이면 이후의 터치는 상대방의 반응을 보아가면서 매우 조심스럽게 사용하는 것이 좋다.

음성은 딱딱하지 않은 따뜻한 목소리가 중요하다. 지나치게 큰 소리, 높은 음역의 말소리는피하며 보통 솔~~톤이 가장 적당하다.

2) 회사에서의 의사소통

회사는 즐거워야 하고, 조직은 통해야 한다. 즐겁지 않고, 통하지 않는 조직은 생명력을 잃은 조직이다. 개인과 개인, 부서와 부서, 회사와 직원 상하좌우 막힘없이 시원하게 통하는 조직에서 화합도, 발전도, 성장도 기대할 수 있다.

통(通)하는 조직은 활력이 넘친다. 통(通)하는 조직에서는 즐거움이 넘친다.

이런 조직을 만들기 위해서는 회사 내의 분위기나 최고경영자의 마인드가 많은 부분을 차지 한다고 할 수 있는다. 이런 분위기는 회사 구성원이 만들어 내는 것이다.

通! 通! 通! 은 和合, 發展, 成長

조직 내에서도 나 자신을 표현하지 못하고 의사소통에 다른 사람과 어려움을 가지고 있다면 내 자신의 의사소통의 문제를 먼저 확인해 볼 필요가 있다.

의사소통은 보통 친구, 가족, 격의 없는 사람과의 대화가 많았다면 회사생활을 시작하고 나서 우리는 직장상사, 거래처 등 격식을 갖춘 사람과의 의사소통을 많이 하게 된다. 직장생활에서의 적당한 의사를 소통하기 위해서는 나 자신도 노력해야 하며, 그 동안의 언어습관에 대해 생각할 필요가 있다.

부정적인 나쁜 대화 습관 "내가 그럴 줄 알았어!"

"그것도 못해?", 그것도 몰라?" "도대체 왜 그랬어?" "웬일로 이런 걸 다?" "당신, 그것밖에 안돼?", "어휴…," "짜증나" "재수없어"

또한 대체로 친구들과 의사소통할 때 쓰는 은어, 비속어, 유행어 등은 피하는 것이 좋다. 은어인 경우엔 게임 이름을 예를 들자면 '크레이지아케이드'를 크아로 줄여서 말한다거나, 메이플스토리를 '메플'도 줄여서 말한다거나 하여 상대방으로 하여 못알아 들어 답답함을 주어서는 안 되며, 비속어 같은 경우도 자주 쓰다 보면 직장상사나 고객에게 의연 중에 나와 큰 어려움을 겪기도 한다.

유행어 같은 경우 개그콘스트, 웃찾사 등에서 나오는 좀 오래됐지만 '똥칼라 파워' [응?] 또는 '짜증 지대루다'라는 식의 언어를 쓰는 것은 곤란하다. 식사 후나 회사 휴식시간에 분위기를 재미있게 하기 위해 개그 프로그램을 흉내내는 것도 좋겠지만 그 프로그램을 안 보는 사람들에게는 당황스러울 수 있다. 상황을 보아 가면서 해야 하는 센스도 필요하다.

이러한 나쁜 언어습관은 회사생활내의 의사소통을 어렵게 할 뿐만 아니라, 단정치 못한 사람으로 인식할 수 있다. "나쁜 말버릇은 사람을 떠나게 한다"는 것을 명심하고 고운말, 단정할 말을 쓸 수 있도록 노력해야 한다.

명심보감에서 "사람을 이롭게 하는 말은 솜처럼 따뜻하지만, 사람을 상하게 하는 말은 가시처럼 날카롭다"라는 말이 있다. 이롭게 하는 말을 써서 회사가 통할 수 있는 조직이 될 수 있도록 하여야 한다.

3) 의사소통 잘 하는 방법

우리가 의사소통을 하다보면 "이 사람은 대화가 안돼" 하고 아예 피해가는 경우가 있다. 이런 대화를 방해하는 요소를 살펴보면, 4가지로 요약할 수 있다.

첫째, 독선적인 아집이다. 자신의 감정, 사상, 결정이 옳다고 주장하여 독선적으로 대화한다면 주위 사람들이 대화를 꺼려할 것이다.

둘째, 자기불신이다. 상대방이 어떻게 받아 들일까?만 생각하면서 자신의 소견, 주장이 없을 때 대화는 이루어지기 힘들다.

셋째, 대화기술이 없는 것이다. 대화를 할 때는 적절히 설명 기법, 설득 기법, 감명을 주는 기법을 이용해야 할 필요가 잇다.

넷째, 선입견, '그는 이런 사람이니까' 하고 속단하여 무시하거나 속단하는 경우이다.

영어 "We grow on the basis of our difference" 처럼 대화에 있어서 차이를 인정하면, 소통이 쉬워진다. 공감할 수 있는 의사소통을 할 때 우리는 상대방을 이해할 수 있다.

또한, 상대방의 자존심을 살려주면 대화가 쉽게 풀린다.

자존심을 살려주는 의사소통의 기술은 아래와 같이 요약할 수 있다.

① 말하기보다 들어줘라.

② 맞장구 치고 눈빛을 맞추어 공감하라.

③ 칭찬하라. 칭찬은 아기도 영웅도 좋아진다.

④ 비난과 충고를 아끼고, 완곡어법을 사용하라.

⑤ 부탁하는 어조로 말하라.

항상 의사소통은 일방통행이 아니라 주고받는 대화이다. 독주(Recital)가 아니라 합주(Concert)이다.

대화를 하는데 있어서 말을 하는 것보다 더 중요한 것은 듣는 것이다. 경청은 최고의 대화 기술이다. 상사와 직장동료의 말의 내용과 감정에 주의를 기울이며, 질문을 통해 정확하게 그 말을 이해하여야 한다. 이해를 하지 못했음에도 일을 진행하였다가 회사에 엄청난 손해를 끼칠 수 있기 때문에 잘못들은 부분은 겸손하게 다시 한번 질문을 하여야 한다.

상사나 동료가 이야기를 하면 열중해서 듣는 것이 필요하다. 회사 내에서 산만하고 회사일 외에 다른 일에만 집중하지 말아야 한다.

친구와 휴대폰이나 회사 전화로 길게 대화를 한다거나, 메신저로 채팅을 하다보면 업무에 소홀해지고 이런 일이 지속되다보면 직장상사의 눈에 안 좋게 비춰 인사고과에 반영될 수 있으며, 회사를 그만 둘 수 있는 상황이 생기기도 한다.

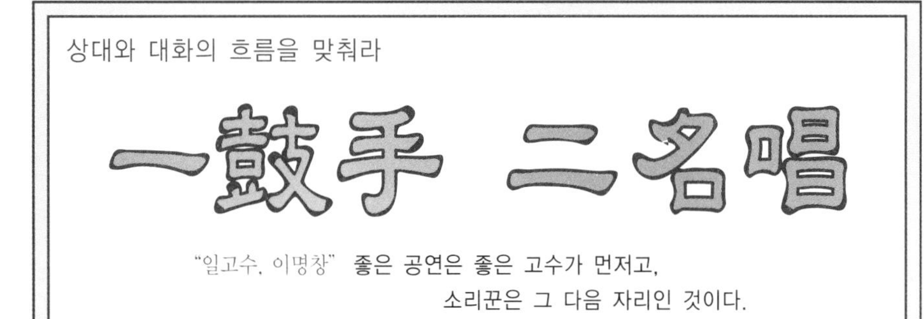

대화를 하는데 상대의 흐름을 맞추어 주파수를 맞추고 맞장구를 쳐주어야 한다. 좋은 일이 있을 때는 함께 기뻐하면 배가된다고 한다. 함께 상대방의 느낌을 공감하면서 대화를 한다면 직장생활 내에서 대화에 무리가 없을 것이다.

4) 스몰토크를 잘 활용하자

스몰토크란? 사소한 화제로 나누는 대화, 가볍고 편안하며 일반적인 주제로 부담 없이 나누는 대화를 뜻한다.

대체적으로 우리는 하루에 수십 번 정도 가벼운 대화를 나눈다. 출근 도중이나 학교에서 아이들을 데려올 때, 직장동료와 엘리베이터를 타거나 시어머니에게서 걸려온 전화를 받을 때, 업무 회의를 하거나, 고객과 점심식사를 하거나, 면접을 볼 때 등 열거하자면 끝이 없다.

그러나 이처럼 가벼운 대화가 필요한 상황에서 쉽사리 입을 열지 못하는 사람들이 있다. 그런 이들은 이런저런 만남에 불안만 가중되고, 모임이나 업무상 점심식사, 이웃과 만나는 일조차 두렵게 느낀다. 안타깝게도 그들은 자신의 불안에만 신경을 쓴 나머지 이웃과 친구, 동료들에게 서먹서먹하고 냉담한 내성적인 사람으로 낙인찍힌다.

만일 당신이 대화를 시작하자마자 화제가 바닥나버리는 재미없는 사람이라면, 간단한 스몰토크 대화기술을 익히는 것만으로도 좀 더 자신감을 갖게 될 것이다.

스몰토크는 진지한 대화에 비해 소홀히 여겨지지만 사실은 매우 중요하다. 그것은 확고한 관계를 만드는 데 꼭 필요한 시금석으로, 어색한 분위기를 누그러뜨려 보다 친밀한 대화를 이끌어낸다. 실제로 스몰토크에 능숙한 사람들은 상대방에게 존중받고 있다는 느낌과 함께 소속감과 편안한 분위기를 선사한다. 누군가와 친구가 되거나 연애를 시작할 때, 혹은 업무관계를 진척시키거나 계약을 체결할 때 이런 느낌은 매우 중요하다.

대화를 잘하려면 명심해야 할 2가지 원칙이 있다.

첫째, 위험을 감수하라. 모르는 사람과 대화를 시작하는 모험은 자신에게

달려 있다. 다른 사람들이 먼저 접근해오기를 기대해서는 안 된다. 먼저 다가가느냐 마느냐는 결국 선택의 문제일 뿐이다.

둘째, 대화의 짐을 떠맡아라. 대화를 할 때는 각자 몫의 짐이 있으며, 모두가 그 짐을 떠맡아야 한다. 이야깃거리가 될 만한 화제를 생각해내는 일, 사람들의 이름을 기억하고 그를 다른 사람들에게 소개하는 일도 그 짐들 중에 하나다.

스몰토크는 대화의 분위기를 조성하고, 자기소개를 확실히 하고, 공통의 관심사를 찾고, 친밀하게 대화를 무르익게 하고, 마무리는 깔끔하게 하는 것이다.

스몰토크의 4단계로 "우선 눈을 맞추고, 입가에 미소를 띤 채 가장 접근하기 쉬운 상대에게 다가가, 당신의 이름을 알려라. 그리고 그의 이름을 정확히 불러주라."고 말한다. 특히 상대방의 이름을 기억하는 것이 대화의 가장 중요한 단계로 이름을 부를 때는 반드시 정확한 이름을 기억해야 한다.

이름을 계속해서 잊어버리거나 잘못 부르는 것은 그 이름을 알아둘 가치가 없다는 메시지를 상대에게 보내는 꼴이 된다.

4. FQ: Financial Quotient(금융지수) 올리기

1) 왜 직장을 다니는가?

우리는 스트레스를 받으면서 일을 하고 직장을 다니는가?

대부분의 사람들은 밥 먹고 살기 위해 직장을 다닌다고 입버릇처럼 얘기하곤 한다.

밥이 없으면 우리는 살지 못한다. 그래서 밥을 살 수 있는 돈을 벌기 위해 우리는 하루 9시간 이상을 직장에서 보내고 있다. 이렇게 값지게 번 돈을 어떻게 쓰느냐에 따라 향후의 자신의 미래가 보장된다.

우리는 누구나 늙는다. 그리고 누구나 부자로 늙기를 바란다. 하지만 현재 나의 모습에 내가 과연 부자가 될 가능성이 있는지 생각해 봐야 한다.

자, 현재의 당신은 어느 유형인가? 아마도 대부분 무념무상형에 가깝지 않을까 추측된다. 우리는 돈이 있어야만 그 돈을 쓰던지, 투자를 하던지, 집에 모아 두던지 할 것인데 아직까지 돈을 꾸준히 벌어본 경험이 없기 때문에 금융에 대한 지식은 수박 겉핥기식으로 만 알고 있을 것이다. 내 돈이 투자가 되었을 때 우리는 경제 신문에 한번더 눈길이 가고 어디에 이 돈을 투자하면 더 많은 이자를 얻을 것인가 고민을 하면서 자연스럽게 금융 IQ는 높아지게 된다.

금융 EQ는 돈을 모으고 투자를 하려면 기다리는 자세를 말한다. 3년 동안 꾸준히 정기적금으로 3,000만원이란 종자돈을 만들기 위해서는 3년이란 시간을 기다려야 한다. 그리고, 50년 후의 미래를 위해서 이 종자돈을 다시 투자하여 더 많은 부를 늘릴 수 있다. 하지만 많은 싱글 직장인들이 범하는 실수 중 하나는 1년 돈 벌어서 유럽여행 갔다 오고, 3년 적금해서 차 사고 이러면서 진정 돈을 모을 수 있는 기회는 없어지는 것이다.

돈으로 돈을 벌기 위해서는 종자돈이라는 것이 있어야 하며, 더 많은 수익률을 내기 위해서는 위험률이 높다. 그중 한 예가 주식과 펀드이다. 주식과 펀드에 투자를 하고서 기다리지 못하고 내려갈 때 초조해 하고 안절부절 못하면서 매일 주식차트만 보고 주식에만 매달려서 자신의 일은 뒷전이 된다면 이는 투자를 안 하는 것이 좋다. 투자를 했으면 묵묵히 기다릴 줄 아는 금융 EQ가 필요한 것이다.

우리가 금융 FQ가 높은 금융달인형이 되기 위해서는 조급해 하지 않는 기다리는 자세와 더불어 경제를, 보는 부를 바라보는 시각을 키울 수 있는 능력을 갖추어야 한다.

우리는 왜 돈을 모아야 하는가? 우리 삶의 궁극적인 목표는 행복이다. 행복에 대한 기준은 개인마다 다르겠지만 우리는 나이가 들면서 가정을 꾸미고 노후를 준비하는 아래 그림과 같은 비슷한 사이클을 가지고 있다.

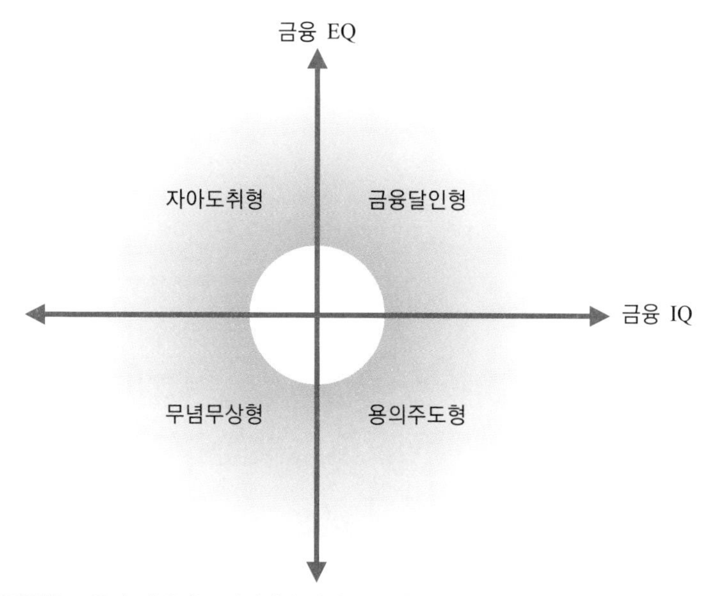

- 금융달인형 – 돈에 관해서는 지성이나 감성 모두 충분해서 지금까지 기울여온 관심과 노력 정도만 계속하면 큰 문제 없이 평생을 살 수 있다.
- 자아도취형 – 돈에 대해 바람직한 가치관을 지녔지만 구체적인 지식이 부족하여 손해를 보기 쉽다. 보다 효과적으로 돈을 불리고 활용하는 방법에 대한 공부가 필요하다.
- 용의주도형 – 돈에 대해 지식은 많지만 돈의 진정한 의미와 역할의 인식에 대해 바로 잡아야 할 부분이 많다. 사회의 한 구성원으로서 어떻게 돈을 모으고 쓰고 나눌 것인지 보다 깊이 생각해 볼 필요가 있다.
- 무념무상형 – 돈에 대한 지식이 없으면서 돈을 헤프게 쓴다. 돈을 버는 것과 쓰는 것의 균형 감각이 필요하며 전반적으로 많은 노력을 기울여야 한다.

〈그림 2–4〉 금융 FQ

일반 직장인들의 경우 20대에는 지출이 많고, 30대 즈음이 되서 소득이 많아지고 55세쯤 경제적으로 가장 많은 벌이를 하다가 그 이후에 정년을 맞이하면서 소득은 급격히 감소하게 된다.

점점 정년이 짧아지고 있는 시점에서 우리는 의학의 발달로 인해 평균연령이 80이 넘는다. 그렇다면 우리는 퇴직을 하고 30년을 살아야 하는데 어떻게 할 것인가?

미리 준비한 사람만이 나머지 30년의 인생을 윤택하게 살 수 있다. 금전적인 부분을 미리 계획하고 준비할 뿐 아니라, 꾸준히 자기 계발을 해서 나의 가치를 올려야 할 필요가 있다.

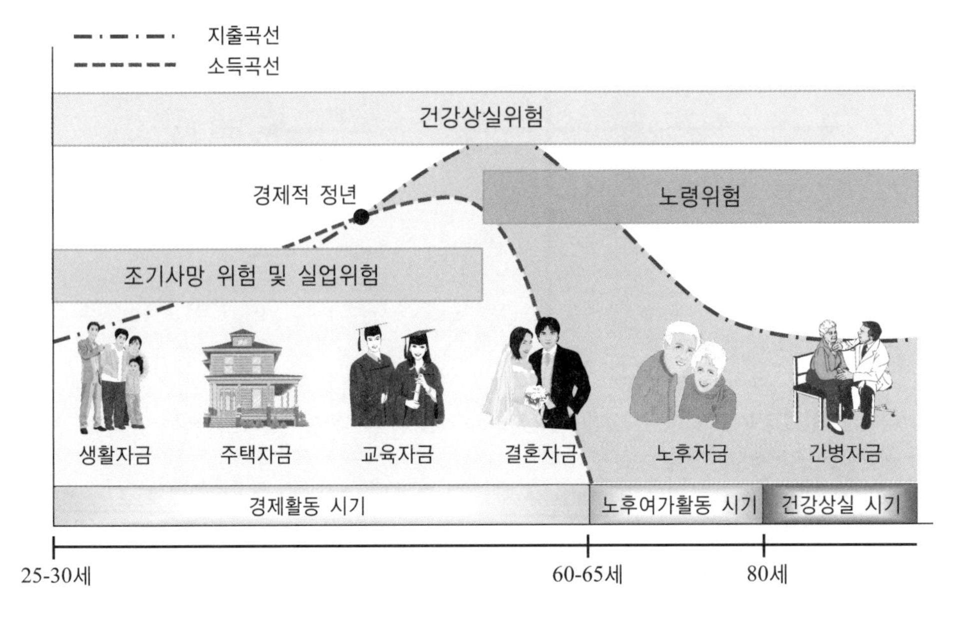

〈그림 2-5〉 금융 라이프

2) 돈을 어떻게 모을 것인가?

20대 중 · 후반에 이르면 경제활동의 객체가 아닌 주체로 거듭나는 사회초년생이 된다. 본격적으로 '내가 버는 돈'이 생기게 되고 이것저것 하고 싶은 것도 많아진다.

사회생활을 시작한다는 것은 경제적으로 독립해야 한다는 것을 의미하는데 이는 단순히 부모로부터 돈과 생활비를 의지하지 않는다는 것 이외에 부모님의 울타리를 벗어나 자신의 힘으로 결혼도 하고 집도 장만해야 한다는 것을 의미한다.

본격적인 재테크 입문기로서 '대박'을 노리는 주식 투자나 부동산 보다는 알뜰히 저축하는 정도(正道)를 걷는 재테크를 실행하는 시기인 것이다.

(1) 월급의 40%, 최소 30% 이상은 저축하는 습관부터 갖자.

쓸 돈 다 쓰면서 돈이 모일 리가 없는 건 상식이다. 목돈을 모으려면 '절약'은 선택이 아닌 필수이다. '재테크'의 기본은 '절약'이라고 말한다. 절약을 하기 위해서는 가계부 쓰는 습관은 익혀 내가 돈을 어디에 소비하는지 내용을 꼼꼼히 점검하고 줄여 나가야 한다.

아껴 쓰기만 한다고 목돈이 저절로 모이는 것은 또 아니다. 투자할 때의 계획, 바로 '포트폴리오'도 중요하다.

자신만의 인생 스케줄', 그래서 필요하단다. 아직 젊다고 시간이 무한정 남아있다고 생각하는 것은 오산이라고. 나이가 들수록 쓸 돈은 불어나고 나에게 주어진 시간은 줄어들고 있다는 사실을 잊지 말아야 한다.

가진 시간이 얼마인지, 앞으로 나이대마다 어떤 일을 이뤄야 할 것인지 적어봐야 막연한 생각이 아닌 실제적이고 구체적인 계획을 세울 수 있다. 또 앞으로 그 목표를 이루기 위해서 걸릴 시간이 1년인지, 10년인지에 따라 단기에서 장기의 계획을 세워야 목표를 이룰 가능성도 높아진다.

월 40%, 최소 30% 이상은 반드시 저축부터 하고 나머지 돈으로 생활하는 습관부터 기르자. 쓰고 남은 돈으로 저축한다는 마음을 버리고 꾸준히 저축하는 습관을 갖기 위해서는 '선저축 후소비'하는 습관이 중요하기 때문이다. 일을 도모하기 위해 월 급여가 자동이체 되거나 시중 우량은행 중에 주거래 은행을 선정하여 꾸준히 거래하면 나중에 대출이나 금리 등 기타 서비스를 제공받는데 유리하다.

돈은 이렇게 써라…

- 기간별 소비계획을 세우고 정기적으로 체크하라
- 조그만 것을 살 때도 신중해라
- 꼭 살 것이면 가격 비교를 잘 하라
- 더치 페이와 지출을 꼭 기입하라
- 자기계발과 같은 투자 성격의 소비에 지출하라
- 인터넷 쇼핑을 할 때에는 꼼꼼하게 하라
- 청개구리식 소비를 하라
- 돈을 직접 벌어봐라

(2) 차곡차곡 목돈을 모으자.

이 시기는 종자돈를 만드는 시기이다. 처음에 종자돈를 만들기가 어렵지 그 이후 불리는 것은 그리 어렵지 않으므로 꾸준히 모아야 한다. 이 시기에 가장 유리한 상품은 단연코 근로자 우대저축 및 신탁일 것이다. 연간 총 급여액이 3천만원 이하인 근로자만 가입할 수 있으나 근무기간이 1년 미만인 근로자는 근속 월수에 대한 총급여액을 연으로 환산하여 3천만원 이하면 가입할 수 있다. 현재 저축은 연57%의 확정이자를 단리로 지급하고 신탁은 연 6% 수준의 실적 배당률을 6개월 복리로 지급하고 있다.

안정적인 확정금리를 선호한다면 저축을, 공격적인 실적배당을 선호한다면 신탁을 선택하는 것이 좋으며, 20대에 펀드 또는 주식 투자의 비율을 20% 대로 하여 경제에 관심을 갖는 것도 중요하다.

(3) 주택관련 상품에도 꼭 가입한다.

또한 서둘러서 가입해야 할 상품은 주택청약 관련 상품이다. 국민은행에서 독점하다시피 한 이 상품은 올 3월 말부터 모든 은행으로 확장되어 경쟁이 치열한 만큼 대출이나 그 외 서비스가 짭짤하다. 또한 올 해 3월말부터 세대주가 아니더라도 20세 이상 성인이면 누구나 주택청약저축에 가입할 수 있으므로 이 상품에 가입하자.

주택마련 상품으로는 청약예금, 청약부금, 청약저축 등 3가지 상품이 있는데 신입사원의 경우 주택청약저축 혹은 부금에 가입하는 것이 낫다. 청약저축은 전용면적 25.7평 이하 국민주택이나 임대 주택을 분양받을 수 있고 청약부금은 전용면적 25.7평 이하 민영주택을 분양받을 수 있으며 주택자금을 융자받을 수도 있다.

매월 15만원 정도를 청약부금에 가입하면 2년이 넘어 전용면적 25.7평 이하의 민영주택을 1순위로 청약할 수 있는 자격을 갖출 수 있다. 이런 주택청약저축 외에 미래의 주택자금대출을 위해 미리 준비해 둔다. 요즘 대출세일의 시대를 맞아 은행거래 실적이 없어도 담보만 있으면 대출 받기가 쉽다고들 하나 금융환경이라는 것은 얼마든지 변하게 마련이기에 부족한 전세자금 및 주택구입자금을 위해 대출이 가능한 상품에 미리 가입해두는 것이 좋다.

여러 은행의 대출가능 부금상품 외에 장기 주택마련 저축이나 내집마련 주택부금과 같은 상품은 이자소득에 대한 비과세에다 연말정산시 최고 180만원까지 소득공제혜택과 장기대출을 받을 수 있는 장점이 있으므로 이 또한 주택마련시를 대비하여 검토할 필요가 있다.

(4) 노후 준비는 빠르면 빠를수록 좋다.

아직 앞길이 창창한 20대에 벌써부터 노후 준비 하자고 하면 의아해 할 것이다. 그러나 노후대비는 학교를 졸업하고 취업한 20대부터 차근차근 준비해 나가는 것이 그 혜택 면에서 훨씬 좋다.

예를 들어보면 개인연금을 만 26세부터 30년간 매월 10만원씩 가입한 후 56세부터 20년간 연금을 수령한다면 매월 약 160여만원을 수령할 수 있다(연 수익률 연 9.0%로 가정 시). 그러나 10년 늦은 36세에 매월 10만원씩 20년간 가입한 후 56세부터 20년간 연금을 수령한다면 매월 60여만원 밖에 수령하지 못한다.

노후 준비의 대표적 금융상품이 개인연금이다. 개인연금은 중도 해지시에는 정상 과세하는 상품으로 노후생활 및 장래의 생활 안정을 목적으로 일정금액을 적립하여 연금으로 원리금을 정하는 장기 고수익 저축상품이다. 만 20세 이상 가입이 가능하고 매월 1만원 이상 100만원(또는 분기 당 300만원)까지 입금이 가능하나. 최소한 10년 이상 적립을 해야 하며 55세 이후에 5년 이상 연금으로 지급받을 수 있다. 연금은 매월 받을 수 있으나 수익자가 원할 경우에는 3개월 또는 6개월, 1년 단위로 정할 수도 있다. 이 상품은 이자소득에 대한 비과세혜택 뿐만 아니라 연간 납입금액의 40% 범위 내에서 최고 72만원까지 소득공제를 받는다.

상품별로 꼼꼼히 비교 · 분석한 후 가입하는 것이 중요하다.

(5) 보너스로 목돈을 마련하자.

목돈을 만질 수 있는 기회인 보너스는 월 복리 적립신탁으로 늘려보거나 RP(환매조건부채권)같은 단기에 금리 경쟁력이 있는 상품에 투자해 볼 만하다. 월 복리적립신탁은 1년 6개월 이상의 기간안 수시로 자유롭게 적립하면서 세금우대도 가능하며, 매월 이자가 복리로 운용되는 실적배당 상품인데 그 종류가 다양하게 있어 자신의 선호에 따라 선택하기 용이하다. RP는 500만원 이상이면 투자가 가능하고 투자기간은 30일에서 1년이며 중도 환매가 가능하다. RP는 예금자 보호대상에서 제외되지만 이는 금융기관이 보유하고 있는 국채통화 안정증권, 산업금융채권 등 신용도가 우수한 채권이 대부분이므로 안정성에는 큰 문제가 없다고 할 수 있다.

(6) 신종 금융서비스와 소득공제 혜택 등 금융기관 서비스를 잘 활용하자.

은행의 최신식 서비스를 맘껏 활용하자. 은행의 폰 뱅킹과 PC뱅킹, 인터넷 뱅킹은 그 편리함보다는 수수료 절감으로 더 돋보인다고 하겠다. 사회 초년생들은 신세대답게 새로운 금융서비스를 최대한 이용하여 비용의 혜택도 톡톡히 맛보는 것이 좋다고 하겠다. 현금을 쓰는 것보다 카드를 쓰는 것이 훨씬 유리하다는 것도 명심하자. 중산 · 서민층 보호를 위한 소득세법개정안이 통과됨에 따라 봉급생활자들의 신용카드 사용금액에 대해서 미미하나마 소득공제가 가능하게 되었다 무절제한 카드 사용만 조심한다면 현금사용보다

소득공제 혜택 및 여러 부가서비스에서 유리한 소비패턴이 될 수 있다고 하겠다.

〈표 2-5〉 금융 EQ 체크 포인트

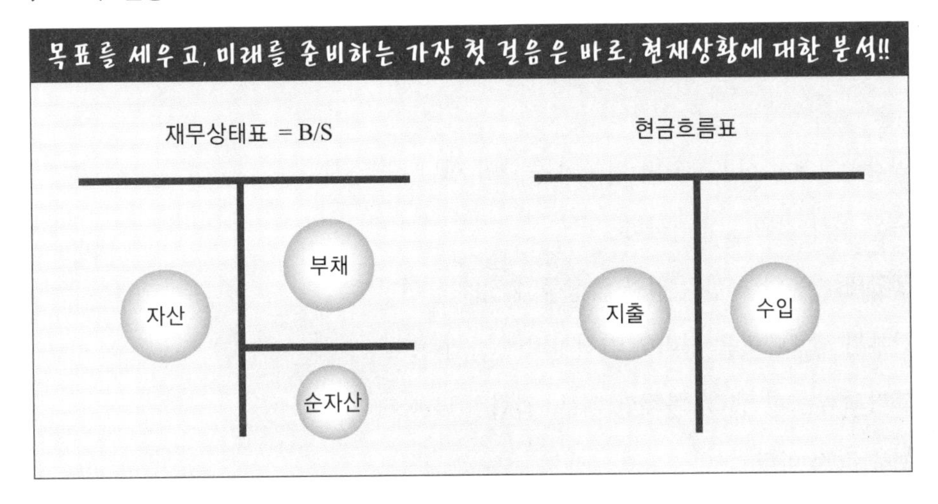

- A4 두 장을 준비한다.
- 한 페이지에 현재의 나의 재무상태, 현금흐름표를 작성해 본다.
- 한 장에는 나의 1년 뒤의 모습, 3년, 10, 20년 뒤의 모습을 적어본다.(원하는 모습)
- 나에게 무엇을 투자할 것인가 적어본다.
- 언제쯤 결혼할 것인가.
- 20년 뒤의 모습은 우리 가족이 꿈꾸는 모습이므로, 이를 함께 적는다.

생각해 봅시다!!!

좋은 인상 만들기

인간관계에서 성공하려면 인상이 좋아야 한다.
좋은 인상 갖기를 훈련하라.
생활의 거울인 자신의 얼굴을 잠들기 전에 들여다보고
하루의 희로애락을 정리하고 잠자리에 들어라.
그리고 우울한 생각, 불쾌한 기분, 걱정의 말을 하면서
눈을 감지 마라.
좋은 인상의 주인이 되기를 원한다면,

이해의 요를 깔고,
용서의 베개를 베고,
사랑의 이불을 덮고,
감사의 잠을 청해보자

아침이 되면 좋은 인상의 자신을 만나게 될 것이다.

– "열린 생각 열린 말이 뉴리더를 만든다" 중에서

PART 3

직장생활 매너 익히기

1. 에티켓 & 매너
2. 다양한 인사 매너 익히기
3, 전화응대 매너 익히기
4, 호칭 매너
5. 소개 매너
6. 명함 교환 매너
7. 업무매너
8. 상석 매너
9. 직장에서의 술자리 매너
10. 장애우에 대한 매너
11. 외국인에 대한 매너

PART 3
직장생활 매너 익히기

1. 에티켓 & 매너

동양의 에티켓은 예절이고 서양의 예절은 에티켓이다.

에티켓은 영어에서의 에티켓(etiquette)으로, 예절 예법, 동업자간의 불문율이란 뜻이며 그 어원은 'Estipuier'(나무 말뚝에 붙인 출입 금지)라는 의미인데 이는 베르사이유 궁전을 보호하기 위해 궁전 주위의 화원에 말뚝을 박아 행동이 나쁜 사람이 화원에 들어가지 못하게 표시를 붙여 놓은 것이 그 어원이다. 그 후 단순히 '화원 출입금지'라는 뜻 뿐만 아니라 상대방의 '마음의 화원'을 해치치 않는다는 의미로 넓게 해석하여 '예절'이란 의미로 자리잡게 되어 이것이 오늘날 널리 사용되고 있는 에티켓의 유래이다.

매너는 manuarius라는 라틴어에서 생겨난 말이다. manus와 arius라는 말의 복합어로서 manus란 영어의 hand란 뜻을 내포하고 있으며 "손" 이라는 의미 외에 사람의 행동 습관들의 뜻을 말한다. arius는 영어의 'more at manual, more by the manual' 이란 뜻으로 방식, 방법의 의미를 나타낸다. 따라서 매너란 사람마다 갖고 있는 독특한 습관이나 몸가짐을 뜻한다.

따라서, 에티켓은 공공의 의미로 "지킨다.", 또는 "지키지 않는다."라고 표현할 수 있는 반면 매너는 개인, 개별적 의미로 사람을 얘기할 때 "매너가 좋다, 나쁘다."라고 말할 수 있다.

특히, 직장 내에서는 누구에게나 호감을 줄 수 있는 유연함으로 상대방에 대한 배려가 느껴지는 언어를 사용한다. "먼저 하시지요", "...해도 괜찮으시겠습니까?" 라고 상대방의 의향을 묻는 것이 중요하다.

또한, 공적인 자리에서 만큼은 개성보다는 예의를 우선한 옷차림을 갖추는 것 역시 중요하다. 적극적인 감사표현과 반듯하고 경우가 바르게 행동한다. 에티켓을 잘 지키는 매너가 좋다는 소리를 들을 수 있어야 한다.

책에 나오는 일화 중에 영국 엘리자베스 여왕이 중국 고위 관리와 정찬을 하게 되었다. 디저트가 나오기 전에 웨이터가 핑거볼(손가락을 씻는 작은 물그릇)을 가져왔다. 서양 테이블 매너를 몰랐던 중국 관리가 그만 핑거볼의 물을 마셨다. 그러자 여왕 역시 태연하게 핑거볼의 물을 마셨다. 여왕이 핑거볼에 손을 씻었더라면 중국 관리는 매우 당황했을 것이다. 이처럼 에티켓에는 '이것이다'라고 정해진 원칙이 없다. 상대의 마음을 편안하게 해주고 배려하는 것이 진정한 매너인 것이다.

직장인 비즈니스 매너 점수, 60점

대부분의 직장인이 직장 생활에서 비즈니스 매너가 필요하다고 생각하는 것으로 조사되었다.

온라인 취업사이트 사람인(www.saramin.co.kr 대표 이정근)이 자사회원인 직장인 1,202명을 대상으로 "직장 생활에서 비즈니스 매너가 필요하다고 생각하십니까?"라는 설문을 진행한 결과, 97.8%가 '필요하다'라고 응답했다.

비즈니스 매너가 필요한 이유로는 '매너도 업무 능력 중 하나이기 때문에'(46%)를 첫 번째로 꼽았다. 다음으로 '자기 관리의 한 방법이기 때문에'(22.4%), '상사, 동료와의 관계가 돈독해지기 때문에'(12.3%), '회사생활 만족도가 높아지기 때문에'(10.1%) 등이 있었다.

가장 중요하게 생각하는 비즈니스 매너로는 절반에 가까운 45.8%가 '사교, 대화 등 커뮤니케이션 매너'를 선택했다. 이밖에 '호칭 등 인사 매너'(16.6%), '전화 매너'(12.6%), '협상(연봉, 업무 조율 등) 매너'(6.4%), '보고 매너'(6%), '보고서 작성 매너'(3.6%), '술자리 매너'(2.7%) 등이 뒤를 이었다.

그렇다면, 직장인들은 자신의 비즈니스 매너 점수를 어떻게 평가하고 있을까?

응답자의 23.4%는 '70점'이라고 답했다. 이어 '50점'(19.3%), '80점'(18.1%), '60점'(13.7%), '30점'(6.9%), '40점'(5.9%) 등의 순으로, 평균 60점으로 집계되었다.

한편, 비즈니스 매너 교육을 시행하고 있는 회사는 13.2%에 그쳤고, 비즈니스 매너 교육을 실시하지 않는다고 한 응답자(1,043명)의 79.7%는 회사에서 비즈니스 매너 교육을 시행하기를 원하는 것으로 나타났다.

사람인 김홍식 본부장은 "진정한 프로페셔널로 거듭나기 위해서는 업무 능력이나 성과뿐만 아니라 비즈니스 매너도 필요하다. 호칭, 인사, 옷차림 등 직장생활의 기본적인 비즈니스 매너를 갖추는 것은 자신을 더욱 돋보이게 할 것"이라고 덧붙였다.

출처 : K모바일 민지희기자 news@kmobile.co.kr

2. 다양한 인사 매너 익히기

1) 인사 매너

세계 여러 나라에는 공손하게 손을 합장하는 인사가 있는가 하면, 혀를 날름거리며 상대를 놀라게 하는 인사도 있고, 침을 뱉는 독특한 인사까지 정말 다양한 인사가 있다.

하지만 우리 눈에 우스꽝스럽게 보이는 인사라 할지라도 그 사람들이 그렇게 하는 이유를 알고 나면, '우리와 다르다고 해서 함부로 웃을 일이 아니구나.' 라고 생각하게 된다. 세계의 어떤 인사법도 그런 습관을 가지지 않은 사람들의 눈에는 이상하게 보일 수 있지만, 자주 보고 따라 하게 되면 익숙해지기 마련이다. 옛날에 우리나라에서 악수와 포옹, 키스를 낯설어했지만, 요즘은 흔히 사용하는 인사법이 되었다는 것을 보아도 알 수 있듯이 말이다.

또 세계의 여러 인사 가운데는 '좋은 일이 많이 생기도록' 또는 '모든 일이 순조롭게 되도록' 하는 바람이 담겨진 것도 많다. 손에 침을 뱉는 키쿠유족의 인사도 그 중 하나다. 상대에게 침을 뱉으면서 좋은 일이 생기기를 기원하는 것이다.

'굿모닝'이나 '굿바이'라는 영어식 인사도 그저 관습적인 인사말로 여길 수 있지만, 그 뜻을 좀 더 새겨 보면 '하나님이 당신과 함께 하셔서 좋은 일이 많기를 바랍니다.'라는 축복 기도 같은 인사이다. 이처럼 인사에는 단순한 의사소통의 의미 외에도 사람들 사이에 언제나 축복이 함께하기를 바라는 간절한 마음이 담겨 있다.

인사는 사람과 사람 사이를 이어 주고 서로 화합하는 마음을 북돋아 주는 소중한 씨앗과도 같다. 때문에 인사는 사람이 사는 데 없어서는 안 되는 중요한 요소이다.

문화적인 배경이 서로 다른 두 민족이 만났을 때, 상대방의 인사법을 따라 해 보이면 두 사람 사이가 훨씬 쉽게 가까워질 수 있다. 우리의 마음은 말이나 행동으로 표현을 할 때 더 큰 가치를 지니게 되고, 그 마음을 더욱 잘 이해할 수 있다. 이렇듯 인사는 내 마음을 전달하기 위해서, 그리고 상대방의 마음을 알기 위해서도 사람들 사이에서 꼭 필요하다.

인사(人事)의 사전적 의미는 마주 대하거나 헤어질 때에 예를 표함, 또는 그런 말이나 행동, 처음 만나는 사람끼리 서로 이름을 통하여 자기를 소개함, 또는 그런 말이나 행동, 입은 은혜를 갚거나 치하할 일 따위에 대하여 예의를 차림, 또는 그런 말이나 행동을 말한다. 인사는 좋은 인간관계가 시작되는 신호이며, 자신의 마음의 문을 열어 상대방과 가까워지고 상대방의 마음에 다가감으로써 불안감과 어색함을 감소시키는 역할을 한다. 또한, 상대방의 호의와 환영을 표시한다.

인사의 형태는 동서양으로 구분하자면, 서양에서는 유목 개척 생활을 한 사회에서는 수평적 인사, 선채로 몸의 일부를 접촉하는 악수, 포옹, 키스의 인사를 하고 있으며, 농경, 정책생활을 많이 한 동양에서는 수직적 인사를 통해 서열을 중시하였다는 것을 알 수 있는 인사의 형태는 무릎꿇어 하기, 허리

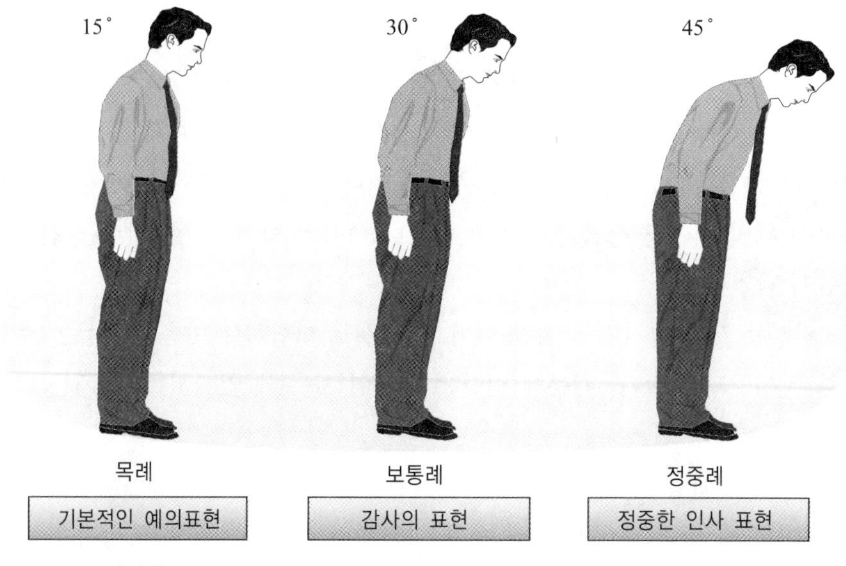

〈그림 3-1〉 인사의 종류

굽혀 절하기, 고개숙여 절하기, 고개숙여 인사하기를 들 수 있다.

우리는 직장 내에서 수많은 인사를 하게 된다. 인사하는 사람이 어색하거나 망설여진다면, 인사를 받는 사람도 마찬가지로 느낄 수 있다. 만약 인사를 제대로 못한다면 회사 내에서 자신감도 부족하게 될 것이고, 사람과의 관계도 꺼려질 것이다.

직장에서의 첫 시작 인사를 잘 하면 하루를 경쾌하게 시작할 수 있다.

보통 인사는 목례, 보통례, 정중례로 나눌 수 있으며, 목례는 간단한 응대, 보통례는 맞이하거나 배웅할 때 감사의 표현, 정중례는 정중한 감사 또는 사과의 의미를 가진다.

하루에도 몇 번씩 보는 동료나 상사를 볼 때 허리를 굽혀 인사하는 것은 서로에게 부담이므로, 아침에 처음 볼 때는 보통례로 하고, 두 번 이상 볼 때는 가벼운 목례로 인사해야 한다.

또한, 업무 중이거나 전화를 받고 있을 때는 가벼운 눈인사를 하는 것이 좋다. 급한 일이거나 고객이 기다리고 있으면, 전화를 잠시 멈추고 “안녕하세요. 잠시만 기다려 주시겠습니까?”라고 인사를 해주어야 한다.

화장실에서는 가급적 인사를 피하는 것이 서로에게 예의이다.

그럼, 인사는 어떻게 하면 좋을까?

같은 인사라도 솔~ 톤으로, 인사말 끝은 살짝 올리고, 분명한 발음, 밝고 활기찬 목소리로 한다면 듣기 좋은 인사말이 된다.

인사의 기본자세는 눈을 마주치고(Eye contact) 미소(Smile)를 함께 하여야 한다. 대개 우리는 눈을 마주치지 않고 인사를 하는 경우가 많은데 이는 상대방에게 실례이며 무시하는 느낌을 줄 수 있으므로 유의하여야 한다.

인사말과 동시에 상체를 숙여 인사를 하고 천천히 일어나면서 다시 한번 눈을 마주치고 미소를 지으며 +말을 한다. +말은 딱딱한 인사를 부드럽게 해 줄 수 있으며, 상대방과 더욱 친해질 수 있는 기회를 마련해 주기도 한다(오늘 날씨가 참 좋네요. 넥타이 멋지시네요. 헤어 스타일이 바뀌신것 같아요. 분홍색 옷이 잘 어울려요). 긍정적이고 밝은 +말을 하는 것이 좋다.

남성은 곧은 자세로 가볍게 주먹을 바지 재봉선에 맞추어 발뒤꿈치는 붙이고 앞의 각도가 30~34도 간격으로 하며, 여성은 곧은 자세로 오른손이 위로 가게 하여 공수자세로 아랫배에 붙여 발뒤꿈치는 붙이고 앞의 각도가 15~30도 간격으로 하며 시선은 정면을 향해야 보기 좋은 인사가 된다.

인사란 자신을 낮추는 것이 아니라 스스로 인격을 쌓아가는 길임을 명시하고 항상 인사를 잘하는 습관을 가져야 한다.

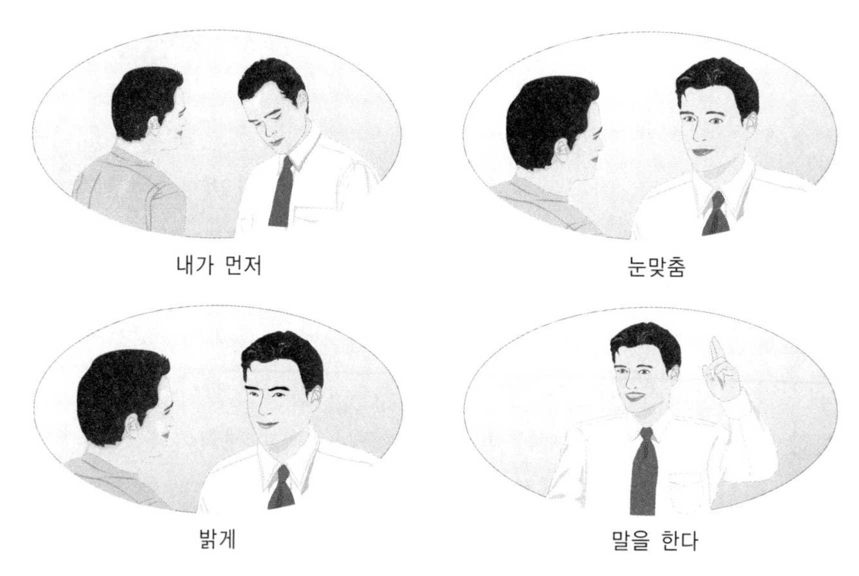

〈그림 3-2〉 인사의 4대 포인트

사람과의 첫 만남을 잘 이끌기 위해서는 무엇보다 서로 반가운 마음을 표현하는 인사와 자신을 효과적으로 소개하는 방법이 필요할 것이다. 인사는 사람과 사람과의 관계를 부드럽게 연결시켜주는 윤활유 역할을 하기도 한다.

인사하는 방법에는 여러 가지가 있다. 우리나라와 같이 허리를 숙여 예의를 표현하기도 하고 포옹을 하거나 키스, 또는 악수 등의 다양한 방법이 있는데 비즈니스에서 특히 많이 사용되는 악수는 대부분의 나라에서 일반적으로 나누는 인사방법이다.

2) 악수 매너

악수(握手, handshake)는 서로 손을 마주 잡고 반가움과 감사 등을 나타내는 인사법으로 원래는 앵글로색슨계 민족이 자연발생적으로 나눈 인사법이나, 현재는 세계적으로 통하는 인사법이라 할 수 있다. 이것은 다시 말해 비즈니스 사회의 격식과 사람간의 친근한 정을 함께 담고 있는 인사법으로서 사회활동과 사교활동의 문을 여는데 매우 중요한 행위이다. 서양에서는 악수를 사양하는 것을 실례로 여기므로 외국인과 만났을 때는 친분의 정도를 떠나 형식으로라도 그에 응해야 한다. 악수를 할 때에는 정중하고 경건한 마음으로 해야 하며, 자연스러운 표정과 바른 자세를 취하는 것이 중요하다.

악수(Handshake)의 유래는 옛날에는 낯선 사람을 만나면, 우선적이라고 의심해 몸에 지니고 있던 칼에 손을 댔다. 그러면서 서로를 경계하며 얼굴을 마주본 채 상대에게 천천히 다가선다. 그러다가 서로 싸울 뜻이 없음을 알게 되면 칼을 거두고, 무기를 쓰는 오른손을 내밀어 적의가 없다는 것을 나타내 보였다. 이와 같은 이유 때문에 무기를 갖지 않은 여성에게는 악수하는 습관이 없었던 것이고 오늘날도 남성들 사이에서 많이 이루어지고 있다.

악수는 밝은 자세로 상대방을 마주하고 밝은 표정으로 목례와 함께 오른손으로 악수를 권한다. 적당히 힘을 주어 손을 2~3회 정도 가볍게 흔든다. 왼손은 바지 봉제선에 붙이는 것이 자연스럽다. 상대방의 손을 적당한 힘으로 잡고 두세 번 가볍게 흔드는데 너무 힘없이 살짝 잡게 되면 '데드 피시(Dead Fish)', 즉 죽은 물고기를 잡은 것과 같이 기분이 나쁠 수 있다.

여성들이 주로 남성과 악수할 때 부끄러워하면서 힘없이 살짝 잡는 경우가 많은데 주의하도록 한다. 그렇다고 너무 힘을 세게 주어 잡으면 상대방이 적개심을 느낄 수 있기 때문에 악수할 때는 적당한 힘으로 한다.

힘의 강도도 나라에 따라 다른데, 미국은 손을 힘있게 잡고 두세 번 흔들고, 프랑스식 악수는 손에 힘을 많이 주지 않는다. 독일식 악수는 언제나 강하고 짧게 흔든다. 사우디아라비아의 경우는 악수를 적당한 힘으로 한 후 양쪽 뺨에 키스를 하기도 한다.

악수할 때는 항상 오른손으로 하고, 허리는 곧게 세운 상태에서 시선은 상대방의 눈을 바라본다.

악수의 순서는 원칙적으로 윗사람이 아랫사람에게 손을 내밀게 돼 있으며, 그 기준은 다음과 같다. 여성, 연장자, 상급자가 먼저 청한다.

우리나라에서는 연장자나 상급자와 악수를 할 때 보통 두 손을 감싸면서 하는 경우가 많은데 원래는 한 손만 내밀고 다른 한 손은 바지 옆 선에 가볍게 댄 상태에서 허리를 15도 정도 숙여서 예를 나타내면 된다.

악수를 청하는 순서는 여성이 남성에게, 연장자가 연소자에게, 상급자가 하급자에게 먼저 청한다. 이러한 악수 청하는 순서는 타인을 소개하고 명함을 주고 받을 때의 순서와는 반대가 된다.

남성은 악수를 할 때는 장갑을 벗는 것이 에티켓이다. 여성과 악수할 때에는 반드시 장갑을 벗어야 하는데 다만 우연한 만남으로 여성이 손을 내밀 때 당황하여 벗느라고 상대방을 기다리게 하는 것보다 '실례 한다'라도 양해를 구한 후, 장갑을 낀 채로 신속하게 악수를 하는 것이 옳다.

여성은 실외에서 악수를 하는 경우 장갑을 벗을 필요가 없이 낀 채로 해도 무방하다. 특히 공식 파티(Receiving Line)에 서서 손님을 맞이할 때 장갑을 끼고 할 수 있다. 부인이 꼭 장갑을 벗어야 하는 경우는 승마 장갑 내지는 청소용 장갑을 꼈을 때 뿐이다.

쉬어가는 페이지

각국의 매너와 에티켓

● **트림과 재채기**

우리나라 사람들은 일반적으로 재채기에 대해 상당한 융통성을 보인다. 이에 비해 서양인들은 코 풀기에 대해 매우 너그러운 입장을 취한다. 코 풀기에 대해 관대하다고 해서 서양인들이 식탁이라든지 혹은 공공장소에서 무시로 코를 탱탱 풀어댄다고 생각하면 오해다. 서양인들도 코를 싫어하기는 한국인이랑 매 한가지다. 코를 계속 훌쩍대는 것보다는 차라리 푸는 게 낫다고 생각할 따름이다. 그리고 코를 풀 땐 그저 손수건으로 닦아내는 정도로 생각하면 크게 틀리지 않는다. 서양인들은 손수건을 보면 마치 조건반사처럼 콧물을 연상한다. 따라서 아무리 향수를 듬뿍 뿌린 예쁜 꽃무늬 손수건이라 할지라도 공공석상에서 시도 때도 없이 꺼내서는 안 된다는 것! 특히 레스토랑에서 냅킨을 사용하지 않고 자신의 손수건으로 입을 닦는 모습을 보면 서양인들은 대경실색하게 되니 주의해야 한다.

● **교제 에티켓**

- 일본인에게 선물할 때에는 흰 종이로 포장하지 않는다.
- 중국인에게는 괘종시계를 선물하지 않는다.
- 자주빛 꽃은 멕시코와 브라질에서는 죽음을 상징한다.
- 흰 꽃은 일본에서 죽음을 상징한다.
- 홍콩인에게는 같은 값이면 한 가지 선물보다는 두 가지를 선물하는 것이 좋다.
- 유럽에서 짝수의 꽃은 불행을 가져온다.
- 중동인에게 애완동물을 선물하지 않는다.
- 일본인과 대만인의 등 뒤에서는 손뼉을 치지 않는다.
- 프랑스인에게는 카네이션을 선물하지 않는다. 장례식에 많이 쓰이므로 불길하게 생각할 수 있다.

● **일본**

- 개인적인 신상에 관한 사항은 질문하지 않는다.
- 접대나 초대를 받은 자리에서는 역사나 정치에 관한 사항은 삼간다.
- 엄지와 검지로 동그라미를 만드는 것은 OK를 의미하는 것이 아닌 돈을 의미한다.
- 지시를 해야 할 경우 손바닥을 위로 향하게 하며, 손가락질과 신체접촉을 삼간다.

● **중국**

- 질서의식과 준법정신이 약하다. 이에 대한 비판적인 언급은 않는다.
- 체면을 중요시하기에 약점을 거론하지 않는다.
- 식사를 중요한 친교방법으로 삼고 있다.
- 사(四)라는 숫자 사용은 금기시하기 때문에 사(四)라는 숫자를 사용하지 않는다.
- 회의를 하기 위해 회의실에 들어갈 때는 높은 순서에 따라 들어가는 위계질서가 있다.
- 대화중에는 눈을 똑바로 봐야 하고 시선을 피하지 말아야 한다.

● **독일**

- 직함을 존중하기 때문에 똑바로 직함을 부르지 않으면 모욕감을 느낀다.
- 여성과의 인사에서는 여성이 먼저 악수를 청할 때에만 악수를 한다.
- 대화중에 종교적인 문제나 정치적인 문제들에 관해서 거론하지 않는다.
- 줄서기 문화가 보편화되어 있다.
- 방문을 하고자 할 때는, 사전약속을 하는 것이 예의다.
- 사업적인 대화중엔 어떠한 경우에도 개인적인 일을 언급하지 않는 것이 예의다.

● **영국**

- 전통의 틀을 무시하지 않는다.
- 신분에 맞지 않는 어휘나 외래어의 사용을 금한다.
- 멋진 태도, 예의, 매너는 신사도의 근간이기에 어떤 경우에도 누가 되지 않도록 한다.

– 왕실이나 종교에 대해서는 언급을 하지 않는 것이 예의다.
– 상대방을 호칭할 때는 잘 아는 사이라도 가장 존경하는 호칭을 쓴다.
– 건배를 할 때는 "여왕님을 위하여"하는 것이 예의다.
– 매일 오후 네 시에서 다섯 시 사이엔 '티타임'이므로, 이 시간엔 방문 · 전화는 삼간다.

● **프랑스**

– 프랑스에 대한 논평적인 언급과 돈에 집착하는 얘기는 삼간다.
– 삿대질을 하지 않는다.
– 실내에서 우산을 펴지 않는다.
– 십삼 명이 식탁에 둘러앉아 식사를 하는 것을 금기시 한다.
– 악수를 할 때 강하게 잡거나 마구 흔들지 않는다.
– 여성을 비하하는 언동은 삼간다.
– 관공서나 공공장소에 갈 때는, 정장을 하는 것이 예의다.
– 남의 물건에 손을 대지 않는다.

● **미국**

– 자기 이름을 대면서 악수를 나눈다.
– 대화를 할 때는 눈을 쳐다보고 하는 것이 예의다.
– 약속시간을 철저히 지키는 것이 예의다.
– 종교에 관한 논쟁을 하는 것은 결례이다.
– 권위적인 언동을 하는 것은 결례이다.
– 신발을 벗지 않는다.

인사는 문화를 반영하는 거울이다. 표현하는 방법이 잘못됐다면 호의는 반감될 수 있다. 조금만 신경 써서 그 나라의 문화를 반영하는 인사법을 익히고 '예(禮)'의 마음을 표현한다면 일반 여행은 물론 비즈니스에 있어서도 훌륭한 접근이 될 것이다.

출처 : 국제예절의 에티켓

3) 키스(Kiss), 포옹(Embrace), 커트시(Curtsey)

키스는 유럽, 미국에서 알려진 인사법으로 키스, 오스쿨룸, 바시움이라 하며, 자신의 입술을 남에게 주는 것 목적과 대상에 따라 키스가 다양하다.

보통 입과 입은 부부나 사랑하는 사이에 하는 것이며, 우정의 표시는 볼에 입맞춤을 하고, 부모 자식 간 부모가 이마에 키스를 하며 자녀가 답례로 볼에 키스하는 것이다.

포옹은 반가움과 친말감을 온몸으로 표현하는 인사법이다.

커트시는 왼발을 뒤로 물리고 무릎을 굽히고 몸을 숙이는 인사법으로 주로 부인들이 가장 공손하게 존경을 표시하는 절로 황제나 황후 황족에게 커드시하는 모습을 자주 볼 수 있다. TV에서 귀족들 또는 공식행사 때 종종 볼 수 있다.

The most important point of greeting is to **SMILE** and make **EYE CONTACT** !

인사에서 가장 중요한 것은
웃음과 눈 마주치는 것임을 잊지 말자!

〈표 3-1〉 세계 여러나라 인사법

나라	인사법
인도	– 인도 힌두교도들의 인사 '나마스테'라는 말은 산스크리트어로 '당신 앞에 절을 합니다.'라는 뜻으로 존경의 표시고, 조금 더 공손한 표현을 쓰고자 한다면 '나마스카'라는 존칭도 있다. 두 손을 공손하게 가지런히 모으며 하는 인사법으로 한국에서의 불교도들의 인사와 흡사하다. – 소수파 무슬림(이슬람교)신자들은 나마스테 인사법과는 다르게 오른손을 자신의 왼쪽 가슴(심장이 있는 곳)에 갖다 대면서 '아 살람 알레이쿰'이라고 한다.
중국	양 팔꿈치를 잡고 허리를 굽히면서 '세세'하면서 인사한다.
이스라엘	'샬롬! 샬롬!'이라고 하면서 상대방의 어깨를 주물러 준다.
하와이	한 사람은 상대방의 목, 다른 사람은 상대방의 허리를 감싸 안고 왼쪽 뺨을 비비면서 '알로하'하고 인사한다.
동아프리카 키쿠유족	상대방의 손에 침을 뱉는다.
동아프리카 마사이족	할아버지가 어린아이들을 만나면 머리를 쓰다듬으며 '좋은 일 있어라' 라고 한다.
몽골족	몽골에서는 서로 껴안고 상대의 몸 냄새를 맡는 인사를 함.
세네갈의 왈로프족	윗사람에게 인사할 때는 상대의 오른손을 들어서 자기 이마에 댄다.
남아메리카 와카이족	얼굴과 가슴을 쓰다듬으며 볼을 비빈다.
지중해연안	양쪽 뺨에 키스를 한다. 하지만 연인 사이가 아니라면 소리만 내고 실제 키스는 하지 않는다.
네팔	양손을 이마에 붙이고, '나마스테'라고 하면서 양손을 이마 높이에서 앞으로 쭉 내밀어 상대방과 손뼉을 세 번 친다.
알래스카	코를 서로 비비면서 한 사람이 부댄니하면 상대방은 으으응하면서 소리를 낸다.
이누이트	반갑다는 뜻으로 서로의 뺨을 때린다.
티베트	자신의 귀를 잡아당기며 혓바닥을 길게 내민다.
중남미	껴안고 키스를 한 후 친근함의 표시로 어깨를 몇 번 두드리는 인사

미국식 바디 랭귀지

몸짓은 또 하나의 훌륭한 의사 전달 수단으로 body language라고도 한다. 이러한 몸짓 언어가 전달하는 의미는 언어와 문화에 따라 다른데 미국인들이 흔히 하는 손짓과 몸짓의 의미를 알아보자.

〈그림 3-3〉 미국식 바디 랭귀지

3. 전화응대 매너 익히기

정보화 시대의 업무 기본인 전화는 정보화 시대의 필수적인 의사교환수단이다. 그러므로 그 사용능력을 향상시키는 것은 곧 업무능력 향상과 직결된다.

한번도 우리 회사를 방문하지 않았어도 직원의 전화응대가 성의 있고 친절하면 회사의 이미지가 좋아지게 된다. 고객은 전화 한통화로 회사의 전부를 판단한다.

전화응대는 단지 음성에만 의존하는 것이기 때문에 잘못 들음으로 해서 오해가 생길 수 있으므로 세심한 주의가 필요하다.

신입사원 시절 가장 먼저 해야 하는 부분 중 하나가 부서의 전화를 받고 해당 직원에게 연결하는 업무를 하게 되므로 전화응대를 차근차근 익혀가는 것이 중요하다.

전화의 특성과 그에 따른 주의사항

전화는 청각적인 요소만을 통해 의사가 전달되기 때문에 음성, 말씨, 정중한 표현, 정확한 언어, 적당한 속도가 중요하다. 또한 상대방의 표정, 태도, 주변의 환경을 알기 어렵기 때문에 상대방의 전화응대 상황을 고려하는 경청능력을 갖추어야 한다.

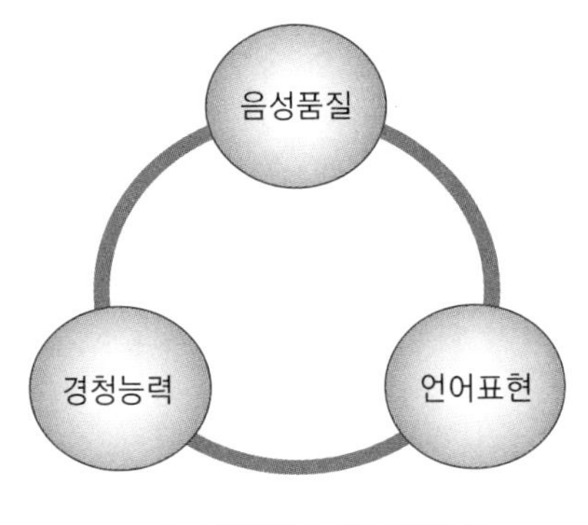

〈그림 3-4〉 전화의 3대 구성요소

- 전화에도 표정이 있다.

어느 호텔의 전화 교환수 책상에는 거울이 놓여져 있다고 한다. 전화벨이 울리면 먼저 미소부터 짓는다고 한다. 목소리만 들어도 상대의 표정을 읽을 수 있다. 전화응대의 기본은 밝은 얼굴에서 시작된다.

- 왼손에는 수화기, 오른손엔 메모준비를

전화 통화시의 정확한 수신을 위해서는 언제나 메모할 준비가 되어 있어야 한다.

오른 어깨에 수화기를 기댄 채 메모하는 습관은 지양하도록 한다.

상대에게 나의 모습은 보이지 않으나 바른 자세로 응대하는 것은 전화응대의 기본적인 예의이다.

- 간단, 명료한 통화

어느 책자에 의하면 우리나라의 평균 통화시간은 1분 48초로 미국의 2배, 일본의 1.5 배라고 한다. 불필요한 말을 늘어놓다가 정작 꼭 해야 할 말을 못하는 경우가 있다.

통화 전에 전할 말들을 메모하여 통화하는 습관은 중요하다.

1) 전화를 받을 때

(1) 신호가 울리면 즉시 응답하라

신호가 1번도 채 울리기 전에 수화기를 들면 상대방이 당황할 수 있으므로 신호가 1~2 번 울린 뒤에 받는 것이 좋다. 아무리 바쁜 일을 하던 중이라도 전화벨이 세 번 울리기 전에 받도록 하며 늦게 받았을 경우 반드시 죄송하다는 사과의 말을 먼저 전한다.

(2) 예의바르게 응대한다.

상대방에게 자신의 미소를 전달할 수 있을 정도로 친절하고 예의바르게 응대한다. 때로 지나친 친절은 상대방을 부담스럽게 할 수 있으므로 친절함이 사무에 맞는 친절임을 잊지 않는다. 발음은 정확하고 목소리는 명랑하게 의사전달이 확실히 되도록 한다. 바람직한 목소리는 낮으면서 공손하고 활기찬 목소리며, 무표정한 음성과 지나치게 크거나 작은 목소리, 마지 못해 대답하는 듯한 태도는 상대에게 불쾌감을 주게 된다.

(3) 언제나 메모할 수 있도록 한다.

전화응대시 필요한 내용을 적을 수 있도록 전화기 옆에 항상 공책과 펜을 가까이 두도록 한다. 통화 도중에 메모지나 펜을 찾는 태도는 상대방에게 신뢰감을 줄 수 없을 뿐 아니라 전문 직업인의 자세라 볼 수 없다. 전화가 오면 왼손으로 수화기를 잡는 동시에 오른손에 펜을 잡는 것을 습관화하면 메모하는 습관이 저절로 몸에 익혀진다.

2) 전화를 걸 때

(1) 용건을 정리한다.

전화를 걸기 전에 전화를 거는 목적을 가능한 5W1H에 따라 정리하고 말할 순서를 미리 생각한다. 그러나 전화통화가 많은 비서직은 매번 내용정리 후 전화 걸기는 쉽지 않으므로 걸기 전에 반드시 머릿속으로 정리를 한 후 다이얼을 돌리도록 한다.

(2) 필요서류 등을 구비해 놓는다.

비서가 전화통화 중 "잠시만요"하고 자료, 메모지를 찾는 행동은 통화 시간을 지연시킬 뿐 아니라 상대에게 신뢰를 줄 수 없다. 전화 걸기 전 필요한 서류나 자료를 반드시 갖추어 놓고 메모 노트와 펜은 항상 책상 위에 있어 언제든지 이용할 수 있도록 한다.

(3) 상대방의 소속과 이름을 확인한다.

다이얼을 돌리기 전 상대방의 이름, 소속, 전화번호 등을 정확히 확인한다.

비서는 여러 곳에 동시에 전화해야 하는 경우가 많다. 이 때 전화를 걸어놓고 누구에게 걸었는지 생각나지 않아 당황하여 전화를 끊는 경우가 발생하지 않도록 한다.

(4) 자신을 밝히고 상대방을 확인한다.

자기 소속과 이름을 밝히고 상대방을 확인한다. 자신을 소개할 경우는 회사명, 부서명, 이름순으로 밝히도록 하고, 상사를 대신하여 전화를 걸 경우 반드시 "김영철 사장님 비서 이선화입니다" 등으로 소개한다.

(5) 용건은 결론부터 말한다.

공적인 전화이므로 인사는 간단히 하고 서두를 시작하여 바로 용건으로 들어가도록 한다. 용건은 결론부터 말하고 다음에 필요한 내용을 서술한다.

(6) 복창을 하도록 한다.

용건을 전달하면 받는 쪽이 복창하는 것이 예의이다. 그러나 상대방으로부터 아무런 반응이 없을 때 전화를 건 쪽에서 복창하여 상대방의 이해 여부를 반드시 확인하다. 특히 숫자나 날짜 등은 반드시 복창하여 재확인한다.

(7) 끝맺음을 한다.

인사를 하고 수화기를 조용히 내려놓는다. 전화 건 사람이 먼저 끊으나 상대방이 손윗사람일 땐 상대방이 수화기를 내려놓은 후 조용히 내려놓는다.

2) 전화 연결 요령

(1) 자리에 사람이 있는 경우

- 보류버튼을 누르고 받을 사람에게 말한다.

  TIP 고객이 기다리지 않게 신속, 정확하게 연결

  TIP 전화 건 사람에 대한 기본정보(소속, 이름, 용건)을 미리 받을 사람에게 전달하여 번거롭지 않게 한다.

  "대리님, 인비닷컴 이순신씨로부터 전화입니다. ㅇㅇ건으로 전화하셨는데 곧 연결해 드리겠습니다"

- 돌려줄 때

  "네 연결해 드리겠습니다. 혹시 끊어지면 123번으로 하시면 됩니다. 잠시만 기다려 주십시오."

– 기다리게 할 때

"죄송합니다. 통화중이신데 잠시만 기다려주시겠습니까?"

"먼저 걸려온 전화가 길어지고 있는데 죄송합니다만 잠시후에 다시 걸어 주시겠습니까?"

– 기다리게 했을 때

TIP 꼭 기다리게 한 것에 대해 사과해야 한다. 아무리 짧은 시간을 기다렸다고 해도,

"기다려 주셔서 감사합니다. 곧 연결해 드리겠습니다."

"기다리게 해서 죄송합니다. 곧 연결해 드리겠습니다."

– 같은 성(이름)이 있을 때에는 성명과 소속을 확인

"홍대리님은 두 분이 있습니다만 어느 부서의 홍대리님을 찾으십니까?"

– 조금 시간이 소요되리라 생각될 경우

"조금 시간이 걸릴 것 같은데, 괜찮으시다면 이쪽에서 다시 전화를 드리면 어떻겠습니까?"

– 용건을 잘 몰라 담당자를 바꿀 경우

"죄송합니다만 그 업무는 제가 잘 모르는 사항이라 담당자인 홍길동씨를 바꿔드겠습니다. 잠시만 기다려 주십시오."

(2) 자리에 받을 사람이 없는 경우

– 부재중임을 알린다.

잠시 자리를 비운 경우 출장, 휴가, 식사, 회의 등의 경우를 간단히 말하고 끝나는 시간, 혹은 귀사 예정시간 및 일자를 말한다.

TIP 간단한 정보는 제공하지만 구체적으로 세세히 일정을 말할 필요는 없다.

TIP 자리를 오래 비우고 있는 부정적인 느낌을 주지 않도록 말한다.

TIP 다시 연락할 시간을 알려드릴 때는 정확하게 말씀드려 2번째 통화에는 연락이 되도록 한다.

"지금은 휴가 중이십니다. 다음 주 월요일 출근 예정입니다."

- 용건 해결이 가능한 경우

직접적인 업무에 관계된 용건인 경우 자신이 해결, 처리해 드릴 수 있을 때에는 그점을 알린다.

"그 일이라면 제가 내용을 알고 있으니 말씀드려도 괜찮으시겠습니까?"

TIP 단 자신의 입장과 위치를 생각하여 이야기 해야 한다. 극단적인 애로 사항의 경우 내용을 알고 있다고 해도 담당자와 연결하도록 한다.

- 전화받는 자신의 성명을 재차 알려준다.

책임 있게 전화 응대함을 느끼게 한다.

"네 저는 이순입니다. 꼭 전해드리겠습니다.

- 끝인사 후 끊는다.

상대가 끊고 나서 조용히 수화기를 놓는다.

전화응대 사례

– 범하기 쉬운 실수

고객 : 여보세요? 거기 ○○ 기업 총무과 맞지요? 거기 총무 과장님이 팩스를 넣어 달라고 하셨는데, 잘 들어가지 않네요. 고장 났나요?

직원 : 글쎄요? 그럴 리가요……

고객 : 다른 팩스번호 없나요?

직원 : 다른 부서에 있어서 번호를 모르는데

고객 : 그러면, 총무과장님 자리에 계세요?

직원 : 안 계신데요

고객 : 알았어요. (뚝~~~~)

– 고객의 숨은 니즈(Needs)

▶ 팩스가 제대로 들어가지 않으니, 답답하고 급한 마음을 알아줬으면 좋겠다.

▶ 다른 팩스번호를 안내 받았으면 좋겠다.

▶ 담당과장의 연락처나, 전달할 메모를 남겼으면 좋겠다.

– 적극적, 공감적 경청

고객 : 여보세요? 거기 ○○ 기업 총무과 맞지요? 거기 총무 과장님이 팩스를 넣어 달라고 하셨는데, 잘 들어가지 않네요. 고장 났나요?

직원 : 어머, 그러셨어요? 죄송합니다. 팩스가 아마 고장인가 보네요.

고객 : 다른 팩스번호 없나요?

직원 : 다른 부서에 있어서 번호를 모르는데, 제가 알아서 연락드리면 안될까요?

고객 : 아니요 괜찮습니다. 그러면 총무과장님은 자리에 계신가요?

직원 : 지금 자리에 안 계신데요.혹시,전하실 말씀 있으시면 메모 남겨드릴까요?

고객 : 아뇨…제가 직접 핸드폰으로 연락하겠습니다. 안녕히 계세요.

직원 : 네 감사합니다. 좋은 오후 되세요.

▶ 고객의 숨은 욕구를 파악하고 충족시키기 위해 질문, 대안 제시를 하며 듣는 적극적 경청

▶ 고객의 감정흐름에 맞추어 반응하며, 맞장구, 복창을 하며 듣는 공감적 경청

〈표 3-2〉 전화예절 지수 체크표

No	점검항목	체크
1	상대방이 앞에 있다는 생각으로 밝은 표정과 올바른 자세로 전화통화를 한다.	
2	전화를 받는 동시에 메모할 준비가 되어 있다.	
3	통화시에 보이지 않는다고 음식물을 먹거나 담배를 피우지 않는다.	
4	잘못 걸려온 전화도 친절히 응대한다.	
5	상대방이 전화를 끊기 전에 수화기를 먼저 내려놓지 않는다.	
6	내 기분이 나쁘다고 전화를 건성으로 보거나 시큰둥하게 보지 않는다.	
7	아랫사람이 받는다고 해서 자기 이름을 밝히지 않거나 반말하지 않는다.	
8	전화메모를 전할 땐 6하 원칙에 의거 메모를 한다.	
9	내 담당업무가 아니라도 전화문의를 받으면 해결을 위해 노력한다.	
10	전화벨이 3번 이상 울리기 전에 받는다.	
11	전화를 끊을 때 내 이름을 밝힌다.	
12	불만전화를 받았을 땐 내 잘못이 아니더라도 먼저 사과한다.	
13	전화를 걸고 있는 사람 옆에서 시끄럽게 잡담을 하지 않는다.	
14	화가 난 고객의 말을 중간에서 자르지 않고 끝까지 경청한다.	

쉬어가는 페이지

친절한 전화응대

작은 중소기업에 경리 직원으로 근무하는 주영 씨는 온종일 업무에 열중하는 동안 간혹 잘못 걸려온 전화를 받느라 애를 먹곤 했다. 그러던 어느 날 그녀가 꼭 처리해야 하는 일 때문에 빈 사무실에 혼자 남아 야근을 하고 있는데, 조용한 사무실에 전화벨 소리가 요란하게 울려 퍼졌다. "여보세요?"

잘못 걸려온 전화였다. 그녀는 상대방에게 잘못 걸었다고 말한 뒤 정중하게 수화기를 내렸다. 잠시 후 또 전화벨이 울렸다. 퇴근시간이 한참 지났는데도 전화가 자꾸 오자 은근히 화가 났지만 그녀는 상냥하게 수화기를 들었다. 그런데 좀 전에 전화를 잘못 걸었던 바로 그 사람이었다.

"또 잘못 거셨네요, 전화번호를 확인하고 다시 거세요."

그러자 상대방은 몹시 미안해하며 전화를 끊었다. 그러나 그녀가 다시 일에 집중하려고 할 때 또 한번 전화벨이 울렸다. 이번에도 역시 같은 사람이 잘못 건 전화였다. 순간 주영 씨는 화가 치밀어 올랐다. 동시에 그녀의 머리 속에 '반짝'하고 아이디어가 떠올랐다. 그녀는 화를 가라앉히며 말했다.

"똑같은 분에게 같은 전화를 세 번이나 받은 것도 뭔가 인연이 있는 것 같네요. 저희 회사는 파이프를 만드는 작은 회사입니다. 전화를 받고 선전하는 것이 좀 멋쩍지만 혹시 파이프가 필요하시다면 지금 거신 번호로 연락을 주십시오."

그 후 몇 달이 지난 어느 날, 사장님이 기분 좋은 표정으로 주영 씨를 불렀다.

"주영 씨, 몇 달 전에 잘못 걸린 전화를 받은 적 있죠? 글쎄, 그때 주영 씨와 통화했던 분이 오늘 전화를 했는데, 우리 회사 여직원이 아주 상냥하다고 칭찬하면서 대량의 파이프를 주문했지 뭐예요. 이게 모두 주영 씨 덕분이예요."

주영 씨의 상냥한 전화응대로 단골을 얻게 된 것이다.

출처 : 좋은 생각

4. 호칭 매너

우리가 직장생활을 할 때 가장 먼저 해야 하는 부분이 호칭이다.

직장은 사람들에게 생계의 터전이 되고, 사람들은 그 직장의 동료들과 가족보다 더 많은 시간을 함께 보낸다. 그렇게 직장에서 이루어지는 인간관계, 주고받는 말 한마디는 그 사람의 희노애락에 직접적인 영향을 끼치기도 한다.

직장에서 많은 사람들과 만나고, 만나는 사람들은 이해관계가 얽혀 있기도 해서 직장에서의 언어 예절은 매우 조심스럽다. 특히, 직장에서의 화법은 대개 동료, 상하 간의 호칭지칭어 문제와 상급자 앞에서 차상급자를 높여야 하는가 낮춰야 하는가의 문제로 나뉜다.

호칭이 자연스럽지 못하면 말을 이어가기가 참 난감할 때가 있다.

조선일보사와 국립국어연구원이 직장인들을 대상으로 '어떻게 불리기를 원하십니까?'를 물어 본 결과 절대 다수가 'OOO 씨'라고 응답했다. 이것은 남자가 남자를 부를 때나 남자가 여자를 부를 때, 여자가 남자를 부를 때 등 모든 경우에 동일했다.

1) 일반적인 호칭 및 경칭

- 외국인을 호칭할 때는 직위가 아닌 이름을 부른다. (예 : Mr. James , 높은 지위의 상사는 Full Name을 부른다) 기혼여성의 경우에는 남편의 이름 앞에 Mrs.를 붙인다.
- Mr.는 남자 이름 앞에 붙이는 경칭이므로 'Mr. President' 처럼 관직 앞에 붙여 쓰기도 한다.
- 의사처럼 공인된 수련과정을 거친 전문 직업인이나 인문 과학분야 박사학위 취득자에게는 Mr. 대신 Dr.를 사용한다.
- Sir.은 상대방에게 경의를 나타내는 칭호로서, 말하는 사람이 스스로 지위를 낮춘다는 의미를 내포한다.

– 나이, 지위가 비슷한 사람끼리는 사용하지 않는다.

– 여성에게는 Sir.라 절대 하지 않는다.

– 여성은 상대방이 아무리 지위가 높아도 나이가 비슷한 남성에게는 Sir.라 하지 않는다.

–'사모님'은 원래 스승의 부인에게만 쓰는 호칭이었으나 현대사회에서는 상사나 사회적,인격적으로 상당한 위치에 있는 부인의 총칭으로도 사용한다.

– 누구나 존경할 만한 사람이나 처음 만나는 사람,나이 차이가 아주 많은 연장자에게는 '선생님'이란 호칭을 쓴다. 동년배나 연하, 연상의 하급자에겐 '선생'이 무난하다.

– 여성에 대한 또 하나의 경칭. 여성들이 사회참여가 두드러지면서 생겨난 여성을 위한 경칭의 하나, 남성은 결혼에 관계없이 일관되게 Mr.를 사용하는데 비해 여성은 결혼여부에 따라 Miss나 Mrs.로 구분하는데 대한 반발에서 "남녀평등"을 주장하는 여성주의자들이 만들어낸 경칭이다. 사회 활동을 하는 현대 여성들 사이에서 많이 사용되고 있다.

2) 호칭시 유의해야 할 점

① 윗사람을 그보다 더 윗사람에게 말할 때

"부장님, 과장님은 잠깐 외출하셨습니다." (O)

: 평사원이 과장을 부장에게 말하는 경우, 부장 앞에서 과장에게 '님'을 붙이지 않고 존칭 선어말 어미 '–시–'도 쓰지 않아야 한다고 가르치는 경향이 있으나, '님'을 붙이지 않는 지칭은 일본어의 어법으로서, 아직도 청산되지 않은 일제의 잔재에서 비롯된 것이다. 다만, 이 경우 '–께서'라는 존칭 조사는 불필요한 것으로서 생략하는 것이 적절하다.

② 직장에서 '김 형', '박 형'이라는 부름말은 바람직한가?

'김 형', '박 형' (O)

: 직장에서의 '형'은 주로 동년배이거나 아랫사람에게 쓰는 말이다.
'김 형', '박 형'처럼 성과 '형'을 합쳐 쓰는 부름말은 남자 직원이 동료 남자 직원을 부를 때이다. 그러나 그냥 '형' 하거나 이름과 '형'을 합친 'OOO 형'은 지나치게 사적인 인상을 주므로 쓰지 않아야 한다. 여직원이 남자 직원을 'O 형' 하고 부르는 것도 잘못된 부름 말이다.

③ '~ 말씀이 계시다'의 오류

"사장님 말씀이 계시겠습니다." (X) →
"사장님께서 말씀하시겠습니다."(O)

: "다음은, 사장님 말씀이 계시겠습니다."라는 말을 자주 듣는다.
아마도 말을 하는 사람에 대한 예의를 갖추기 위한 마음에서 비롯되는 것 같다.
이 경우는 '~ 말씀을 하시겠습니다' 또는 '말씀하시겠습니다'가 옳다.

④ 직장에서 평사원을 부르는 알맞은 부름말

동료간 :'OOO'씨, 'OO'씨(O)
직함없는 입사 선배 및 나이 많은 동료 직원간 :
'O 선배님', 'OOO 선배님'(O)

: 직함이 없는 동료를 부를 때에는 남녀를 가리지 않고 '홍길동 씨'처럼 성과 이름에 '씨'를 붙이거나, 상황에 따라 '길동 씨'처럼 이름에 '씨'를 붙여 부른다.

그러나 직함이 없는 입사 선배나 나이가 많은 동료 직원을 'OOO 씨'로 부르기는 어렵습니다. 이 경우는 꼭 '님'을 붙여 '선배님', '선생님' 또는 성이나 이름을 붙여 'O 선배님(선생님)', 'OOO 선배님(선생님)'처럼 부르는 것이 바람직하다.

과장이 과장을, 또는 부장이 부장을 부르는 경우처럼 직함이 있는 동료 사이에는 직함으로 'O 과장', 'O 부장'처럼 부르거나, 직함이 없는 동료들끼리 부르는 것처럼 'OOO 씨'로 부릅니다. 그러나 같은 직급이라도 나이가 많을 경우에는 '님'을 붙여 'O 과장님', 'O 부장님'처럼 부른다.

상사가 부하 직원을 부를 때에도 직함이 없는 평사원일 경우, 성과 이름 뒤에 '씨'를 붙여 'OOO 씨'로 부르거나, 상황에 따라 이름 뒤에 '씨'를 붙여 'OO 씨'로 부르는 것이 가장 무난하다.

⑤ 틀리기 쉬운 호칭

- 상사에 대한 존칭은 호칭에만 쓴다. : 사장님실(X) –사장실(O)
- 문서에는 상사의 존칭을 생략한다. : 사장님 지시(X) –사장 지시(O)
- 차 상급자에게 상급자 호칭시에는 "님"을 붙인다. : '김부장님이 지시한 일이 있습니다.'
- 본인이 임석 하에 지시를 전달할 때에는 님을 붙인다. : 사장님 지시사항을 전달하겠습니다.'

5. 소개 매너

직장생활을 하다 보면 자신을 소개하거나 다른 사람을 소개하는 경우가 있다.

1) 자기 자신을 소개할 때

자기 자신을 상대방에게 소개할 때는 "저는 미스터 강입니다." 또는 "저는 강OO인데 별로 아는 것이 없습니다." 하는 것은 상대방을 매우 난처하게 만든다.

우선 소개할 때는 자신의 성과 이름을 분명히 밝혀야 한다. 단지 성씨만 이야기 하는 것은 매우 실례가 되는 행동이며 또 자기 자신을 너무 낮추는 것도 보기가 좋지 않다.

영어에서도 자신을 소개할 때 미스터나 미스라는 말은 쓰지 않는다. 자신의 성과 이름을 정확히 말해야 한다.

"My name is Hong Kil Dong"(O) "안녕하세요, 저의 이름은 홍길동입니다."

"I am Mr, Hong"(X)

그리고, 간단한 인사말을 건넨다.

자신을 소개하면서 단지 악수만 한다면 얼마나 분위기가 썰렁하겠는가. "만나 뵙게 되어 기쁩니다." "처음 뵙겠습니다." "OO 씨로부터 많은 이야기를 들었습니다" 등 상대방에게 호감을 줄 수 있는 인사말을 건넨다.

2) 다른 사람을 소개할 때

- 여러 명이 있을 경우
  만약 소개를 맡게 되었을 경우, 소개하기 앞서 마음속으로 누구부터 소개를 해야 되는지 잠시 결정을 한 다음 가장 지위가 낮거나 연령이 어린 사람부터 소개한다.

- 직위가 다른 두 명이 있는 경우 : 직위가 낮은 사람 → 높은 사람
  직위가 낮은 사람을 먼저 소개하고 그 다음에 높은 사람을 소개한다.

- 남성과 여성이 있는 경우 : 남성 → 여성
  여성을 존중하는 의미에서 남성부터 소개한다.

- 사회적 지위나 연령이 비슷한 사람이 여럿일 경우 :
  가까운 사람 → 먼 사람
  소개하는 사람과 가까운 곳에 있는 사람부터 소개한다.

- 20~30명이 직위, 성별, 연령이 혼합되어 있는 경우 : 자신을 소개할 수 있는 분위기를 조성할 때에는 소개자가 자연스럽게 각자 자신을 소개할 수 있는 분위기를 조성하여 자신에 대해서 간략하게 소개하도록 한다.

– 나이 차이가 많은 두 사람을 소개하는 경우 :

나이가 어린 사람 → 나이가 많은 사람

나이가 어린 사람을 먼저 소개한다. 그러나 나이가 어리다고 해서 무조건 먼저 소개하는 것은 아니다. 만약 어린 사람이 나이가 많은 사람보다 직위가 높을 경우 반대로 소개해야 하므로 주의한다.

– 한 사람을 여러 사람에게 소개하는 경우

먼저 한 사람을 여러 사람에게 소개하고 난 뒤에 여러 사람을 한 사람에게 소개한다.

6. 명함 교환 매너

명함은 초대면인 상대방에게 소속과 성명을 알리고 증명하는 역할을 하는 자신의 소개서이자 분신이다. 따라서 직장인은 항상 명함을 소지하고 있어야 하며, 올바르게 사용할 줄 알아야 한다.

받은 명함은 언제라도 금방 찾아볼 수 있도록 명함꽂이, 수첩 등에 잘 정리해 두고, 상대방의 명함을 소중히 다루는 것은 상대방과 상대방 회사에 대한 경의를 표한다는 마음을 나타내는 것이다.

그리고 명함을 받았으면 날짜라든지 만난 장소, 간단한 용건 등을 뒷면에 메모해 두면 훗날에 여러 가지로 참고가 된다. 상대방 앞에서 바로 메모하는 것은 결례이다. 자신의 명함이나 상대방의 명함은 별도의 명함 보관첩을 만들어 깔끔히 보관한다.

1) 명함을 줄 때

– 상의에서 꺼내며 아랫사람이 윗사람에게 먼저 건네는 것이 예의다. 소개의 경우는 소개받은 사람부터 먼저 건넨다. 방문한 곳에서는 상대방보다 먼저 명함을 건네도록 하여야 한다.

- 명함은 선 자세로 교환하는 것이 예의이고, 테이블 위에 놓고서 손으로 밀거나 서류 봉투 위에 놓아서 건네는 것은 좋지 않다.
- 명함을 내밀 때는 정중하게 인사를 하고 나서 "○○회사의 ☆☆☆이라고 합니다."라고 회사명과 이름을 밝히면서 두 손으로 건네도록 한다. 사내에서 내방객을 맞이할 경우는 이름만 말해도 상관없다.
- 명함은 왼손을 받쳐서 오른손으로 건네되 자기의 성명이 상대방 쪽에서 보아 바르게 보이게끔 건넨다.
- 상사와 함께 명함을 건넬 때는 상사가 건넨 다음에 건네도록 한다.
- 상대가 두 사람 이상일 때에는 윗사람에게 먼저 준다.
- 상사의 대리로 타사를 방문하는 경우 대개는 상사로부터 명함을 받아서 가게 되지만, 자신의 명함도 주고 오는 것이 좋다.
- 한쪽 손으로는 자기의 명함을 주면서 한쪽 손으로는 상대의 명함을 받는 동시교환은 부득이한 경우가 아니면 실례가 된다. 만일 상대가 먼저 명함을 주면 그것을 받은 다음에 자기의 명함을 주는 것이 좋다.

2) 명함을 받을 때

- 상대의 명함을 받으면 반드시 자기의 명함을 주어야 한다. 만일 명함이 없으면 "죄송합니다. 마침 명함이 없는데 다른 종이에 적어드려도 되겠습니까?"라고 사과를 겸해 의견을 묻고, 상대가 원하면 적어준다. 단, 이쪽의 명함을 받은 상대가 명함이 없다고 하면 특별한 경우가 아니면 다른 종이에 적어 달라고 청하지 않는다.
- 상대에게 받은 명함은 공손히 받쳐 들고 상세히 살핀 다음 그 자리에서 보고, 읽기 어려운 글자가 있을 때에는 바로 물어본다. 대

화 중 상대방의 이름을 잊었다고 해서 주머니에 집어 넣은 명함을 되꺼내 보는 것은 결례이므로 명함을 받으면 그 자리에서 상대방의 부서, 직위, 성명 등을 반드시 확인하여 대화 중에 실수가 없도록 하여야 한다. 그 다음 정중하게 상의 윗주머니에 넣는다. 상대가 보는 앞에서 즉시 명함꽂이에 꽂는 다던가 아무데나 방치하면 실례가 된다.

- 명함을 건넬 때와 마찬가지로 받을 때도 일어선 채로 두 손으로 받는다. 이 때 "반갑습니다." 라고 한 마디 덧붙이는 것이 좋다.
- 여러 명의 상대와 명함을 교환하는 경우에도 상대가 한 사람인 경우와 마찬가지로 한 사람 한사람씩 명함을 건네고 받는다. 이 때는 상대를 혼동하지 않기 위해 받은 명함을 상대가 앉은 위치에 따라 나란히 늘어놓아도 실례가 되지 않는다.

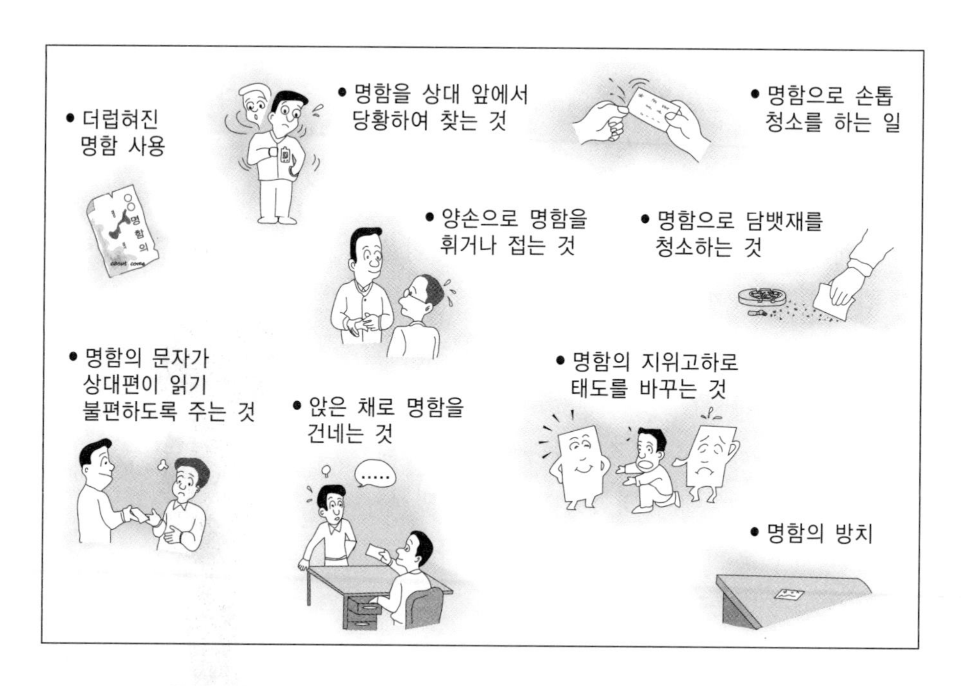

〈그림 3-5〉 **명함의 결례**

7. 업무 매너

조직 사회인 직장에서의 모든 업무는 지시나 명령에 따라 진행되고, 그 결과를 보고함으로써 이루어진다. 지시와 보고는 조직 운영의 필수 조건이고, 지시가 내려지면 이에 대한 보고가 반드시 뒤따라야 한다.

특히 자신의 판단만으로 일을 진행시키기 어려운 신입사원에게는 상사의 지시와 명령을 의도대로 수행하는 것이 매우 중요하고, 상사로부터 지시와 명령을 받았을 때 애매하게 이해한 채로 일을 시작하면 나중에 상사가 의도한 것과 달라서 애써 해 놓은 게 소용없게 되거나, 다시 하려고 해도 시간이 없어 못하게 되는 등 돌이킬 수 없는 사태가 벌어지므로 그 요령을 터득하는 것 또한 중요하다.

1) 지시 받을 때

상사가 이름을 부르면 즉시 명확하게 "네." 하고 메모 준비를 갖추어서 빠른 동작으로 상사의 자리로 간다. 이 때 의자는 책상 밑으로 밀어 넣고, 상사의 시선을 가리지 않도록 조금 옆으로 비켜서서 인사한 후에 "부르셨습니까?" 라고 말하고 지시를 기다린다.

그리고 상사가 내린 지시에 대해 요점을 간략히 메모하고, 지시를 받는 도중에는 불명확한 부분이 있거나 의문나는 부분이 있더라도 질문이나 의견 등을 내세우지 말고 상사의 지시를 끝까지 들은 뒤 지시가 끝난 후에 확인한다. 특히 고유명사와 숫자는 하나하나 정확하게 확인하여 실수가 없도록 하여야 한다. 마지막에는 지시 내용을 복창하되 메모를 그대로 읽기보다는 자신이 정리한 요점을 말하여 확인하는 것이 좋다.

메모 방법

지시사항을 듣고만 있을 때는 그냥 지나칠 수도 있지만 메모를 함으로써 불분명한 점이 드러나고 확인해야 할 점이 체크된다. 예를 들면, 전화 번호, 날짜, 시간, 수량 등 숫자로 기억해야 할 사항은 특히 정확을 기해야 하며, 이름, 회사명, 지명 등 고유명사의 경우 동음이자처럼 발음은 같으나 글자가 다른 한자어 표기 같은 것은 실수를 하기 쉬우므로 메모가 꼭 필요하다. 또 한편으로는 지시를 했다, 지시를 못 받았다 식의 문제 발생에 대비하기 위해서이기도 하다.

메모는 5W 1H의 육하 원칙에 따라 한다. 즉, 5W 1H란 누가(Who), 무엇을(What), 언제(When), 어디서(Where), 왜(Why), 어떻게(How)의 6가지 사항에 따라 적는다.

(1) 여러 지시를 겹쳐서 받을 때

두 가지 일을 함께 지시받았거나 한 가지 일이 끝나기 전에 또 다른 일을 지시받았을 때는, 먼저 처리해야 할 일이 무엇인가를 확인하여 추진하도록 한다. 상사에게 지시를 받았는데 다른 상사가 지시를 하게 되면 직위 고하를 불문하고 나중에 지시한 상사에게 사정을 말하고 조정해 받도록 하면 되고, 결코 마음대로 일의 우선 순위를 정해서는 안 된다.

(2) 직속 상사가 아닌 사람에게서 지시를 받았을 때

직속 상사가 부재중이거나 급한 사정이 있어서 직속 상사가 아닌 타부서 상사의 지시를 받는 수도 있는데 이런 경우에 타부서 상사의 지시라고 해서 지시 사항을 소홀히 하면 자기뿐만 아니라 직속 상사의 입장도 곤란해지고 나아가서는 부서에까지 누를 끼치게 되므로 특히 주의를 기울여야 한다. 또 다른 상사에게 받은 일에 대한 내용도 직속 상사에게 보고하는 것이 좋다. 기일 내에 지시 사항을 이행하지 못할 때 지시 받은 일이 예정대로 진척되지 않아 정해진 기일 내에 마칠 수 없을 것 같은 때에는 그 사정을 상사에게 보고해야 한다. 이런 경우에 단순히 "늦어지겠습니다."라고만 말하지 않고 늦어지는 원인이 무엇인지, 얼마만큼 늦어질 것인지, 어떻게 대처할 생각인지 등의 세 가지 사항에 대하여 명확하게 정리해서 보고해야 한다.

2) 보고를 할 때

직장생활에서 보고를 해야 하는 경우는 많다. 지시받은 업무를 끝냈을 때, 장기간이 소요되는 업무에 대한 중간 보고, 일의 추진 방법에 변경이 필요할 때, 새로운 관련 정보를 입수했을 때, 일을 추진하는 데 있어 새로운 의견이 있을 때 등 수많은 보고를 해야 한다.

보고할 때의 방법은 먼저 결과를 말한다. 보고자는 일의 과정을 대해 말하고 싶겠지만, 보고를 받는 상사가 가장 알고 싶어 하는 것은 결과이다. 또, 여러 가지 일을 관장하는 상사로서는 바쁜 업무 중에 부하 직원의 보고를 받게 되는 것이므로, 보고를 할 때는 결론부터 서술하는 습관을 들여야 한다.

(1) 자기의 주관은 배제한다.

보고를 할 때는 객관적 사실을 정확히 전하는 것이 중요하다. 보고에 익숙하지 않을 때는 최대한의 정보를 제공하려고 객관적 사실과 자신의 주관을 혼동하여 그 모두가 사실인 것처럼 보고하는 경향이 있으나 이러한 보고는 오히려 상사의 판단을 흐리게 하는 원인이 될 수 있으므로 반드시 객관적인 사실과 주관을 확실히 구분해서 보고해야 한다. 즉, 자신의 의견을 말해야 할 필요가 있을 때는 "제 생각으로는"이라고 붙인 뒤 의견을 제시한다.

(2) 보고의 지연은 금물이다.

어떠한 보고도 그 시기를 놓치면 의미가 없으므로 정확과 더불어 신속이 보고의 생명이다. 좋은 결과의 경우는 보고가 다소 늦어져도 지장이 없겠지만, 나쁜 결과의 경우는 보고가 늦어지면 늦어질수록 그만큼 피해가 커지는 결과를 낳게 되므로 보고하기가 두렵고 망설여지겠지만 나쁜 결과일수록 빨리 보고하는 것이 현명하다는 점을 명심해야 한다.

(3) 중간 보고를 한다.

지시받은 업무가 장기간이 소요될 경우는 비록 일이 순조롭게 진행되고 있을지라도 중간 진행 상황을 상사에게 보고하여야 한다. 중간보고를 하여야 할 경우는 지시를 받은 업무가 장기간에 걸칠 경우, 지시받은 일을 하다가 사고나 문제가 발생했을 때, 업무 수행 중 상황이나 정세가 바뀌었을 때, 지시받은 방법대로 일을 진행하기 어려울 때 등이다.

8. 상석 매너

우리들의 상석이라는 의미는 좋은 자리를 뜻한다. 과거 조상들은 아랫목 따뜻한 곳을 상석이라 하여 이곳에 가장 나이 드신 분 또는 서열이 가장 윗사람이 앉거나 손님을 대접하였다.

비즈니스에도 마찬가지이다. 사무실 좌석에는 상석이 있다. 특히, 여행이나 직장에서 업무상 자동차나 기타 이동수단을 이용하는 경우가 많은데 이동수단을 이용할 때도 상석이 있다. 이를 모를 경우, 덥석 상석에 앉아 버린다면, 윗사람이 건방지게 느낄 수 있다. 이러한 실례를 범하지 않기 위해서는 어느 위치가 좋은 자리인지 미리 알아두는 것이 필요하다.

1) 회사 내

▶ 응접실

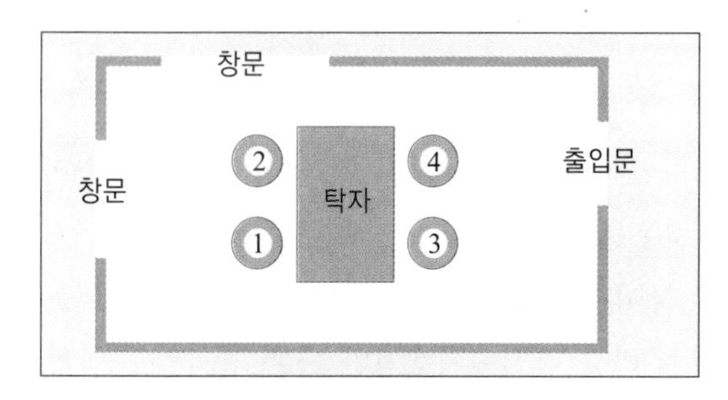

〈그림 3-6〉 응접실에서의 상석

일반적으로 회사 응접실 등에서 상석은 출입문에서 가장 먼 자리다. 창문이 있는 경우 경치가 좋은 자리나 전망을 볼 수 있는 자리가 상석이 되기도 한다. 식당에 갔을 때는 좋은 그림이 보이는 좌석이나 웨이터가 가장 먼저 의자를 빼주는 곳이 상석일 때도 있다.

▶ 엘리베이터

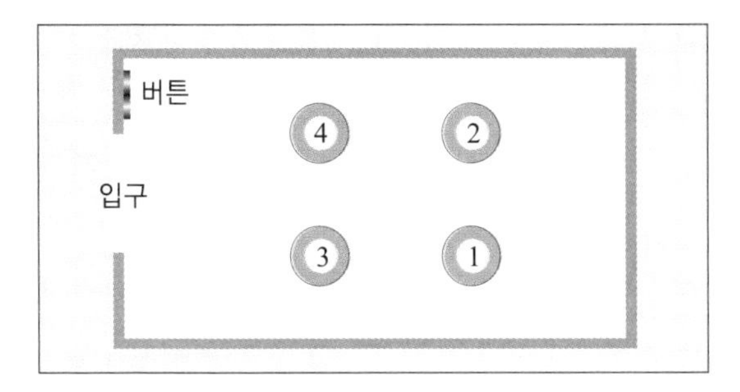

〈그림 3-7〉 엘리베이터에서의 상석

우연히 회사 사장님과 같은 엘리베이터에 탔다. 일단 정중히 인사는 드렸는데 그 다음 처신이 쉽지 않다. 도대체 엘리베이터 안에 어디에 서야 할지 당황스러울 때가 있다.

가장 좋은 자리는 엘리베이터 버튼 대각선 방향 뒤쪽이다. 버튼이 양쪽에 있는 엘리베이터는 뒤쪽 중앙이 상석이다.

안내자나 아랫사람은 버튼 바로 앞에 서서 엘리베이터를 작동하는 게 보기 좋다. 그런데 엘리베이터에 먼저 탄 상사가 버튼 앞에 자리를 잡으면 어떻게 해야 하나. 이럴 때 굳이 상사를 상석으로 안내하는 '과공(過恭)은 비례(非禮)'다. 지나치게 윗사람을 모시면 도리어 실례가 될 수도 있다는 얘기다. 자고로 상사가 원하는 바로 그 자리가 상석이다.

2) 이동수단에서의 상석

(1) 자동차

- 손님이나 상사를 승용차에 탑승하게 할 때, 오른손으로 문을 열고 문을 잡은 상태로 "먼저 타십시오" 라고 안내한다.

내리는 경우에는 재빠르게 먼저 내려 옆쪽으로 서서 문을 오른손으로 열고 안전을 확인한 후 손님이나 상사가 내리게 한다.

- 탈 때는 웃어른과 여성을 먼저 타게 하고 내릴 때는 남성과 아랫사람이 먼저 내려서 다음 사람을 부축해야 한다.
- 웃어른이 타신 후에는 문을 살짝 닫고, 차가 떠나면 가볍게 고개 숙여 인사를 한다.
- 자가 운전의 차를 탈 때는 앞좌석을 비워둔 채 뒷 자석에 타면 실례가 된다.
- 상석의 위치에 상관없이 여성이 스커트를 입고 있을 경우에는 뒷좌석 가운데 앉지 않도록 배려해 주어야 한다.
- 자동차 내에서의 흡연은 반드시 여성의 양해를 구하는 것이 예의이며 담배연기를 남의 목덜미나 얼굴에 내뿜는 것은 절대 금물이다.

① 운전기사가 있는 경우(택시 포함) : 가장 상석은 뒷좌석의 오른쪽이며 다음은 뒷좌석의 왼쪽이며, 다음은 운전자 옆 좌석이며 최하석은 뒷좌석 중앙이다.

② 승용차(자가 운전의 경우) : 가장 상석은 운전석 옆 좌석이며 다음은 뒷좌석의 오른쪽이다. 다음은 뒷좌석의 왼쪽이며 최하석은 뒷좌석의

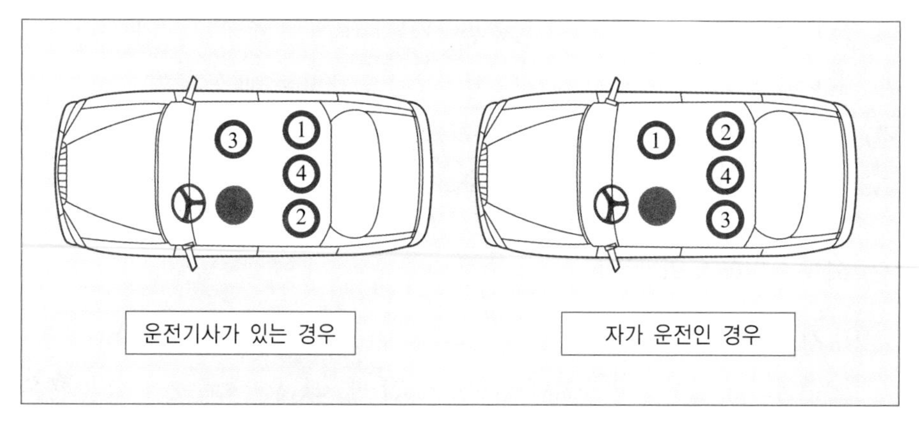

〈그림 3-8〉 자가용에서의 상석

중앙이다.

③ 지프차일 때는 운전기사 옆자리가 상석이다.

④ 버스의 좌석 수위는 창측 옆 좌석이 상석이며 통로측 좌석은 하석이다.

③ 운전자의 부인이 탈 경우에는 운전석 옆자리가 부인석이 된다.

(2) 열차

기차는 공공장소이다. 따라서 차내에서는 사람이 많이 다니는 출입구나 통로에 기대어 서 있는다거나, 통로에 짐을 놓는다거나 혼자 자리를 독차지 한다거나, 큰소리로 웃고 떠드는 등 다른 손님에게 폐가 되는 행위는 일체 삼가도록 한다.

① 두 사람이 나란히 앉는 좌석에서는 창가쪽이 상석이고 통로쪽이 말석이다.

② 네 사람이 마주 앉는 좌석에서는 기차가 가는 방향의 창가 좌석이 첫째 상석이며 그 앞이 두번째 상석, 첫째 상석 옆이 세번째, 그 앞 좌석이 말석이 된다.

③ 침대차에서는 아래쪽의 침대가 상석이다.

(3) 선박(유람선)

유람선은 정식 소개 없이도 교제가 가능한 장소이다. 따라서 갑판 위에서 마주친 사람과 바로 인사를 나눈다거나 식당에서 함께 식사를 하며 의견교환을 나누는 일이 매우 자유스럽게 이루어진다.

① 일반적으로 배위에서는, 낮에는 스포티하게 입고 밤의 디너에 참석할 때에는 정장을 하는데 남성은 턱시도, 여성은 그에 준하는 드레스를 입는다.

② 유람선에서는 여행이 거의 끝나갈 때 팁을 준다. 배의 크기나 외관, 서비스 정도에 따라 액수가 달라지지만 보통 운임의 10% 정도를 계산해 식당의 웨이터나 선실에 대한 서비스를 하는 하우스 키퍼 등에게 나누어 준다.

(4) 비행기

유람선과 마찬가지로 기내 역시 소개 없이 교제가 이루어질 수 있는 장소이다. 비행기는 상급자가 마지막으로 타고, 최초로 내리는 것이 올바른 순서이다.

① 무거운 휴대품이나 작은 가방 등은 자신의 아래에 놓고 오버코트 등 가벼운 것은 선반에 넣도록 한다. 무거운 것을 선반에 올려 놓으면 비행기가 흔들릴 때, 떨어질 위험이 있기 때문이다.

② 자리에 앉고 나면 먼저 안전벨트를 착용한다. 이 · 착륙시에는 반드시 착용해야 한다. 안전벨트 착용 및 금연에 대한 사항은 자신은 물론 다른 사람의 안전에 관계되므로 철저히 지켜야 한다.

③ 장시간의 여행을 하는 경우, 기내에서 간편한 옷차림을 하거나 슬리퍼를 신는 것은 무방하나, 답답하다고 속옷만 걸치거나 양말을 벗어버리는 등의 지나친 행위는 매너 없는 행동이다.

④ 국제선에서는 기내식이 제공되는데, 식사의 공간이 좁기 때문에 승객간의 예의를 지키는 일이 특히 중요하다.

⑤ 식사나 음료 서비스를 받을 때에는 승무원에게 'Thank You"하며 감사 표시를 해주는 것이 예의이다.

⑥ 옆 좌석의 승객과 이야기를 나누고 싶을 때에는 먼저 자신을 소개하고 상대가 응해오는 경우 부담 없는 이야기를 하되, 주위에 폐가 되지 않을 정도로 조용하게 대화한다.

⑦ 반면 옆 좌석의 승객이 말을 걸어 올지라도 홀로 조용히 있고 싶을 때에는 정중하게 자신의 의사를 밝히면 된다.

⑧ 국제선의 경우는 기내에서 면세품을 판매한다. 쇼핑을 원할 경우 좌석에 비치되어 있는 면세품 안내서를 미리 보고 구입할 물품을 정해 두었다가 판매왜건(Wagon)이 가까이 왔을 때 구입한다. 자리에 일어나 빨리 사겠다고 야단법석을 떠는 것은 보기 흉하다.

⑨ 기내에서 화장실 이용법

- 화장실은 항상 두 가지 표시로 되어 있는데 사람이 화장실 안에 있는 경우에는 'OCCUPIED'(사용중), 사람이 없는 경우에는 'VACANT '(비어있음)로 표시된다.
- 사용자는 항상 화장실 안쪽에서 문을 잠궈야 한다.
- 볼일을 마친 뒤에는 "FLUSH"버튼을 눌러 세척한다.
- 사용 후에는 물기를 타월로 닦고 사용한 타월은 "TOWEL DISPOSAL"에 넣는다.

9. 직장에서의 술자리 매너

직장생활을 하게 되면 술자리에 참석하여야 하는 경우가 있다. 술자리가 편한 나머지 회사의 연장선이라 생각하지 않고 예의 없이 행동하게 되면 "그 사람 보기와는 다르게 술버릇이 안 좋은데 " 하고 낙인찍히기 쉽다.

가장 중요한 것은 술자리에서 자신의 음주량보다 많이 마셔 실수를 하지 않는 것이 중요하다.

우리나라에서는 연장자와 술좌석을 함께 했을 때 윗사람에게 먼저 술을 권하는 것은 매너 위반이다. 윗 사람에게 먼저 술잔을 받은 후에 정중히 올리는 것이 예의이다.

술잔 돌리기는 분위기나 상대에 따라 적절히 해야 하며 특히 외국인들에게는 술잔을 돌리는 습관이 없다는 것을 유의해야 한다.

특히 큰 잔으로 돌리거나, 재차 강요하는 음주문화는 지양해야 하며, 회식자리의 음주 문화도 음주강요보다는 맛있는 것이나, 공연을 보는 다양한 방법으로 바뀌고 있는 추세이다.

- 경영방침이나 특정 인물에 대하여 비판하지 않는다.
- 상사의 험담을 늘어놓지 않는다.

- 과음하거나 자기의 지식을 장황하게 늘어놓지 않는다.
- 술자리를 자기의 자랑이나 평상시 언동의 변명자리로 만들지 않는다.
- 연장자나 상사로부터 술을 받을 때는 두 손으로 받으며 왼손을 가볍게 술잔에 댄다.
- 술을 따를 때는 술병의 글자가 위로 가게 오른손으로 잡고 왼손으로 받쳐 정중한 자세로 술을 따라 권한다.
- 상사와 합석한 술자리는 근무의 연장이라 생각하고 예의바른 행동을 보인다.

쉬어가는 페이지

회식 가야할지 말아야 할지?

대부분의 직장인은 회식에 대해 불만스러워 한다. 이유도 제각각이다. 최근 하나은행의 자체 여론조사에 따르면, 과음 강요 같은 강제적인 분위기(35%)나 매번 똑같은 방식(33%), 늦은 귀가(19%) 등 때문이다. 그 결과 화합을 명분으로 한 자리는 오히려 갈등만 양산하고 만다. 기업으로서는 돈과 시간 낭비다. 직장인으로서도 고민이다. 즐기기는 늘 어렵고, 그렇다고 마냥 피할 수만도 없어서다. 각종 포털 사이트에는 회식과 관련한 직장인들과 기업의 고민이 끊임없이 올라온다. 전문가들의 도움을 받아 그들이 토로한 회식 관련 고민에 대한 답을 구해본다.

필참 회식 구별법 = 회식 참석 여부에 대한 동료 직장인들의 충고는 한결같다. 반드시 참석하라는 쪽이다. 이런 충고를 또 무조건 따르는 것이 직장인들이 흔히 저지르는 실수다. 항상 참여한다고 상사가 늘 대견해하지는 않는다. 마찬가지로 매번

빠져도 위험하다. 따라서 꼭 참석해야 할 회식과 그렇지 않은 회식을 구분하는 것이 중요하다. "부서원 전체를 위한 회식에는 가능하면 참석하되, 부서 서열 1위의 상사가 주최한 회식에는 반드시 참석해야 한다." 『부하직원이 당신에게 알려주지 않는 진실』의 저자인 박태현(39)씨의 조언이다. 회식이 계속 이어진다면, 고참보다는 직속 상사가 주관하는 쪽을 택해야 한다. 직속 상사가 고참에게 당신의 칭찬을 하게 만들면 일석이조다.

'끝차'까지 가서 끝장을 봐야 하나 = 회식은 1차에서 끝나는 법이 없다. 이런 경우 대놓고 먼저 일어나는 사람은 이목을 끌게 마련이다. 이때 얌체형으로 비치지 않도록 할 필요가 있다. 우선 1차는 정직하게 치러라. 1차에서 상당수 참석자의 취기가 오른 경우라면, 2차로 옮기는 과정에서 자리를 뜨면 된다. 이때 친한 동료 몇에게만 인사하면 된다. 과음한 분위기에서 모든 사람에게 일일이 인사하는 것도 실례다. 처세술 작가 드미트리 리가 쓴 칼럼 '회식 생존 가이드'가 권하는 회식 에티켓의 하나다.

분위기는 어느 선까지 띄울까 = 얼마 전 경력직으로 입사한 김경주(가명 · 30) 대리는 동료 대리와의 경쟁심에서 지나치게 튀는 노래에 막춤까지 선보였다. 열렬한 반응을 기대했지만 정반대였다. 후배에게 "왜 그렇게 오버했어요"라는 말까지 들어야 했다. 회식 분위기를 띄우되, 지나치지 않는 선은 과연 어디일까. 상사들이 입버릇처럼 말하듯 회식은 업무의 연장이다. 그런 만큼 언행을 조심해야 한다. 자칫 방심했다가는 지울 수 없는 낙인이 찍힐 수도 있다. 아무리 취중이라 하더라도 지나치게 평소와 다른 모습을 보이지 않는 것이 좋다. "회식 자리에서 사람들에게 큰 즐거움을 주겠다는 욕심부터 버려라. 있는 듯, 없는 듯 하는 무난함을 최고의 미덕으로 삼아야 한다." 인간개발연구원의 양병무(53) 원장의 조언이다. 실수담의 주인공 김 대리의 고백이 이를 입증한다. "회식 자리의 주인공은 언제나 상사라는 사실을 한순간 망각했다."

풀리지 않는 고민, 회식 장소 = '오늘은 20대가 좋아하는 곳으로 가자'는 팀장의 제안에 와인을 곁들이는 이탈리안 레스토랑을 예약한 영업사원 박근영(가명 · 29)씨. 그런데 팀장이 와인 리스트를 들여다보는 회식 도입부부터 그녀의 계획은 일그러져 버린 느낌이었다. 팀원 8명이 와인을 부어라 마셔라 한 회식이 끝나자 아니나 다

를까 불길한 예감은 적중하고 말았다. 팀장이 법인 카드를 내밀며 뼈아픈 한마디를 건넸던 것이다. "그렇게 안 봤는데, 박근영씨 수준 꽤 높구먼."

회식 장소 예약은 가능하면 떠맡지 않는 것이 좋다. 법인 카드를 지닌 상사와 신입사원의 취향은 트로트와 힙합만큼이나 거리가 멀다. 일단 회식 장소 예약을 담당하게 되면, 1차를 마친 후 다음 장소에 대한 부담까지 고스란히 떠안게 될 가능성이 높다. 1차 삼겹살, 2차 호프집, 3차 노래방이란 공식은 괜히 생겨난 것이 아니다.

"젊은 사람들의 참석률과 만족도를 높이려면 깔끔한 와인바가 좋지만 비용을 생각해 와인 뷔페를 권한다. 게다가 1, 2차를 한번에 해결할 수 있다." 회식에서 젊은 층과 경영진의 입장을 두루 고려한다는 경호회사 FTS 박상균(34) 본부장의 조언이다.

회식 문화, 어떻게 스타일리시하게 바꿀까 = 남성지 '에스콰이어'의 회식은 남다르다. 여느 회식처럼 술이 주연이 되고, 참석자가 조연에 머무르지 않는다. 오히려 그 반대다. 회사 주변 술집 대신 요즘 뜨는 맛집에서 열리는 경우가 많기 때문이다. 이런 회식은 서먹한 직장 동료끼리 화젯거리로 삼기에 부족함이 없다. 이 잡지의 김민정(36) 기자는 "요즘 성공하는 남자들은 회식에서도 과음을 꺼린다. 그 트렌드를 읽다보니 남성지 기자들의 회식도 이렇게 변했다"고 말한다. 그러면서 "우리 직장인과 기업들이 회식 문화에 대해 진지하게 고민할 때가 됐다"고 덧붙인다.

사실 회식 문화에 대해 직장인보다 더 진지하게 고민해야 할 주체가 기업이다. 이는 단순히 회식 장소를 술집에서 맛집으로 바꿔 해결될 문제가 아니다. 양 원장은 "술의 비중은 줄이는 대신 대화의 비중은 늘려야 한다"고 설명한다. 그러려면 회식 장소도 달라져야 하지만, 무엇보다 회식을 주관하는 상사의 마인드가 바뀌어야 할 것이다.

출처 : 2008.7 중앙일보 이여영 · 이장직 기자

10. 장애우에 대한 매너

직장생활 뿐만 아니라 우리는 종종 장애우를 만날 경우가 있다. 도와주어야 하는데 어디서부터 어떻게 해야 하는지 몰라 당황스러울 때가 있다.

장애우라 너무 인식한 나머지 지나친 동정심을 보이는 것도 상대방을 배려하지 않는 행위임으로 조심해야 한다.

1) 청각장애자

청각장애자 가운데는 대화하는 것을 좋아하는 이가 많다. 대화 방법에는 우선 구화법이 있는데 입의 모양을 보고 상대방이 무슨 말을 하는지를 아는 방법으로 이때 말하는 사람은 몸의 동작을 섞으면서 정면에서 입을 크게 움직이며 여유를 갖고 천천히 명확하게 이야기하는 것이 좋다.

필시법은 손바닥이나 종이에 글자를 써서 읽어 주는 방법으로 다소 시간이 걸리지만 정확히 전달된다.

2) 시각장애자

인사할 때는 먼저 말을 걸어 주고 악수를 청한다. 시각 장애자 중에서 전맹과 약시가 있는데 돕는 방법은 각기 다르다. 무슨 도움이 필요한지 정확히 아는 것이 필요하다.

방향과 장소를 알려줄 때는 전후좌우와 몇 발짝, 몇 미터 등 정확한 위치를 말해주는 것이 좋다. 안내할 때는 흰 지팡이 반대쪽에 서서 자기 팔을 빌려주고 시각 장애자의 반보 앞에서 걸어 간다.

뒤에서 민다거나 몸을 얼싸안는 것은 좋지 않다. 흰 지팡이는 자기의 위치와 환경을 알아내는 도구이므로 그것을 잡고 있는 손을 붙잡는다거나, 당긴다거나, 민다거나 하는 것은 하지 말아야 한다. 계단이나 엘리베이터에서는 올라간다거나 내려간다는 것을 미리 명확히 말해 주어야 한다.

차 대접 또는 식사시 먼저 각 그릇의 위치와 그 음식 내용을 작은 목소리로 말해주는 것이 좋다.

버스나 택시에 타거나 내릴 때는 문을 만지게 해 주고, 차내에 빈자리가 없을 때에는 손잡이를 잡게 도와주면 된다.

3) 지체부자유자

휠체어 사용자가 곤란해 할 경우를 보면 먼저 말을 걸어 주도록 한다. 계단을 오르내릴 때에는 2, 3명이 호흡을 맞춰서 천천히 휠체어를 들어야 하며, 보행에 불편을 느끼는 사람들. 즉 목발이나 의족 등을 사용하는 사람들에게는 자리를 양보한다.

목발 사용자는 계단이나 턱에서 어려움을 느끼며, 어떤 도움이 필요한가를 물어보고 본인이 원하는 대로 도와주도록 한다.

비오는 날 목발 사용자는 우산을 사용할 수 없기 때문에 제일 곤란을 느낀다. 옆에 있는 사람들이 관심을 가지고 도와 주여야 하며, 특히 이런 날은 바닥이 미끄러우므로 부딪치는 일이 없도록 잘 도와주어야 한다.

11. 외국인에 대한 매너

외국인과 만날 때 가장 주의해야 할 것은 형식상의 국제예절에 너무 집착하거나 지나친 부담을 갖지 않아야 한다. 너무 형식에 얽매이다 보면 자신이 불편하고 이는 상대방도 그렇게 느낄 수 있기 때문이다. 국제적인 비즈니스맨들은 각국 비즈니스 관습이 다름을 잘 알고 있을 뿐 아니라, 한걸음 더 나아가 동양예절 및 관습에 대하여 호기심을 많이 가지고 있는 경우도 많다. 그러므로 너무 상대방의 관습에 얽매이지 말고 자부심을 갖고 당당하게 외국인과 만나는 자세가 필요하다.

1) 기본 매너 주의사항

(1) 악수할 때

악수는 상대의 눈을 마주보고, 미소를 지으며, 허리를 곧게 펴고 손을 마주 잡는 것이 원칙이다. 동양식 악수 방법 중 머리를 조아린다거나, 허리를 굽신거리며 수줍은 태도로 악수를 하는 것은 비굴하게 보일 수 있기 때문에 조심해야 한다.

(1) 명함 교환할 때

명함은 동양의 관습 중에서도 좋은 관습이라고 인정되고 있기 때문에 자신있게 외국인에게 건네주어도 좋다. 명함을 사용하여 적극적으로 PR하여 외국인의 기억에 남도록 하는 것도 도움이 된다. 영문명함이 아닌 경우 자신의 이름 전화번호 등을 외국인이 알아볼 수 있도록 표기해 주면 된다. 다름 사람 앞에서 손가락이나 성냥개비로 코, 귀, 입 등을 후비는 것은 외국인들이 가장 싫어하는 버릇이니 주의해야 한다.

(2) 사교시 알아 두어야 할 것

사람을 소개하는 순서는 여성이나 연장자에게 남성이나 연소자를 먼저 소개한다.

여성의 코트는 남성(동반자)이 뒤쪽에서 도와주어야 하며, 식사는 주최자가 권유할 시작한다. 그렇지 않을 경우에는 주최자가 식사를 시작할 때 함께 시작하면 된다.

식사 중 대화에는 어떤 화제를 선택하느냐 하는 것이 대단히 중요하며 인종문제, 종교문제에 관한 것은 금물이다. 사소한 오해나 다툼이 벌어질 수 있어 분위기를 해칠 수 있기 때문이다.

외국인들은 생일, X-mas, 발레타인데이 외에는 선물을 하지 않는다. 선물은 속내의, 네클리스, 커프스 버튼, 넥타이핀, 귀걸이 등은 극히 허물없는 친숙한 사이가 아니면 피하는 것이 좋다. 민예품, 토산품 등 외국인이 좋아하는 물건을 주면서 "한국의 독특한 물건이니 기념이 될 것입니다." 하면 좋아할 것이다.

가정 방문 등의 경우에 선물은 부인(호스테스)에게 전달하는 것이 예의이며, 현관에서 인사를 마친 후에 바로 전달하는 것이 좋다.

2) 외국인에게 초대 받았을 때

약속 시간은 꼭 지켜야 하지만 5분쯤 늦어도 실례는 아니다. 일찍 오는 것도 실례가 된다.

외국인은 복장에 관심을 많이 두므로 소홀히 해서는 안 된다. 미리 드레스코드가 있으면 그렇게 맞추어 입고 가면 된다. 그렇지 않을 경우 어떤 모임인지 알아두고 살짝 물어보는 것도 좋다.

식사할 때에 기도 드리는 습관이 있는데 이때 결코 먼저 음식에 손을 대서는 안 된다. 먹고 난 후 잘 먹었다는 말과 함께 칭찬을 해주고 "어떻게 이렇게 맛있게 만드셨습니까" 라고 묻는 것도 좋다.

그릇이라든지 좀 돋보이는 물건을 보았을 때는 적당하게 칭찬하거나 질문을 하는 것도 좋다. 그러나 호기심으로 그릇을 앞뒤로 뒤집어 보는 일 등은 큰 실례가 된다.

3) 외국인을 초대 했을 때

초대의 내용을 뚜렷이 해야 한다. 초대의 목적은 공식, 비공식을 반드시 밝혀야 한다. 외국인들에게 지나친 겸손은 오히려 거북스럽게 생각하기 쉽다.

세계에 자랑할 만한 한국의 이모저모를 소개하고 우리의 고유한 전통을 소개하는데 더욱 상세하고, 적극적이며 진지한 자세를 취해야 한다.

음식은 우리의 고유한 음식을 대접하는 것이 예의이며, 음식의 양은 초대하는 인원수에 알맞고 조촐하게 준비하여 낭비를 하지 않는 것이 좋다.

외국인을 초대할 때는 온 가족이 한복을 입고 맞이하면 그들은 더욱 좋은 인상을 갖게 될 것이다.

〈표 3-3〉 국제매너 체크 포인트

당신의 국제 매너 점수는?

1. 당신은 에티켓의 유래에 대해서 알고 있습니까?
   ① 알고 있다 ② 잘 모른다 ③ 전혀 모른다

2. 태국의 '와이(wai) 인사법에 대해서 알고 있습니까?
   ① 알고 있다 ② 잘 모른다 ③ 전혀 모른다

3. 나라마다 인사법이 천차 만별이라는 사실을 알고 있습니까?
   ① 알고 있다 ② 잘 모른다 ③ 전혀 모른다

4. 미국인의 이름에 대해서 정확하게 First name, Middle name, Surname을 구분할 수 있습니까?
   ① 알고 있다 ② 잘 모른다 ③ 전혀 모른다

5. 일본말로 "아리가도우"가 무슨 말인지 알고 있습니까?
   ① 알고 있다 ② 잘 모른다 ③ 전혀 모른다

6. 뷔페(Buffet) 식당에서 지켜야 할 에티켓은 알고 있습니까?
   ① 알고 있다 ② 잘 모른다 ③ 전혀 모른다

7. 당신은 기내에서 화장실 이용법을 알고 있습니까?
   ① 알고 있다 ② 잘 모른다 ③ 전혀 모른다

8. 여행자 수표(Travel's Check) 이용방법에 대해서 알고 있습니까?
   ① 알고 있다 ② 잘 모른다 ③ 전혀 모른다

9. 초대하는 사람이 지켜야 할 매너에 대해서 알고 있습니까?
   ① 알고 있다 ② 잘 모른다 ③ 전혀 모른다

10. 외국인과 간단한 대화를 할 수 있습니까?
   ① 알고 있다 ② 잘 모른다 ③ 전혀 모른다

11. D.N.D 카드가 무엇인지 알고 있습니까?

① 알고 있다 ② 잘 모른다 ③ 전혀 모른다

12. 여권을 잃어버렸을 때 대처하는 방법을 알고 있습니까?

① 알고 있다 ② 잘 모른다 ③ 전혀 모른다

13. 팁 지불하는 방법은 알고 있습니까?

① 알고 있다 ② 잘 모른다 ③ 전혀 모른다

14. 칵테일 기법중 언더락(on the rock)이 무엇인지 알고 있습니까?

① 알고 있다 ② 잘 모른다 ③ 전혀 모른다

15. 서양요리 제공 순서에 대해서 알고 있습니까?

① 알고 있다 ② 잘 모른다 ③ 전혀 모른다

16. 입국수속은 나라마다 다르다는 사실을 알고 있습니까?

① 알고 있다 ② 잘 모른다 ③ 전혀 모른다

17. 기내식도 다양한 주문이 가능하다는 사실을 알고 있습니까?

① 알고 있다 ② 잘 모른다 ③ 전혀 모른다

18. 나라별 재미있는 보디 랭귀지(Body language)에 대해서 들어 본 적이 있습니까?

① 알고 있다 ② 잘 모른다 ③ 전혀 모른다

19. 외국인에게 선물을 주고받을 때의 에티켓을 알고 있습니까?

① 알고 있다 ② 잘 모른다 ③ 전혀 모른다

20. 국화꽃 선물은 죽음의 상징이 되는 나라도 있다는 사실을 알고 있습니까?

① 알고 있다 ② 잘 모른다 ③ 전혀 모른다

21. 중국에서는 괘종시계가 장례식을 상징한다는 이야기를 들어 본 적이 있습니까?

① 알고 있다　　　② 잘 모른다　　　③ 전혀 모른다

22. 외국인이 몹시 싫어하는 숫자를 알고 있습니까?

① 알고 있다　　　② 잘 모른다　　　③ 전혀 모른다

23. 음식을 먹는 '에티켓 중에서 수프(soup) 먹는 방법이 가장 어렵다는 사실을 알고 있습니까?

① 알고 있다　　　② 잘 모른다　　　③ 전혀 모른다

24. 호텔레스토랑에서 빵은 손으로 조금씩 떼어서 먹는다는 사실을 알고 있습니까?

① 알고 있다　　　② 잘 모른다　　　③ 전혀 모른다

25. 세계 유명 위스키(영국, 미국, 프랑스)에 대해서 적어도 몇가지 정도는 알고 있습니까?

① 알고 있다　　　② 잘 모른다　　　③ 전혀 모른다

수고하셨습니다. 그러면 점수 확인을 하십시오. 점수집계는 ①번 항목은 4점, ②번 항목은 3점. ③번 항목은 2점으로 환산해서 예를 들어 ①번 5개, ②번 13개 ③번 7개라고 가정을 하면 73점이 됩니다.

에티켓 점수 확인표

점수	확 인
90점 이상	당신은 에티켓에 있어서는 전혀 문제가 되지 않는다. 멋진 매너 있는 사람임이 분명하다고 확신한다.
75점 ~ 89점	당신은 에티켓에 대해서 상당한 관심을 가지고 있다고 할 수 있다. 그러나 다소 노력이 요구된다.
74점 이하	당신은 에티켓에 대해서 다소 무관심하다고 할 수 있다. 매너에 관련된 자신의 에티켓 지식을 늘려야 된다.

생각해 봅시다!!!

"생각"을 조심하라

왜냐하면 그것은 "말"이 되기 때문이다

"말"을 조심하라

왜냐하면 그것은 "행동"이 되기 때문이다

"행동"을 조심하라

왜냐하면 그것은 "습관"이 되기 때문이다

"습관"을 조심하라

왜냐하면 그것은 "인격"이 되기 때문이다

"인격"을 조심하라

왜냐하면 그것은 "인생"이 되기 때문이다

PART 4

출장, 여행 매너

1. 국내출장 준비하기
2. 해외출장 준비하기
3, 해외출장 매너

PART 4

출장, 여행 매너

1. 국내출장 준비하기

국내 출장은 자칫 놀러간다는 의미로 생각하는 사람이 있다. 국내 출장도 업무의 연장이며 출장 중 자신은 회사를 대표하고 출장 간 의미와 목적에 맡게 일을 성실히 수행하여야 한다. 하루 일과가 끝났다하여 출장 지역에 자신과 친분이 있는 사람이 있다 하여 밤새도록 술을 마시고 오전에 흐트러진 모습을 보이는 것은 보기 좋지 않다. 같이 간 일행과 함께 그날 있었던 것을 정리하고 숙박지에서 휴식을 취하는 것이 좋다.

기업의 업무상 진행되는 출장은 해당 기업의 총무부에 출장 신청서를 작성하여 제출한 뒤 경리부에 출장여비를 수령하여 출발한다. 그 후 업무를 마치고 회사에 복귀할 때 출장보고서와 함께 출장여비 정산서를 사용증빙과 함께 경리과에 제출하면 된다.

출장가서 써던 경비에 대해서는 모두 영수증을 첨부하여야 하므로 영수증을 잃어버리지 않고 모아 두어야 한다.

출장보고서는 기업의 내부 특성이나 업무패턴에 따라 다양한 형태의 양식이 있을 수 있다. 그에 맡게 보고하고자 하는 내용에 대해 간결하고 핵심적 내용을 기재하도록 하여 문장이 불필요하게 길어지지 않게 할 필요가 있다.

특히 사회초년생의 경우에는 보고서 문장을 마치 작문을 하듯이 장황하게 작성하는 경우도 있는데, 이것은 읽는 상사로 하여금 지루함과 보고문의 신뢰성을 저하시킬 수 있으므로 가급적 간결하고 핵심적 내용을 기재하도록 해야 한다.

출장보고서의 구체적 서술 방식은 객관적 사실을 기술하고 해당 객관적 사실에 대한 간단한 결론이나 사견은 말미에 첨부하는 귀납적 방법을 사용하거나 혹은 서두에 결론을 간단히 내리고 그 다음으로 이유를 객관적 사실을 들어 설명하는 연역적 방법의 두 가지를 이용할 수 있다.

결론이나 사견은 지나치게 장황하게 설명하지 않도록 하여 보고서가 객관적 보고의 기능을 넘어서지 않도록 할 필요가 있으며 경우에 따라서는 애매한 부분은 사견의 기술에 있어서 선택의 여지를 남겨두도록 하여 보고를 받는 사람이 결론에 대해 좀더 신중을 기하도록 할 필요가 있다.

작은 글씨체는 읽는 사람으로 하여금 불편을 초래하므로 지나치게 작은 글씨체는 피할 필요가 있으며, 반면에 지나치게 굵은 글씨체는 가독성이 확보될지 모르지만 글이 엉성해 보이는 느낌을 주므로 적당한 크기의 글씨체를 선택할 필요가 있다.

출장보고서에는 출장지 및 출장사유에 대한 간단한 기재와 출장지에서의 업무사항, 출장을 종료하면서 얻은 결론을 기재할 필요가 있으며, 필요한 경우 향후 회사에서의 대책사항까지 제시한다면 더 완벽한 출장보고서가 될 것이다.

2. 해외출장 준비하기

해외출장은 업무의 연장이며 출장 중 자신은 회사를 대표하고 있다. 외국과의 사업에는 많은 어려움이 있다. 따라서 해외출장에서 얻어지는 소득이나 자신감은 출장준비를 얼마나 철저히 했느냐가 좌우하기 때문에 철저한 준비를 해야 한다.

해외출장도 국내 출장과 마찬가지로 출장신청서, 출장여비 신청서, 출장보고서를 써야 한다. 해외출장은 장기간 중요 업무일 경우가 많으므로 출장중 메모를 하여 그날그날 중요했던 업무를 요약해 두는 것이 좋다. 사업은 국경이 없어졌으며 회사 경영진들은 더 많이 외국으로 나가게 된다.

해외 출장을 갔을 때 명심해야 할 것은 그 나라 사람들이 우리나라 사람들처럼 생각하지도, 행동하지도 않는다는 것이다.

해외로 나가기 전에 회사의 간부에게 물어보거나 그 나라에 가본 적이 있는 전문가에게 물어보는 것이 좋다. 그들이 주는 정보는 많은 도움이 될 것이다. 준비하기 위해 무엇을 하고 현지에서 어떻게 했으며 어디서 문제점이 나타났는지 가르쳐 준 것을 메모한다.

그리고 방문하는 나라의 역사나 예술, 반드시 지켜야 하는 예절과 금기사항 등에 관심을 가지고 알아두어야 한다. 이것은 대화를 할 때 사전에 준비한 문화에 대한 지식은 대화를 자연스럽게 이끌어 가는 촉진제가 될 수 있기 때문이다.

상대방에 대한 공부는 더 면밀하게 해야 한다. 비즈니스 파트너의 사회적 지위, 회사에서의 지위, 그리고 책임지는 범위에 대해 가능하면 정보를 많이 가져야 하며, 이름 또한 정확하게 발음할 수 있게 배우고 연습해야 한다. 취미나 취향에 대한 정보를 알 수 있다면 간단한 대화나 선물을 준비하는데 도움이 된다. 선물은 사업을 하는데 매우 중요한 역할을 하기 때문에 떠나기 전에 준비해 두면 좋다.

특히, 해외 출장지의 '안녕하세요.', '부탁합니다.', '감사합니다.'와 같은 간단한 말과 오락이나 식사 때 쓰는 중요한 현지어를 익혀두어야 한다. 이것은 다른 사람의 문화와 언어를 존경하는 표시이므로 상대방은 호의적으로 받아들일 것이다.

1) 여권 준비하기

여권이란 각국이 여권을 소지한 여행자에 대하여 자국민임을 증명하고 여행의 목적을 표시하여 자국민이 해외여행을 하는 동안 편의와 보호에 대한 협조를 받을 수 있도록 하기 위해 발급한다. 따라서 여권은 해외로 나갈 때 반드시 필요한 것이며 대한민국 정부가 외국으로 출국하는 사람에 대해 신분을 증명하고 외국에 대해 여행자를 보호하고 구조를 요청하는 일종의 공문서이다. 여권은 해외에서 유일하게 자신의 신원을 보증해 주는 것일 뿐 아니라 아래와 같은 여러 가지 용도로 사용되므로 항상 휴대하여야 한다.

보통 일반여권을 준비하면 된다. 일반여권의 기간은 10년이며, 서울의 각 구청과 각 시도군청에서 발급가능하다.

▶ 여권의 용도

- 달러 환전시
- VISA신청 및 발급시
- 출국 수속 및 항공기 탑승시
- 현지 입국 수속시
- 귀국시
- 면세점에서 면세상품 구입시
- 국제 운전면허증 만들 때
- 국제 청소년 여행 연맹카드(FIYTO카드)만들 때
- 여행자 수표(T/C)로 대금 지급이나 현지 화폐로 환전할 때
- T/C를 도난이나 분실 당한 후 재발급 신청할 때
- 출국시 병역의무자가 병무신고를 할 때와 귀국신고 할 때
- 해외 여행중 한국으로부터 송금된 돈을 찾을 때
- 렌터카 임대할 때
- 호텔 투숙할 때

2) 비자 준비하기

비자는 방문하고자 하는 상대국의 정부에서 입국을 허가해 주는 일종의 허가증으로 이를 비자라고 한다. 출장계획을 세우고 방문하고자 하는 국가가 결정되면 방문하고자 하는 나라에서 비자를 필요로 하는지를 확인해야 한다. 비자가 필요한 국가들 중에는 방문 목적에 따라, 체류기간이 다를 수도 있고, 요구하는 구비서류도 다른 경우가 있다.

최근 우리나라는 많은 나라들과 비자 면제 협정을 맺고 있으며, 이들 국가들은 단기간의 여행시에는 비자가 필요치 않으나, 허용하는 기간을 초과하여 체류할 때에는 반드시 체류목적에 맞는 비자를 받아야 한다. 비자에는 입국의

종류와 목적, 체류기간 등이 명시되어 있으며, 여권의 사증에 스탬프나 스티커를 붙여 발급하게 된다.

출장업무가 잦다면 복수 비자를 받아 유효기간 내에 출입국이 가능하도록 하여야 한다. 장기간일 경우는 취업비자를 받아야 한다.

3) 항공권 준비하기

해외 출장을 갈 때 꼭 있어야 하는 것이 비행기 표이다.

항공사와 항공루트에 따라 요금이 천차만별이라 잘 살펴보고 구입해야 한다. 비수기 때는 항공권구입도 편리하고 가격도 저렴하지만 여름철이 가까워오면 유럽과 같은 인기노선에는 표를 대기 예약조차 어려워진다.

해외 출장은 여건에 따라 기간이 연장될 수 있고 변동이 심하기 때문에 싸다고 항공권을 선뜻 구입하는 건 위험한 일이다. 저렴한 항공권에는 반드시 제약이 있어, 항공권 구입시 반드시 제약조건을 확인해야 한다.

- 직항인가? 경유지가 있는가?
- 경유지를 거친가면 1박을 하고 가는가?
- stop-over가 가능한가? (가능하면 경유 도시를 관광할 수 있다.)
- 몇일 짜리 항공권인지?
- 날짜 변경은 가능한지?

항공권 예약은 1년 이내라면 언제든 가능하며, 여름 성수기의 경우는 3~4월이라도 미리 좌석을 예약해 놓는 것이 좋다. 출발일이 임박해 항공권을 예약하다 보면 원하는 날짜에 좌석이 없어 비싼 항공권을 구입해야 하는 경우도 있기 때문에 출장이 정해지면 바로 예약을 하는 것이 좋다.

항공권 예약시에는 정확한 영문이름과 출발일, 귀국일, 출발지, 귀국지를 정확하게 알아야 한다. 항공권을 예약하거나 취소했다고 해서 돈을 내는 일은 없기 때문에 가능하면 예약은 미리미리 해 두는 것이 좋다.

〈표 4-1〉 항공권 상식

● 항공권 예약할 때 여권이 필요한가요?

항공권을 예약할 때에는 여권이 필요하지 않지만, 항공권으로 실제 여행시 꼭 필요하다. 항공권상 영문 성함과 여권 영문 성함이 '일치' 해야 하므로 예약할 때 확인하는 습관을 갖는 것이 좋다.

● 코드쉐어(Code-share) 항공편이란 무엇인가요?

특정 노선을 취항하는 항공사가 좌석 일부를 다른 항공사와 나누어 운항하는 것을 항공사간 공동운항이라 한다. 공동운항하는 항공사들을 이용하는 승객들에게는 각별히 주의해야 할 것이 있다. 즉 승객의 항공권 구입과 좌석 배정 등 모든 지상 서비스를 제공하는 항공사와 막상 타고 가야 할 항공기 및 승무원들은 전혀 다른 항공사의 소속일 수 있다는 것이다. 예를 들어 대한항공을 이용해 파리까지 가는 승객의 경우 예약이나 발권, 그리고 좌석 배정 등 모든 과정을 대한항공 카운터에서 하지만 정작 비행기는 에어프랑스의 비행기를 타고 가야 하는 것이다.

● 오픈(Open) 발권이 무엇인가요?

Open 발권이란 출발 일만 지정을 하고 귀국일(리턴일)을 지정하지 않는 것을 말한다. 특히 유학생 또는 해외 장기 취업자들의 경우 돌아올 정확한 날짜를 정하기 어려우므로 유효기간이 1년인 항공권을 open 하여 돌아오는 예약은 현지에서 직접 한다. 일반적으로 할인 항공권은 항공권의 요금수준의 차이에 따라 Open 발권 혜택이 주어지지 않을 수 있다.

● 항공권은 언제까지 구입해야 하나요?

발권은 요금이 나온 항공편일 때 예약 직후 ~ 발권시한까지 구입을 해야 한다. 발권시한까지 구입이 안 되었을 경우는 예약이 취소될 수 있기 때문이다. 원활한 여행일정 수립을 위해 발권은 미리미리 요금이 나온 후 서둘러 주시는 편이 좋으며, 대부분 출발 10~15일 전에 발권이 이루어지는 경우가 많다.

4. 기타 준비하기

1) 복장

여행이 주는 가장 큰 스트레스는 이동이라 한다.

특히나 출장을 목적으로 장시간 비행기를 탄다는 것은 몸과 마음을 미리 지치게 만들 것이다.

여름나라에서 겨울나라이거나 겨울나라에서 여름나라로 출장을 갈 경우 날씨 때문에 의상선택이 어려워진다. 추운곳에서 더운곳으로 갈 때는 안에 얇은 소재를 입고 벗어서 가방에 접어 넣을 공간을 미리 마련해 두면 끝이지만 더운곳에서 추운곳으로 갈 때는 레이어드해서 입을 수 있는 옷을 가지고 가는 것이 좋다. 우선 안쪽에 짧은 팔의 셔츠나 니트를 입는다면 가죽자켓이나 울니트를 준비하는 것이 좋다. 기내에서도 조금씩 기온의 변화를 느낄 수 있기 때문이다. 비즈니스 출장이라는 것을 명심할 때 보관과 이동이 편하다고 오리털파카 하나 덜렁 넣어서 공항가면 안 된다.

첫인상이 모든 것을 좌우할 수 있음도 명심하자.

공항부터 업무가 시작되거나 상대쪽 바이어가 마중을 나오는 경우처럼 남의 나라에 도착하자마자 낯선 인물들에게 첫인상을 주게 되는 해외 출장의 경우 기내에서의 편안함과 내렸을 때의 첫인상을 모두 만족시켜 주어야 한다.

이때 비즈니스 캐주얼이라 칭할 수 있는 룩으로 상의는 격식을 갖추고 하의는 편안하게 연출해주면 좋다.

남자의 경우 : 블레이져에 흰셔츠 회색바지 정도에 캐주얼하나 정장에 손색없는 세미정장을 선택해주거나 구김이 적은 수트를 준비해 주는 것이 좋다. 만약 시간이 좀 있다면 청바지나 면바지에 상의를 클레식한 버튼다운 셔츠에 블레이져로 편안함과 격에 어긋나지 않는 복장도 좋다.

여자의 경우 : 여성복의 경우 원단의 구김이나 신축성 있는 의상이 다양하다. 저지 원피스에 짧은 자켓을 준비해 준다면 기내에서 편안함과 공항라운지에서 예의도 지킬 수 있다. 마바지에 면셔츠는 그런 의미에서 아주 적합하지 않은 매치라 하겠다. 이때 니트소재의 상의와 스카프도 연출이 다양해진다. 구김도 덜 가고 스카프는 조금 큰것으로 준비하면 비행기안에서 보온에도 효과적이다

파티 복장 : 혹시나있을 지 모르는 파티나 고급레스토랑에도 어울릴만한 수트는 꼭 챙겨가는 것이 좋다. 여성의 경우 구김이 적은 원피스를 챙겨 넣는다면 무난히 정장 역할을 해줄 수 있다.

남성의 경우 블랙수트를 챙겨가면 언제나 활용 가능하다. 이때 옷보다 더 문제가 되는 것은 신발이다. 옷에 맞추기 위해 따로 하이힐을 챙겨 넣어야 하는 불편함이 있지만 갑작스런 파티가 당신 비즈니스 출장에 가장 큰 이벤트가 될 수도 있는 가능성을 잊지마라.

남자는 꼭 끈달린 구두를 신거나 챙겨가라. 포르투갈이나 스페인 남미쪽은 다른 신발을 신으면 예의에 벗어난다고 생각한다.

2) 가방

비즈니스 출장에 서류가방은 너무 큰 것을 챙기는 것보다 브리프케이스 정도를 하나 꼭 챙겨가는 것이 좋다.

권력을 의미하는 남자의 가방은 큰 것을 스스로 들수록 없어 보일 수 있다. 미팅이 있는 날이면 조금 신경 쓴 모습을 보여줄 수 있다.

다른 나라에 갔다고 여행을 온 것으로 착각해 여행자의 모습을 하고 다니기 쉬운 것

이 가방이다. 사람들의 심리를 이용해 더욱 멋스럽고 당신을 잃지 않는 서류 가방을 준비해 가는 것이 좋다.

▶ 출장 가방을 쌀 때 요령 몇가지

첫째, 우선 스케줄을 살핀다. 미팅이 몇번일지 공식행사는 무엇이 있는지 사적으로 활용할 수 있는 시간은 어떻게 되는지 날짜와 시간에 맞게 옷은 간단히 챙기자.

둘째, 하의와 상의의 갯수를 스케줄에 맞춰 넣고 속옷과 양말을 챙긴후 액세서리를 챙긴다.

셋째, 구김이 가기 쉬운 옷보다 덜가는 옷으로 챙기되 구김갈 수 있는 바지는 맨밑에 깔고 다른 것들을 넣은 다음 반쪽을 위로 올린다.

자켓은 뒤집어서 어깨 안쪽으로 감싼다음 반 접어서 넣으면 구김이 최소화 된다. 옷들은 넓게 펴서 개켜야지 구김도 덜 가고 많은 양을 넣을 수 있다.

3) 아이템

비즈니스 출장에서는 옷보다 액세서리에 신경을 쓰자. 아주 작은 액세서리지만 보는 이에게는 전문성을 보여줄 수 있다.

남성의 커프스 링크나 고급시계 만년필 등은 그의 품격을 좌우한다.

여성의 경우 지나친 액세서리보다는 고급스런 가방과 스카프로 다양한 연출을 해주자. 십자가 목걸이나 귀걸이 등은 아랍계통으로 출장을 갈 때는 피해 주는 것이 좋다.

지역마다 호텔에 슬리퍼가 준비되어 있지 않은 곳들이 있으니 슬리퍼 형태의 스웨이드 구두 또한 필수품이다.

중요한 해외출장인 경우 미니다리미를 가지고 가서 말끔한 모습을 보여주는 것도 좋다.

〈표 4-2〉 해외 출장 체크 리스트

품 목	확인	품 목	확인
여권		잠옷, 슬리퍼	
비자		가디건	
여행자수표		양복(셔츠,텍타이)	
해외신용카드		케쥬얼룩	
현금외화		속옷 소량	
귀국당일 쓸 현금		접이식 우산	
여권용 사진 2매		편한신발, 구두	
해외여행자 보험		사진가	
국제면허		상비약	
영어로된 명함		알람시계	
세면도구		전자계산기	
면도기 건전지		필기도구	
헤어드라이어 여행용		사전, 회화집	
비닐주머니		어댑터	
필기도구		예비안경	
가이드북		공기베개	
여행자 소형다리미		골프슈즈	

3. 출장 매너

1) 공항 · 기내에서의 매너

▶ 공항에는 일찍 도착해야 한다

공항에는 출발 예정 시간 2시간 전에는 들어가 있어야 한다. 여권, 항공권, 외화는 반드시 몸에 지녀야 하며, 휴대품 체크리스트를 만들어 놓고 당일 확인하는 것이 좋다. 카운터에서 화물의 계량이 끝나면 수화물 인환증을 챙겨야 한다. 좌석번호가 기입된 탑승 카드를 받고 나면 출국 안내 방송이 있을 때까지 기다린다. 출국수속은 검역, 세관, 출국 심사의 순으로 행한다. 외제 물품(카메라, 시계 등)을 가지고 가는 사람은 세관 카운터에서 휴대 출국 증명서에 기입하고 세관의 인증을 받아 두어야 귀국시에 외국에서 사 온 것으로 간주되지 않는다.

▶ 공항에 도착해서 출국카드를 작성한다

여권과 출국카드, 항공권, 여행 가방을 가지고 자기가 타야 할 항공사 데스크로 간다. 항공사 데스크에서는 자기가 앉고 싶은 좌석을 부탁해 본다. 탑승 수속을 마치면 가는 구간의 항공권을 회수하고 보딩티켓과 돌아오는 비행기표에 수화물 번호표를 붙여서 주는데 이때, 자기 수화물이 식별이 잘 되도록 꼬리나 표식을 달아 두면 도착하여 찾을 때 편리하다. 보딩 티켓과 항공권을 받으면 보딩 티켓에 쓰여 있는 게이트와 좌석을 확인하고 직원에게 수화물 번호표가 붙어 있는지 확인 후 자기 배낭이 컨베이어 벨트를 타고 들어가는 것을 보고 출국장으로 간다. 보딩을 마치면 곧바로 공항 내 은행에 가서 공항 이용료를 지불하고 영수증을 반드시 챙긴다. 출국장까지는 항공기 출발 시간 30분전까지는 들어간다. 출국장에 들어서면 소지품을 플라스틱 바구니에 담아 검사관에게 보이고 작은 가방이나 핸드 캐리어(손으로 운송하는 물건)는 옆 엑스레이 대에 올려 둔다. 소지품 검사대를 지나면 세관신고대가 있는데, 이곳에서 귀국시 오인받을 수 있는 고가품(10~50만원대 이상의 물품)을 신고한다.

▶ 기내에서 지켜야 할 예절

비행기에 오르면 좌석을 찾아 앉고 기내에 가지고 들어간 휴대물이 다른 사람들에게 방해되지 않도록 잘 놓는다. 작은 가방 같으면 앞 좌석 밑으로 밀어 넣고 가벼운 물건은 머리 위의 선반 위에 올려 놓는다. 무거운 짐은 떨어질 위험이 있으므로 승무원에게 맡긴다. 비행기가 이륙하기 직전에 '벨트를 매시오(FASTEN SEAT BELT)' '금연(NO SMOKING)' 등의 표시등이 켜지는데, 이 표시등이 켜져 있는 동안은 자리를 떠나서는 안 되고, 안전벨트를 풀거나 담배를 피워서도 안 된다. 승무원을 불러야 할 경우에는 호출버튼을 사용하도록 한다. 큰 소리를 지르거나 손으로 쿡쿡 찌르는 것은 예의가 아니며 승무원이 통로를 지나가게 되는 경우에는 눈짓이나 손짓으로 부르도록 한다. 점보기와 같은 초대형 비행기에서는 안쪽 좌석에서 통로로 나오기가 힘이 든다. 옆 사람 앞을 지날 때는 '미안 합니다' 또는 '잠깐 실례 합니다'라고 양해를 구해야 한다. 간혹 아는 사람을 만나는 경우가 있는데, 이럴 때에도 큰 소리로 떠드는 것은 삼가야 할 일이다. 화장실은 손잡이에 부착된 자물쇠의 'OCCUPIED(사용 중)' 'VACANT'(비어있음)' 표시를 보고 화장실의 상태를 알 수 있다. 화장실 안의 불은 평소에는 꺼져 있으며 화장실 안으로 들어가 문을 잠가야만 불이 켜진다. 화장실과 통로는 원칙적으로 금연이다.

조용히 앉아서 미리 도착할 나라의 입국 카드를 써 놓는 것도 좋다.

2) 호텔에서의 매너

▶ 객실열쇠

국내외의 일급호텔의 문은 자동식이기 때문에 문을 열어 놓으면 잠시 뒤 저절로 닫혀서 문고리까지 잠기게 된다. 따라서 잠시 나갔다 오더라도 방 열쇠는 반드시 챙기거나 카운터에 맡기도록 한다. 외출시는 반드시 프론트에 맡긴다. 객실 열쇠는 단순한 열쇠 기능 뿐만 아니라 전원에 연결되는 등, 부가 기능이 있다.

▶ 욕실이용

신규호텔의 경우는 대부분 욕실과 샤워실이 있으므로 사용에 별 문제가 없다. 하지만 샤워실이 별도로 없는 경우는 샤워커튼을 이용, 욕조 안에서 샤워를 해야 한다. 이때 커튼 자락이 욕조 안으로 오게 해야 하는데 일반적으로 호텔 욕실의 경우 배수관이 설치되어 있지 않으므로 욕실 바닥에 물이 넘치게 되면 카펫이 젖는 등 낭패를 당하게 된다.

영어를 사용하는 국가에서는 더운물 나오는 곳을 H(Hot)로, 찬물 나오는 곳을 C(Cold)로 표시해 놓고 있다. 그러나 프랑스, 스페인, 이탈리아 등에서는 더운물을 C, 찬물을 F로 표시하기 때문에 혼돈할 수 있으므로 주의한다. 욕실에는 대, 중, 소 크기의 수건이 두 장씩 비치되어 있다. 가장 작은 수건은 목욕 후 몸의 물기를 닦으라는 것이고 중형 수건은 얼굴을 닦으라는 것이며 가장 큰 수건은 욕실 밖으로 나올 때 몸을 감싸라는 것이다.

▶ 텔레비전과 전화 그리고 인터넷

객실 텔레비전에는 일반 채널과 호텔 자체에서 개설해 놓은 자체 채널 등 두 가지가 있다. 일반채널은 그 나라의 방송 채널이고 자체 채널은 유료 TV 등 다양한 방송을 즐길 수 있다. 객실 내에 비치된 프로그램 안내서 등을 참고할 수 있다. 일부 호텔은 객실 내에서 팩스 시설은 물론 전화선과 전용선을 통한 인터넷 접속 서비스를 제공하기도 한다. 예약 전에 문의를 하면 된다.

▶ 룸서비스와 미니바

객실 내에서 차나 식사를 할 때에는 룸서비스를 이용한다. 룸서비스의 경우 레스토랑의 가격보다 10~12% 정도 비싸다. 특히 아침 일찍 식사를 하고 싶으면 객실 내에 비치되어 있는 메뉴를 이용할 수 있다. 객실의 냉장고와 미니바는 이용 후 비치되어 있는 계산서에 표시를 하고 체크아웃을 할 때 계산하면 된다.

▶ 객실 메이크업 서비스와 DD 카드

객실 메이크업이란 룸메이드의 청소 서비스를 말하는데 하루에 한번씩 이루어진다. 만일 업무 중이거나 관광 또는 쇼핑 등으로 피곤하거나 기타 다른 일로 아침에 늦잠을 자야 되겠다고 생각할 때는 방안에 준비되어 있는 'DO NOT DISTURB' 푯말을 문 바깥 손잡이에 걸어 놓고 자면 된다. 그 말은 '방해하지 말라'는 뜻이기 때문에 그 푯말이 바깥에 있는 경우에는 절대로 늦잠을 방해하지 않는다.

▶ **세탁물처리**

객실에 있는 세탁 주문서에 필요사항을 기입하고 지정된 비닐봉지에 세탁물을 넣어 두면 된다.

▶ **반바지, 슬리퍼 차림**

해외여행을 나서게 되면 누구나 공통적으로 해방감을 가지게 된다. 이런 해방감 때문에 복장도 아무 것이나 적당히 입는 경향이 많다. 입기 편하고 간편한 복장이 물론 좋다. 그러나 호텔이나 고급레스토랑 또는 백화점에서는 복장이 단정하지 못한 손님의 입장을 사절하는 경우가 있다.

3) 팁 매너

미국이나 유럽에서는 팁이 제도화되어 있다. 우리나라 사람들의 경우 Tip에 대한 습관이 없으므로 주어야 하는데 내놓지 않아 실례가 되는 경우가 있다. 팁에 대한 개념이 '감사'이므로 서비스 관계로 혹은 개인적으로 무엇을 부탁했을 경우나 신세를 지면 지불해야 한다.

▶ **레스토랑**

레스토랑의 웨이터(웨이트리스)에게 팁을 주어야 한다.

팁은 보통 전체 금액의 10~15%를 주면 무난하다. 와인 웨이터가 있을 경우는 와인 값의 15~20%을 팁으로 직접 건넨다. 테이블까지 안내한 웨이터에게는 원칙적으로 팁이 필요 없지만 사람의 수가 많아 특별히 테이블을 마련해 주거나 메뉴에 없는 특별 요리를 만들도록 배려해 준 경우는 2~3달러에 해당하는 팁을 주면 된다. 신용카드를 사용할 경우 계산서의 'EXTRA TIPS' 난에 자기가 주고 싶은 팁의 액수를 적고 'TOTAL'난에 식사요금과 팁을 합한 금액을 적는다. 나이트클럽, 바 등은 보통 15%의 팁을 준다. 햄버거, 아이스크림 등을 팔고 있는 카페테리아, 맥도널드나 켄터키 프라이드치킨 등의 가게에서는 팁이 필요 없다.

▶ 택시

택시를 탔을 때는 미터 요금 외에 10%에 해당하는 팁을 운전기사에게 주어야 한다. 공항에 가고 올 때에 짐을 트렁크에 자신이 직접 넣을 경우 팁을 주지 않아도 된다. 짧은 거리는 거스름 동전을 안 받는 것으로 팁을 대신한다.

▶ 호텔

방을 나올 때 1달러 정도를 침대 위에 올려놓으면 된다. 그 외 다른 서비스를 받을 때는 1~2달러 정도 주면 된다. 팁을 도어맨, 프론트, 포터에게 건네주면 나중에 극장, 레스토랑, 관광버스의 예약이나 우편물을 보내는 일, 택시를 부르는 일 등 여러 가지 서비스를 받을 수 있다. 음식을 자기 방에서 먹고 싶을 땐 전화를 하면 날라다 주는데 그때 웨이터에게 건네는 팁은 음식가격의 10~15%이다.

▶ 항공회사, 선박

항공회사의 직원 등에게 팁을 주는 것은 실례가 된다. 비행기 안에서도 승무원에게 팁을 주는 것은 실례이다. 선박 여행에서는 호텔에 준한 팁을 주어야 한다.

생각해 봅시다!!!

행복한 사람의 5가지 습관

첫째, Happy look!

부드러운 미소, 웃는 얼굴을 간직하십시오

미소는 모두를 고무시키는 힘이 있습니다.

둘째, Happy talk!

칭찬하는 대화, 매일 두 번 이상 칭찬해 보십시오

덕담은 좋은 관계를 만드는 밧줄이 됩니다.

셋째, Happy call!

명랑한 언어, 명랑한 언어를 습관화 하십시오

명랑한 언어는 상대를 기쁘게 해줍니다.

넷째, Happy work!

성실한 직무, 열심과 최선을 다하십시오

성실한 직무는 당신을 믿게 해줍니다.

다섯째, Happy mind!

감사하는 마음, 불평대신 감사를 말하십시오

비로소 당신은 행복한 사람임을 알게 됩니다.

PART 5

식탁매너 익히기

PART 5

식탁매너 익히기

어느 유명 금융 CEO가 3000만 달러를 은행에 맡기기로 한 고객과 저녁 식사를 하고 있었다.

자신도 모르게 스테이크 한 조각을 나이프로 찍어 입에 넣고 혀로 나이프를 핥았다. 식사가 끝난 뒤, 그 고객에게서 "투자를 재고해 봐야겠다"는 전화를 받았다라는 일화가 있다.

우리는 하루 세끼 일년에 1095의 식사를 한다. 이렇듯 식사는 아주 중요한 비즈니스 요소가 될 수 있다. 세살 버릇 여든까지 간다고 저마다 식사 습관이 있다. 나쁜 습관은 어디에서도 나올 수 있기 때문에 빨리 고쳐야 하며, 외국인과의 식사나 익숙치 않은 음식의 식사시에는 다시 한 번 주의를 기울여야 한다.

1. 한식테이블 매너

한국음식은 오랜 전통과 역사 속에서 발달해 오면서 지방에 따라 다양한 특색을 나타내며, 그 지방만의 독특한 음식문화를 자랑하기도 한다. 여러 가지 양념을 곁들이고, 무엇보다 손끝에서 우러나는 감칠맛을 지닌 한국음식 - 우리에게는 일상음식이지만 특별한 날에는 가장 푸짐하고 정갈한 요리가 될 수 있는 한식과 그에 따른 식사예법은 누구보다도 우리가 먼저 지키고 바르게 알아 두어야 외국인에게도 자신 있게 대접할 수 있을 것이다.

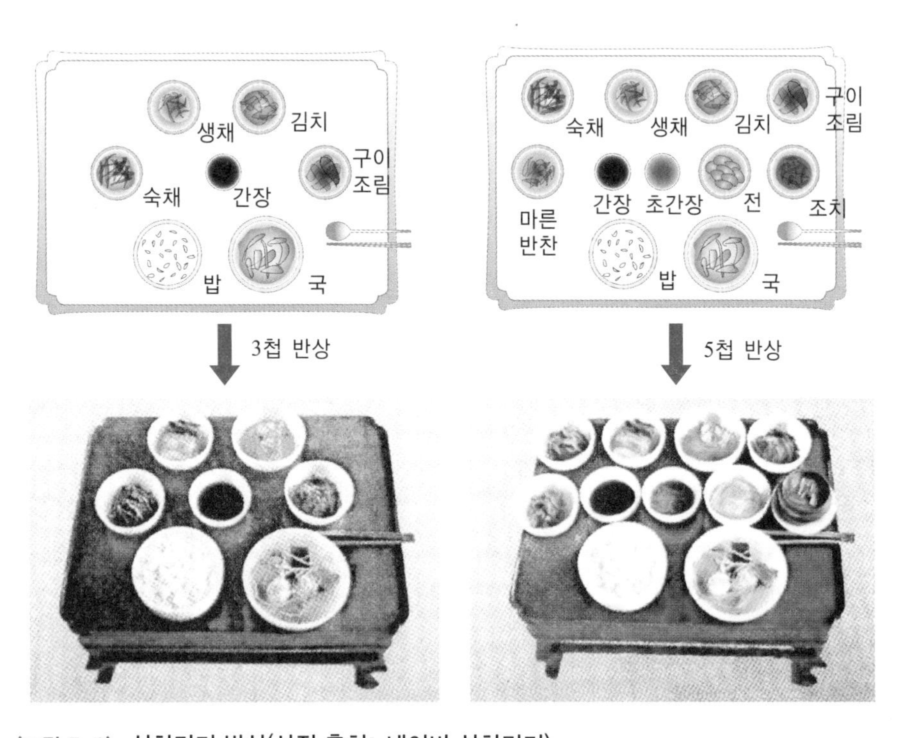

〈그림 5-1〉 **상차리기 반상(사진 출처: 네이버 상차리기)**

우리나라 음식의 상차림에는 반상, 면상, 주안상, 교자상 등이 있다. 반상은 평상시 어른들이 먹는 진짓상이고, 면상은 점심 같은 때 간단히 별식으로 국수류를 차리는 상이다. 주안상은 적은 수의 손님에게 약주대접을 할 때 차리는 술상이고, 교자상은 생일, 돌, 환갑, 혼인 등 잔치 때 차리는 상이다.

반상은 음식 수에 따라 3첩 반상에서 5첩, 7첩, 9첩, 12첩 반상 등이 있는데 밥, 국, 찌개, 김치, 장류 등의 종지는 첩 수에 넣지 않는다. 반상은 외상,

겸상, 3인용 겸상으로 차리는데 외상일 경우 상차림은 상의 뒷줄 중앙에는 김치류, 오른편에는 찌개, 종지는 앞줄 중앙에 놓으며, 육류는 오른편, 채소는 왼편에 놓는다. 원래 우리나라 식탁의 기본 상차림은 외상으로서 잔치 때 수십명의 손님이 찾아와도 이들을 일일이 외상으로 모셨다 한다. 그러나 외국손님을 집에 초청하여 한식을 대접하는 경우, 여러 사람이 한 상의 음식을 먹는 교자상보다는 우리 고유의 기본 상차림인 외상으로 하거나, 아니면 서양식 식탁 위에 외상식으로 손님마다 제각기 음식을 따로 차리는 반상이 바람직할 듯하다.

1) 절충식 한식 디너

비즈니스와 사교의 영역이 넓어지고 외국인과의 대면이 자연스러워진 만큼 그들에게 우리의 음식을 접대할 기회가 많아지고 있다. 그러나 외국인들에게 무조건 한국식을 권하기 보다는 요리는 우리 것으로, 접대방식은 서양식으로 하는 절충식으로 많이 대접하고 있다.

① 국을 대접하고자 할 때에는 건더기를 적게 해서 준비한다. 만두국의 경우 만두는 엄지 손가락보다 조금 큰 정도로 조그맣게 빚고 두서너개 정도만 담아낸다.

② 여름철에는 오이냉국을 대접하면 효과적이다.

③ 디저트로 커피나 홍차 대신 인삼차나 수정과, 식혜 등을 준비해 두는 것도 좋다. 한국 요리는 요리만을 먹기보다는 밥을 먹기 위한 반찬의 비중이 크므로 전반적으로 짜고 맵다. 따라서 외국 손님에게 대접할 때는 특별히 조리법에 신경을 써서 접대해야 한다. 무엇보다 마늘을 많이 넣지 않도록 주의해야 한다.

2) 한국식 뷔페디너

손님을 많이 초대할 때는 한국 요리도 뷔페 스타일로 대접하는 것이 좋다. 전채에서부터 고기요리, 음료와 후식까지 골고루 한꺼번에 차리고 밥도 곁들여 놓는다. 외국인 손님이 있는 경우라면 볶은 밥이나 김밥을 보기 좋게 말아서 내놓는 것도 좋은데 이때에는 수저와 함께 포크도 준비하는 센스를 발휘하도록 한다.

'상다리가 부러지게'라는 우리만의 표현이 있듯이 한번을 먹더라도 거하게 차려먹는 식습관은 접어두고 뷔페로 준비할 때에는 맛있고 자신 있는 요리 4~5가지 정도로 요리의 수를 줄여 장만하는 것이 좋다. 마지막으로 청결하고 말끔한 식탁 분위기를 만들어 손님이 즐겁게 식사할 수 있도록 접대하는 것에 가장 신경을 쓰도록 한다.

3) 한국인 식사 예절

① 출입문에서 떨어진 안쪽이 상석이므로 윗사람이 앉도록 하며, 식탁에는 곧고 단정한 자세로 앉는다.
② 손윗사람이 수저를 든 후 아랫사람이 따라 들고, 식사 중에는 음식 먹는 소리 등을 내지 않도록 한다.
③ 숟가락을 빨지 말고 또 숟가락, 젓가락을 한 손에 쥐지 않는다.
④ 밥은 한쪽에서 먹어 들어가며 국은 그릇째 들고 마시지 않는다.
⑤ 식사 속도를 윗사람에게 맞추는 것이 예의이며, 윗사람이 식사를 마치고 일어서면 따라 일어선다.

2. 양식테이블 매너

서양에서 테이블 매너가 완성된 것은 19세기 영국의 빅토리아 여왕 때라고 한다. 이 시대는 형식과 도덕성을 가장 중시하던 때로서 이때에 갖춰진 식사예법의 절차와 매너가 오늘날까지 이어져 오는 것이다. 그러나 테이블 매너의 기본 정신은 형식에 있는 것이 아니라 서로 요리를 맛있게 먹고 분위기를 즐기는데 있음을 잊지 말아야 한다.

동양적 사고방식에서는 여러 사람이 식사를 할 때, 모든 요리가 다 나오기 전에 먼저 먹는 것을 예의에 어긋나는 것으로 여기지만, 서양요리는 요리가 나오는 대로 바로 먹기 시작한다. 서양요리는 뜨거운 요리든 찬 요리든 가장 먹기 좋은 온도일 때 고객에게 서브되고 좌석 배치에 따라 상석부터 제공되기 때문이다. 따라서 온도가 변하기 전에 먹는 것이 제맛을 즐길 수 있는 요령이다. 그러나 4~5명이 함께 식사를 하는 경우에는 요리가 나오는 시간이 그다지 길지 않으므로 조금 기다렸다가 함께 식사하는 것이 좋다. 특히 윗사람의 초대를 받은 경우에는 윗사람이 포크와 나이프를 잡은 후에 먹기 시작하는 것이 에티켓이다.

1) 냅킨의 사용

우선 식탁에 앉으면 세팅되어 있는 냅킨을 무릎에 펼치는데 이는 앉자마자 펼치기 보다는 모든 사람이 자리를 잡고 앉았을 때 하는 것이 좋다. 냅킨은 음식물을 옷에 떨어뜨리지 않기 위해서 사용하는 것인데, 그 밖에 입을 가볍게 닦거나 핑거 볼(Finger Bowl)을 사용한 후 물기를 닦을 때에도 이용한다. 어떤 여성은 립스틱을 냅킨으로 닦기도 하는데 이것은 에티켓에 어긋난다. 식사가 끝난 후에는 되는대로 대충 접어 테이블 위에 놓는다. 너무 깨끗하게 접어 놓으면 사용하지 않은 냅킨과 혼동될 수 있으므로 주의한다.

2) 나이프와 포크의 사용

중앙의 접시를 중심으로 나이프와 포크는 각각 오른쪽과 왼쪽에 놓여 있다. 따라서 있는 그대로 나이프는 오른손에 포크는 왼손에 잡으면 된다. 양식에서 포크와 나이프는 각각 3개 이하로 놓여 있게 마련인데 코스에 따라 바깥쪽에 있는 것부터 순서대로 사용하도록 한다. 식사 중 와인을 마시거나 하는 등으로 잠시 포크와 나이프를 놓을 때에는 접시 양끝에 걸쳐 놓거나 서로 교차해 놓으며, 포크만을 사용한 경우에는 접시 위에 엎어 놓는다.

식사가 끝났을 때는 접시 중앙의 윗 부분에 나란히 놓는다. 나이프는 사용 후 반드시 칼날이 자기쪽을 향하도록 놓는다.

〈그림 5-2〉 포크와 나이프의 사용

3) 서양요리

(1) 빵

빵은 처음부터 테이블에 놓여 있더라도 처음부터 먹는 것도, 수프와 함께 먹는 것도 아니다. 빵은 요리와 함께 시작해서 디저트를 들기 전에 끝내는 것이다. 자신의 빵 접시는 왼쪽에 놓인 것이므로 오른쪽의 빵접시를 잘못 사용하지 않도록 한다. 빵을 먹을 때는 포크와 나이프를 사용하지 않으며, 전체에 버터를 발라 먹지 말고 한 입으로 먹을 수 있는 크기로 빵을 잘라 놓고 버터를 바른다.

(2) 와인

유럽인들이 '와인 없는 식탁은 태양 없는 세상과 같다'라고 표현할 정도로 알카리성 음료인 와인은 육식이 주요리인 서양식탁에서 빠져서는 안될 중요한 존재이다. 와인을 마시기 전에는 입안의 음식을 다 삼키고 입 주위를 한번 닦은 후 마시도록 한다. 이는 입안의 음식물과 와인이 섞이게 되면 와인 특유의 풍미가 없어져 버리고, 기름기 같은 것이 와인 잔에 묻기 때문이다. 와인은 요리와 함께 마시기 시작해 요리와 함께 끝낸다. 즉, 디저트가 나오기 전까지 마신다. 한편, 와인이나 주류를 마시지 않는 사람이라면 글라스 가장자리에 가볍게 손을 얹고 '그만 되었다'는 표현으로 사양의 뜻을 전하면 된다. 흔히 글라스나 술잔을 엎는 경우가 있는데 서양식 테이블 매너에서 글라스를 엎는 것은 금기시되고 있으므로 주의하도록 한다. 마지막으로 글라스에 담긴 와인은 남기지 않고 다 마시는 것이 예의이다.

(3) 샐러드(Salad)

고기와 야채는 맛에서도 조화를 이루지만, 고기는 산성이 강한 식품이므로 샐러드를 먹는 것은 알칼리성이 강한 생야채를 먹음으로써 중화시킬 수 있다는 영양학적인 의미를 가진다. 대개 고기요리를 전부 먹고 난 다음 샐러드를 먹기도 하는데 고기와 샐러드는 번갈아 먹는 것이 더욱 효과적이다. 영미인들은 샐러드를 고기요리와 같이 먹거나 그 전에 먹는 반면, 프랑스 사람들은 고기요리가 끝난 다음에 먹는 습관이 있다고 한다. 샐러드에 사용되는 소스를 특별히 드레싱(Dressing)이라고 하는데, 소스가 뿌려진 모습이 마치 여성들의 드레스 입은 모습과 같다고 해서 생겨난 말로 전해진다. 드레싱류는 크게 프렌치 드레싱류와 마요네즈 소스류로 구분된다.

(4) 전채요리(Appetizer)

전채요리는 식욕을 촉진시키기 위해 식사 전에 가볍게 먹는 요리를 말한다. 전채요리는 아무리 맛이 있어도 적당히 먹어 두어야 메인 요리를 제대로 맛볼 수 있다. 요컨대 공복이야말로 최고의 애피타이저인 것이다.

(5) 수프(Soup)

수프는 진한 수프인 포타주(Potage)와 맑은 수프인 콩소메(Consomme)가 있다. 진한 수프의 경우에는 담백한 요리가, 콩소메의 경우에는 진한 맛의 메뉴가 어울리며 코스가 많은 정찬요리에 적합하다. 뜨거운 수프가 나왔을 경우에는 우선 스푼으로 조금 떠서 맛을 본 후, 스푼을 이용해 저어 식히도록 한다. 입으로 후후 불어가며 식혀 먹는 것은 좋지 않으며 차를 마시듯 소리를 내어 먹는 것도 옳지 않다. 아울러 스푼으로 뜬 수프를 한 입에 먹지 않고 스푼 위에서 나눠먹는 것도 자제해야 한다. 손잡이가 달려 있는 그릇에 담긴 수프는 손으로 그릇을 들고 마셔도 실례가 되지 않는다.

(6) 메인디쉬

▶ 생선요리는 뒤집어 먹지 않는다.

통째로 요리된 생선이라면 머리, 몸통, 꼬리를 나이프로 자른 후 지느러미 부분을 발라낸다. 그리고 나서 역시 나이프를 사용하여 뼈를 따라 왼쪽에서 오른쪽으로 위쪽의 살과 뼈를 발라놓은 다음, 생선의 살만을 앞쪽에 놓고 왼쪽에서부터 먹을 만큼 잘라가며 먹는다.

위쪽을 다 먹은 다음에는 뒤집지 말고 그 상태에서 다시 나이프를 뼈와 아래쪽의 살 부분 사이에 넣어 살과 뼈를 발라 놓는다. 그리고 나서 남은 생선의 살을 조금씩 잘라가며 먹는다. 그러나 대체로 생선요리는 살이 무른 편이므로 살을 떼어낼 때 이외에는 포크만을 사용해도 괜찮다.

▶ 고기요리는 잘라가며 먹는다.

스테이크의 경우 굽는 정도에 따라 맛이 달라진다. 그러므로 스테이크를 주문할 때는 취향대로 부탁을 한다. 스테이크의 참맛은 붉은 육즙에 있으므로 대개 적게 구울수록 고기의 참맛을 즐길 수 있다.

고기요리는 한번에 썰어 놓고 먹기보다는 잘라가며 먹는 것이 예의이다. 뼈가 있는 고기인 경우 뼈에서 떼어내기 어려운 부분은 고기가 남아 있더라도 그대로 남겨두는 편이 좋다.

- 레어(Rare): 약간 구운 것. 표면만 구워 중간은 붉은 날고기 상태 그대로이다.

- 미디엄 레어(Medium Rare) : 좀 더 구운 것. 중심부가 핑크인 부분과 붉은 부분이 섞여져 있는 상태
- 미디엄(Medium) : 중간 정도 구운 것. 중심부가 모두 핑크 빛을 띠는 정도
- 웰던(Welldone) : 완전히 구운 것. 표면이 완전히 구워지고 중심부도 충분히 구워져 갈색을 띤 상태

▶ 새우는 껍질을 떼내고 먹는다.

새우요리는 우선 머리부분을 포크로 고정시키고 새우살과 껍질 사이에 나이프를 넣어 살을 벗겨내듯 하면서 꼬리쪽까지 옮겨간다. 이렇게 양쪽으로 반복하다 보면 껍질이 쉽게 벗겨진다. 그 다음 왼손의 포크로 꼬리부분을 들어올리고, 오른손의 나이프로 껍질 부분을 누른 후 다시 포크로 살 부분을 당기면 그 부분만 쉽게 빠져 나온다. 껍질은 한곳에 두고 살 부분 왼쪽부터 잘라가며 마요네즈나 크림소스와 함께 먹는다.

▶ 소스도 요리이다.

요리에 나오는 소스는 무조건 뿌리지 않는다. 생선요리에 곁들여진 마요네즈, 타타르 소스 같은 진한 소스는 접시 한쪽에 덜어 놓아 조금씩 찍어 먹도록 하는데, 이는 진한 소스는 그 맛이 강해 요리 본래의 맛을 잃게 할 수도 있기 때문이다. 고기 위에 뿌려진 것 같은 묽은 소스는 직접 요리에 얹어 먹도록 한다. 전통적으로 고기요리는 육류의 종류에 따라 그 맛과 향을 더해줄 수 있는 소스와 어울리는데, 오리 고기에는 오렌지 소스, 돼지고기에는 파인애플 소스, 양고기에는 민트 소스 등이 궁합이 잘 맞는 고기요리와 소스이다.

(7) 디저트

과자나 케이크, 과일 등이 나온다. 서양 요리에서는 설탕을 거의 사용치 않으며, 전분도 적게 사용하므로 식후의 디저트는 달콤하고 부드러운 것이 일반적이다. 디너의 따뜻한 디저트로는 푸딩, 크림으로는 만든 과자나 과일을

이용한 과자, 파이 등이 있고, 차가운 디저트로는 아이스크림과 셔벗이 있다.

▶ 수분 많은 과일은 스푼으로 먹는다.

수분이 많은 멜론이나 오렌지류는 스푼으로 먹는다. 작은 크기로 통째로 제공된 멜론은 왼손으로 껍질을 잡고 오른손의 스푼으로 오른쪽부터 떠먹는다. 수박이나 파파야 등도 이와 같은 방식으로 먹는데 씨는 입 속에서 발라내어 스푼에 뱉어 접시에 놓는 것이 예의이다. 포도는 손으로 먹어도 상관없으나, 딸기는 한 알씩 스푼으로 먹도록 한다.

▶ 식후의 커피는 조금 진한 것으로

식후의 커피는 진한 것을 조금 마시는 것이 좋다. 커피는 향이나 마시는 법이 독특한 여러가지 종류가 있는데 그 중 커피에 위스키를 넣고 생크림을 얹어 마시는 아이리쉬 커피나 꼬냑과 오렌지향을 가미해 마시는 카페로얄은 식후주와 커피를 동시에 즐길 수 있는 묘미가 있다. 설탕은 넣자마자 녹이지 말고 천천히 녹여 처음에는 쓴맛을, 나중에는 달콤한 맛을 즐기도록 한다. 티백을 이용해 녹차나 홍차를 마실 경우에는 어느 정도 우러나온 티백을 컵에 대고 눌러 짜지 말고, 스푼 위에 놓고 실을 감아 짜낸 뒤 컵의 뒤쪽에 가로로 놓는 것이 깔끔하고 세련된 매너이다.

4) 상황에 따른 매너

(1) 식사중의 실수

이런 경우 웨이터나 지배인을 불러 도움을 청한다. 가능한 다른 사람이 모르게 조용히 오른손을 들어 신호를 보내도록 한다.

(2) 뜨거운 음식이나 상한 음식을 먹었을 때

무심코 먹은 음식이 너무 뜨거울 때에는 찬물을 먹는다. 주변에 물이 없을 때에는 뱉도록 하는데 종이 냅킨에 싸서 그릇 한쪽에다 놓아둔다. 상한 음식을 먹었더라도 마찬가지로 빨리 뱉도록 하는데, 뱉는 것이 잘 안 보이도록 냅킨으로 가리도록 한다.

(3) 고기나 뼈가 목에 걸렸을 때

생선가시가 걸렸을 때는 물을 마시거나 냅킨으로 입을 가리고 기침을 한다. 손가락으로 입에서 꺼내는 것도 실례가 되지 않으며, 이때에도 역시 다른 손이나 냅킨으로 입을 가리도록 한다. 고기나 뼈가 목에 걸려 기침을 여러 번 하고 싶다면 양해를 구하고 자리를 물러나도록 한다.

(4) 기침, 재채기, 코 풀기

기침이나 재채기가 나오려 하면 손수건 또는 냅킨으로 코와 입을 먼저 가리도록 한다. 코를 풀고 싶을 때에는 양해를 구하고 자리를 뜬다. 자신의 손수건이나 휴지를 사용하며, 냅킨은 원래 사용하지 않는 것이다. 땀이 날 때에도 냅킨으로 닦지 않는다.

3. 중식테이블 매너

중국음식은 수천년의 역사를 자랑한다. 중국은 워낙 넓고 큰 나라여서 각 지역마다 재료와 기후, 풍토가 달라서 일찍이 지방마다 독특한 식문화가 발달하였다. 지역에 따라 북경요리, 사천요리, 광동요리, 상해요리 등 네 가지로 분류한다.

1) 중국요리의 종류

(1) 북경요리

북경요리는 중국 북부지방의 요리로, 한랭한 기후 탓에 높은 칼로리가 요구되어 강한 불로 짧은 시간에 만들어내는 튀김요리와 볶음요리가 특징이다. 재료도 생선보다 육류가 많으며, 면, 만두, 병 등의 종류가 많다. 대표적인 요리로는 오리요리, 양 통구이 물만두, 자장면 등이 있다.

(2) 사천요리

사천요리는 양자강 상류의 산악지대와 사천을 중심으로 한 운남, 귀주지방의 요리를 말한다. 바다가 먼 분지여서 추위와 더위의 차가 심해, 악천후를 이겨내기 위해 향신료를 이용한 요리가 발달했으며, 마늘, 파, 고추 등을 넣어 만드는 매운 요리가 많다. 신맛과 매운맛, 톡 쏘는 자극적인 맛과 향기가 요리의 기본을 이룬다. 마파두부, 새우 칠리소스 등이 유명하다.

(3) 광동요리

광주를 중심으로 한 중국 남부지방의 요리를 말한다. 중국 남부연안의 풍부한 식품 재료 덕분에 어패류를 이용한 요리가 많고, 아열대성 야채를 사용해 맛이 신선하고 담백하여 중국요리 최고로 평가받고 있다. 광동식 탕수육, 상어지느러미 찜, 볶음밥 등이 유명하다.

(4) 상해요리

중국의 중부지방을 대표하는 요리로, 풍부한 해산물과 미곡 덕분에 예로부터 식문화가 발달하였다. 특히 그 중에서 상해는 바다에 접해 있어 새우와 게를 이용한 요리가 많다. 상해 게요리는 세계적으로 명성이 높으며, 오향우육, 홍소육 등이 유명하다. 상해요리는 간장과 설탕을 많이 사용하는 것이 특징이다.

2) 중국식 식사 예절

원형 탁자가 놓인 자리에서는 안쪽의 중앙이 상석이고, 입구쪽이 말석이다. 중국식은 원탁에 주빈이나 주빈 내외가 주인이나 주인 내외와 마주 앉는다. 주빈의 왼쪽자리가 차석, 오른쪽이 3석이다.

중국 식당에서는 냅킨과 물수건이 함께 제공되는데, 이때 물수건으로 얼굴을 닦는 일은 없어야 한다.

중국요리는 요리접시를 중심으로 둘러앉아 덜어먹는 가족적인 분위기의 음식이다. 적당량의 음식을 자기 앞에 덜어먹고, 새 요리가 나올 때마다 새 접시를 쓰도록 한다. 젓가락으로 요리를 찔러 먹어서는 안 되며, 식사 중에 젓가락을 사용하지 않을 때는 접시 끝에다 걸쳐놓고, 식사가 끝나면 상 위가 아닌 받침대에 처음처럼 올려놓는다.

중국식당에서는 녹차, 우롱차, 홍차 등의 향기로운 차가 제공된다. 한 가지 음식을 먹은 후에는 한 모금의 차로 남아 있는 음식의 맛과 향을 제거하고 새로 나온 음식을 즐기면 된다. 중국 사람들이 기름진 음식을 먹고도 비만을 예방할 수 있는 것은 이 차 덕분이라고 한다. 그러므로 중국 음식을 먹을 때에는 중국차를 많이 마시는 것이 좋다.

3) 중식주문 요령

① 세트메뉴가 있는 식당인 경우, 요리를 하나하나 주문하는 것보다 손님의 수와 취향을 고려하여 세트메뉴를 주문하는 것이 좋은 요리를 골고루 먹을 수 있고 한결 경제적이다.

② 4명 이상인 경우 요리 중에 수프류를 넣는다.

③ 재료와 조리법, 소스 등이 중복되지 않도록 주문한다.

④ 처음 이용시에는 웨이터의 도움을 받는 것이 합리적이다.

4) 중식요리 먹을 때 주의할 점

중화요리를 먹는 데 특별한 룰은 없으나 특히 해서는 안 될 매너는 접시에 손을 대는 것, 면류를 먹을 때 소리를 내는 것, 식기를 입에 대고 먹는 것이다.

중국인들은 가령 오른손은 젓가락을, 왼손은 작은 국자를 쥐고 음식을 먹기 때문에 식기를 입에 대고 먹는 것은 매너 위반으로 여긴다.

다만 밥은 공기밥으로 손으로 들어 입에 가까이 대고 젓가락으로 먹는다.

(1) 턴테이블 매너

- 턴테이블의 회전방향은 시계방향이 원칙이다.
- 자기가 좋아하는 요리가 나왔다고 하여 자기 앞으로 먼저 돌려놓는 것은 결례가 된다. 우선 주빈에게 요리가 먼저 가도록 돌려놓고 주빈이 요리를 뜨면 동석한 사람들에게 돌리면서 요리를 뜨도록 한다. 주빈과 먼저 요리를 받은 사람은 먼저 먹어도 관계없지만 다른 사람에게 "실례합니다"라는 한마디는 필요하다.
- 처음 나오는 전채요리는 자기의 접시에 나누었다 하여도 바로 먹지 말고 모든 사람이 다 접시에 담는 것을 기다려주는 것이 매너이다.
- 요리를 먼저 덜 때에는 "먼저 실례합니다"하고 요리를 덜고 놓는다.
- 다음 사람이 요리를 덜고 있을 때에는 테이블을 돌리지 않는다.
- 턴테이블 위에 놓을 수 있는 것은 큰 접시에 담겨져 있는 요리, 조미료, 장식용 꽃 등이다. 술, 개인접시, 글라스, 재떨이 등은 얹지 않는다.
- 한 번 돌아간 음식이 아직 남아 있으면 더 들어도 좋다.
- 자신의 앞에 요리가 돌아왔을 때, 옆 사람에게 "먼저 드십시오"하고 양보하는 것은 바람직하지 않다.

(2) 개인접시는 요리마다 한 개씩

옛날에는 개인접시 하나로 모든 요리를 먹었다고 한다. 그러나 지금은 요리마다 새 접시를 바꾸어준다. 그것은 요리마다 맛이 틀리고 다른 소스로 조미하기 때문이다. 새콤한 소스, 달콤한 소스, 간장 맛 소스 등 중국 요리는 흔히 걸쭉한 감칠맛 나는 소스를 쓴다.

이런 요리들을 하나의 접시에 계속 담아 먹는다면 맛의 개성이 없어진다. 따라서 개인접시는 요리마다 바꾸는 것이 바람직하다. 서비스맨이 잊고 있다면 "접시를 바꾸어 주세요"라고 말한다. 서비스가 순조로운 식당은 새로운 요리마다 새접시가 나온다는 것은 당연한 일이다. 개인접시는 손에 들지 않고, 원탁에 놓은 상태로 먹는 것이 바람직하다. 요리를 덜 때도 개인접시를 요리접시에 가까이 두고 테이블 위에 놓은 상태로 요리접시에 있는 서비스 숟가락과 포크를 사용해서 요리를 덜도록 한다. 개인 접시가 모자랄 경우에는 웨이터에게 새로운 접시를 요구한다.

(3) 중국의 주도

식사하기 전에 제일 먼저 건배를 한다. 한 번만이 아니고 요리가 나올 때마다 건배를 한다. 이것은 입안에 남은 먼저 먹은 요리 맛을 없애고 새롭게 다음 요리를 먹어보자는 뜻이다. 따라서 요리와 요리 사이에 호스트가 "건배합시다" 하면 전원이 술잔을 들고 건배를 한다. 이것이 중국식 건배의 특징이다.

술을 마시고는 동석한 사람에게 술잔을 기우뚱하면서 모두 마셨다고 술잔 속을 보여준다. 글라스를 거꾸로 엎어 놓는다는 이야기가 있는데 오늘날에는 시행하지 않는 곳이 많다. 물론 만약 그와 같은 자리에 갔다면 당연히 함께 거꾸로 놓아야 한다. 그리고 서비스맨이 술을 따르러 왔을 때 더 마시지 않아야겠다고 생각되면 글라스 위에 손을 얹는 동작을 한다. 이것은 술을 붓는 것을 거절한다는 뜻이다.

중국의 주법으로는 간뻬이(乾杯)와 쓰으이(随意)가 있는데 전자는 우리나라 말의 건배에 해당하나, 후자는 우리나라에는 해당되는 말이 없는 중국만의 권주법이다. 중국의 주법에서는 우리나라와 같이 술잔을 돌리지 않고 상대를 향하여 술잔을 올리면서 간뻬이! 하는데, 이것은 술잔의 술을 남기지 말고 마시자는 권주의 말이다. 이때 술을 마시고 잔 밑바닥을 상대에게 보이는 제스처를 하여 다 마셨다는 것을 확인시킨다. 이에 대하여 단번에 술잔을 비울 자신이 없을 경우에는 쓰으이! 하며 술을 조금만 마시고 남겨 두어도 무방하다.

4. 일식테이블 매너

일본요리의 특징은 해산물과 제철의 맛을 살린 산나물 요리가 많다는 것과, 혀로 느끼는 맛과 함께 눈으로 보는 시각적인 맛을 중시하는 것이다. 일본요리는 맛과 함께 모양과 색깔, 그릇과 장식에 이르기까지 전체적인 조화에 신경을 쓴다.

1) 일본요리의 종류

(1) 혼젠 요리

관혼상제 등 의식 때에 대접하기 위하여 차리는 정식 상차림으로 화려하고 예술적인 요리를 중심으로 차린다. 상은 주로 검은색으로 다섯 개를 차리는 것이 보통이다. 첫 번째 상은 혼젠이라 하며, 그 다음 둘째상, 셋째상, 구이상, 생선 등을 원 모양을 그대로 살려 호화롭게 요리한 다이비끼젠으로 한다. 또한 상차림의 요리내용에 따라 국물 한 가지에 요리가 한 가지이면 1즙 1채라 하며, 1즙 2채, 1즙 3채, 2즙 5채, 2즙 7채, 3즙 7채 등으로 구별하며 보통 2즙 5채와 2즙 7채가 많이 쓰인다.

상에 따라 올리는 음식이 다르며 똑같은 맛과 똑같은 종류의 요리를 내지 않는 등 규칙이 까다롭고 복잡하여 격식을 차려야 할 중요한 연회나 혼례 외에는 잘 사용하지 않는다.

(2) 차가이세키(懷席) 요리

다도의 일부로 초대한 손님에게 차를 달여 대접하면서 나무의 열매, 과일, 단것을 조린 것, 곤약, 당근 등으로 만든 자우케라는 과자를 곁들여 먹었는데 오늘날에는 아주 단맛이 강한 과자와 함께 먹는다.

(3) 가이세끼(會席) 요리

혼젠요리와 차가이세키요리에서 발달한 것으로 술안주를 위주로 하여 차리는 연회요리이다. 복잡하고 규칙이 까다로운 혼젠요리의 형식을 따서 일반인이 간편하게 이용할 수 있도록 한 요리로 오늘날에는 결혼피로연, 공식 연회 등에서 가장 많이 쓰이는 손님접대용 상차림이다.

옛날에는 가짓수를 많게 차리고 돌아갈 때는 선물로 요리를 싸주었으며 지방의 특색이 강하여 에도(지금의 동경)에서는 다음날까지 맛이 변하지 않게 하기 위하여 맛을 진하게 하였고, 관서지방은 그 자리에서 다 먹기 때문에 담백한 요리가 발달하였다. 그러나 요즈음은 교통의 발달과 외국과의 교류로 지방색이 많이 사라졌다.

(4) 쇼진 요리

불교의 전통에 따라 절을 중심으로 발달한 요리로 채소, 해초, 건조식품 등 식물성 식품으로 재료로 만드는 요리이다. 이 요리는 기름과 전분을 많이 사용하는 것이 특징이다.

(5) 쥬바코 요리

찬합에 여러 가지 음식을 담아 내는 요리로 보통 4층으로 된 찬합을 쓰며 찬합에 넣는 요리는 가짓수를 홀수로 한다.

첫째층: 달걀말이, 닭고기완자, 생선묵, 양갱, 팥, 과자

둘째층: 생선구이, 매화형 달걀, 죽순구이, 은행구이

셋째층: 무, 당근, 토란, 연근, 우엉, 죽순, 긴콩, 곤냐꾸, 멸치조림, 표고조림

넷째층: 국화형 순무, 새우, 레몬, 국화잎 초무침

2) 일본식 식사 예절

일식에서는 일식 벽장 앞 중앙이 상석이며, 밥상 앞에서는 언제나 똑바른 자세로 앉아야 한다. 일본요리는 보통 소반 위에 얹혀져 나오는데, 젓가락은 자기 앞쪽으로 옆으로, 음료용 컵들은 바깥쪽에 엎어서 놓는다. 밥이나 국을 받으면, 밥은 왼쪽에 국은 오른쪽에 놓았다가 들고 먹는데, 그릇을 받을 때나 들 때는 반드시 두 손을 사용하게 되어 있다. 밥을 먹을 때에는 반찬을 밥 위에 얹어 먹어서는 안 되고, 추가를 원한다면 공기에 한술정도의 밥을 남기고 청하는 것이 예의이다. 국은 그릇을 들고, 한 모금 마신 후 건더기를 한 젓가락 건져 먹은 다음, 상위에 놓는 식으로 여러 번 들고 마시며, 밥그릇에 국물을 부어 먹어서는 안 된다.

생선회는 겨자를 생선 위에 조금 얹고 말듯이 한 후 간장에 찍어 생선 맛과 겨자의 향을 즐기는 것이 원칙이다. 우리처럼 처음부터 겨자를 간장에 풀어서 먹으면, 겨자의 향이 날아가 버리므로 바른 방법이 아니다. 생선회에는 무나 향초 잎이 곁들여 나오는데, 이것은 장식용이지만 입가심으로 먹어도 좋다. 두서너 가지의 모듬 회인 경우에는 희고 담백한 생선부터 먹는 것이 바른 순서이다.

마지막으로, 잔이 비고난 후 술을 따르는 우리와는 달리 상대의 술잔에 술이 조금 남아 있을 때 술을 채워주는 것이 일본식 주도임을 함께 알아두면 좋

을 것 같다.

3) 일본식 주도

손님이 자리에 앉으면 서비스 맨이 차와 물수건을 가지고 들어온다. 그리고는 술 주문을 받는다. 술은 도쿠리라고 부르는 도자기 병에 담겨져 나온다.

술을 따를 때 남자는 왼손으로 술병을 잡고 왼쪽 무릎에 놓고 오른손으로 따른다. 여자가 따를 때는 오른손으로 술병을 잡고 왼손으로 병을 받치면서 따른다. 받는 사람도 남성은 한 손으로, 여성은 두 손으로 잔을 들고 마시는 것이 좋다. 예전에는 여성이 술을 따르는 것을 당연하게 여겼지만 지금은 여성이기 때문에 따른다는 사고 방식은 없다. 다만 여성이나 남성이나 옆 사람 잔이 비어 있을 때는 서로 따르는 것이 좋다. 또 첨잔도 상관없다.

식사 중에 옆 사람이 술을 따르면 젓가락을 상에 놓고 받도록 한다. 젓가락을 쥔 채(즉 음식을 먹으면서) 술을 받는 것은 결례가 된다.

일본에서는 술자리는 언제나 건배로 시작한다. 잔을 눈높이까지 들어올려 '건배'라는 구호를 복창한 후 마신다. 술을 마실 수 없는 사람도 건배를 하며 잔에 입을 대는 시늉을 한다.

건배가 끝나기 전에는 음식에 손을 대지 않는다.

술을 따를 때는 상대방의 오른쪽으로 가 오른손으로 병 밑을 가볍게 받치듯이 하고 잔의 80% 정도를 채운다.

PART **6**

생활 속 매너 익히기

1. 성년식
2. 결혼식
3. 장례식
4. 제례

PART 6
생활 속 매너 익히기

우리나라에서는 관혼상제 문화를 매우 중요하게 여긴다. 그러나 요즘 같은 핵가족 시대에는 일상생활에서 겪게 되는 관혼상제와 관련된 전통 예절을 배울 곳이 흔치 않다.

회사생활을 하게 되면서 우리는 부모님과 함께 아닌 내가 주체가 되어 관혼상제에 참여하는 경우가 많다. 이러한 여러 행사에서 기본예절이 헷갈리면서 당황스러운 상황이 종종 경험하게 된다.

예로부터 내려오는 복잡한 전통을 그대로 전수할 필요는 없지만 예와 정성을 다하는 마음가짐은 고수하며, 좀 더 현실에 가깝게 변화된 기본적인 생활 예법을 알아 두어야 한다.

1. 성년식

1) 관례

관례는 남자 아이가 성인이 되었다는 것을 남들에게 알리는 의식으로 원래 갓(冠巾)을 씌우는 의식이다. 관례는 어린이가 성장하여 정신적, 육체적으로 어른이 되는 시기인 15세에서 20세 사이에 행해졌으나, 조선시대 이후에는 조혼의 풍습으로 10세 전후에 행해지기도 했다. 관례를 치르면 비로소 성인이 됨과 동시에 사회의 일원으로 참여할 수 있고, 결혼도 관례를 마친 후에 할 수 있었다. 이것은 아이에게 어른이 되었다는 사실을 인식시켜서 성인으로서의 권리 부여와 함께 그에 상응하는 책임도 지게 됨을 깨우치게 하려는 것이 그 근본적인 취지이다. 이러한 관례는 일가 친척과 동네 어른을 모시고 조상의 신위를 모셔놓은 사당에 고하는 것부터 행해진다. 관례의 절차가 번거로운 것도 오히려 까다로운 의식절차를 치르게 함으로써 당사자와 모든 이들에게 성인이 된 책임과 의무와 권리를 깨우쳐 주려는 취지이다.

2) 계례

여자가 혼인을 정하거나 15세가 되면 계례를 행한다. 여자에게 머리를 올려 비녀를 꽂아 쪽을 지어주는 성년의례이며 어머니가 주장을 한다. 주례는 친척 중에서 어질고 예법에 밝은 부인으로 정해서 주례가 비녀를 꽂아 주면 방으로 가서 배자(背子)를 입는다.

준비는 관례 때와 같으나 옷으로는 배자를 준비한다. 배자는 소매가 없는 친의(내의같이 속에 입는 옷)로서 빛깔이 있는 비단이나 명주로 만들고 길이는 치마 길이와 같게 한다.

3) 현대의 성년식

성년식은 정신적, 육체적으로 성숙하여 성년이 되는 남녀에게 성인으로서의 긍지를 갖게 하고, 어른으로서의 사회에 대한 책임을 느끼게 하는 의식이다. 우리나라에서는 1973년부터 5월 셋째 월요일을 성년의 날로 제정하여 성년식을 베풀어줌으로써 성인으로서의 자부심과 책임감을 가지도록 하고 있다. 성년이 된다는 것은 성인으로서의 권리뿐만이 아니라 책임과 의무도 이행해야 하는 것을 의미한다.

4) 세계의 성년식

▶ 아프리카의 성년식

성년식을 행하는 데 있어 아프리카 문화권만큼 뚜렷한 특징을 가지고 있는 곳은 없을 것이다. 아프리카에서는 육체적 고통을 요구하거나 시험을 통해 성인이 되었는지를 결정한다.

하마르 족의 경우 성년식을 못 치른 소년을 '아직 사람이 아니다' 라는 뜻으로 '우클리(당나귀)' 라고 부른다. 이 종족은 성년식은 '소 등 뛰어넘기' 인데, 발가벗은 몸으로 소 등을 네 번 뛰어오른다. 무사히 통과하면 축하를 받지만 만일 소 등에서 떨어지면 평생 놀림감이 되거나 여자들로부터 채찍질을 받는다. 그런가 하면 남태평양의 여러 섬에서는 '미혼자 가옥'이라는 공공건물을 지어 2~3년간 합숙생활을 시킨다. 남자들만 모인 외딴 속에서 젊은이들은 정신적인 인내와 함께 육체적 단련을 받고 난 후 성인의 모습으로 부족 사회로 돌아온다고 한다.

▶아마존 강 유역 티구나 족의 성년식

티구나 족 소녀들은 초경이 시작되면 남자들의 출입이 금지된 별도의 헛간에서 1년간 생활 하면서 어머니로부터 집안일은 물론 여자로서 알아야 할 모든 교육을 받는다. 그리고 1년이 지나면 소녀는 '위토'라는 열매즙을 검게 칠하고 깃털로 장식한 관을 쓰고 밖으로 나오는데, 헛간 앞에선 친척들과 마을 사람들이 소녀를 반갑게 맞아 준다. 이 때부터 본격적인 성년식이 시작되는데, 소녀는 엄청난 고통을 참아야 한다. 바로 머리카락을 모두 뜯겨야만 하는 것이다. 처음에는 친척들이 차례로 소녀의 머리카락을 뽑고 나중엔 마을 여자들이 돌아가며 소녀의 머리카락 전부를 뽑아버린다. 이 과정이 끝나면 사흘 동안 소녀의 성년을 축하하는 성대한 잔치가 이어지는데 잔치가 끝나면 소녀는 남자들의 손에 이끌려 아마존 강으로 가서 목욕을 하고 다시 집으로 돌아옴으로써 성년의식이 끝나게 된다.

▶인도네시아 발리섬의 성년식

발리섬에서는 성년식을 '마따따하'라고 부르는데 소년, 소녀들의 뾰족한 송곳니를 앞니처럼 가지런하게 만들기 위해 작은 망치로 치고 줄로 연마한다. 만약 송곳니를 자르지 않으면 자기 몸에 항상 악마의 신을 지니고 있다고 생각하여, 남들이 가까이 접근을 하지 않는다고 믿는다. 이 성년식은 평생에 한 번은 꼭 해야 하기 때문에 만약 어린 시절에 하지 못했다면 죽어서라도 꼭 치른다고 한다.

▶남태평양 펜타코스트 섬 원주민의 성년식

펜타코스트 섬에서는 성인이 되는 자격요건으로 체력과 담력을 최우선으로 생각했는데 이곳 주민들은 일정한 나이가 되면 발목에 포도넝쿨이나 칡뿌리 등을 감고 30m 정도 높이의 탑에서 뛰어내리게 했다. 소년들은 땅위 1m 정도 높이에서 멈춰야 했는데 그야말로 생사를 건 도전이었다. 성년식 통과의례로 치르던 원주민의 의식을 아이디어로 삼아 뉴질랜드에서 새로운 놀이로 창안한 것이 현재의 번지점프이다.

▶이스라엘의 성년식

'통곡의 벽'은 유대인들에게 있어 성지 중의 성지이다. 그래서 유대인 남자는 13세가 되면 이곳 통곡의 벽에서 '바르미즈바' 라는 성년식을 갖는다. 이스라엘에서는 물론 외국에 사는 유대인들도 자녀의 성년식을 위해 가족과 친지를 데리고 '통곡의 벽'으로 온다. 회당에서 아버지가 아들에게 3500년 전에 일어난 민족의 구원과 태동에 대한 이야기를 들려주면 아들은 몇시간에 걸쳐 눈을 감고 이를 암기하면서 신앙심과 역사 의식을 가지며 유대 민족의 일원이 되는 것이다.

▶말레이시아에 사는 인도인들이 성년식

말레이시아에 사는 인도인들에게는 코코넛을 이용한 특이한 성년식을 치른다. 성년식을 맞이하는 소녀의 앞날을 코코넛이 쪼개지는 모양으로 점치는 것이다. 성년식날 소녀의 발등에는 순결을 상징하는 잔가지와 진흙, 고엽이 뿌려지고 양손에는 10센트짜리 동전과 빈랑나무 잎사귀로 싼 작은 열매 꾸러미가 쥐어진다. 다음으로 소녀의 외삼촌은 동전과 우유를 소녀의 머리 위에 붓는데 우유는 순결을 상징하며 동전은 부를, 유리컵은 앞으로 건강한 아이를 많이 낳을 것을 뜻한다. 우유붓기가 끝나면 외삼촌은 코코넛 열매를 힘껏 두 손으로 쥐고 반으로 자르는데 이때 코코넛이 정확히 두 조각으로 쪼개지면 소녀는 앞으로 행복한 결혼 생활을 하게 된다고 믿는다.

▶미얀마의 성년식

미얀마의 성년식은 매우 화려하게 진행된다. 아이들이 12~13세 가량이 되면 집 앞 공터에 궁궐을 축소한 듯한 화려한 집을 짓는다. 이 집에서 소년에게는 왕자의 옷을, 소녀에게는 공주의 옷을 입히고 많은 악사들이 축가를 불러준다. 소년들은 성년식을 치르면 머리를 깎고 절에 들어가 약 2주간 머물게 된다. 절에 있는 동안 이들은 아침마다 거리로 탁발 공양을 나가면서 짧은 승려 생활을 해야만 성인으로 인정받는 것이다.

▶유럽의 성년식

유럽의 경우는 특별히 법으로 정한 성년의 날이 없다. 독일과 스위스는 지능과 정신연령을 측정해 통과된 사람에게는 18세부터 성년 신고를 받는다고 한다. 성년 신고를 마치면 20세 이전이라도 성인으로 대우받는다. 프랑스는 15세 이상 되는 사람을 대상으로 독립된 법률 행위를 할 수 있는 길을 열어주고 있으며, 결혼하면 나이에 상관없이 성인으로 대우한다. 독일은 만 18세가 되는 해의 생일에 가족이 함께 모여 성년이 된 것을 축하한다.

▶미국의 성년식

미국은 매년 5월 셋째주 일요일을 '시민의 날' 로 정해 새로 선거권을 갖는 성년에게 축하 잔치를 베풀어 왔다. 성년이 되는 나이가 주에 따라 조금 차이가 있으나 대부분의 주에서는 18세가 되는 해의 생일을 성년이 되는 나이로 생각한다. 성년이 되는 자녀가 있는 가정에서는 친척들을 초청하여 가족과 함께 성년이 된 것을 축하하고 성인으로서 자각과 책임을 갖도록 가르친다.

▶ 일본의 성년식

일본은 1월 8일이 '성인의 날'이며 국가 공휴일이다. 일본은 18세가 되면 성인 대우를 받는데 이 날의 가장 큰 이벤트 중 하나가 기모노를 입고 사진관에 가서 기념사진을 찍는 일이다. 성년의 날에는 팔소매 길이가 땅까지 끌리는 후리소데를 입고 화려한 허리띠, 머리장식 등으로 한껏 멋을 낸다. 그리고 구에서 준비한 성인식 행사에 참가하고, 가족들과 함께 절에 가거나 친인척에 인사를 드리기도 한다. 부모들은 아들에게는 지갑을, 딸에게는 핸드백을 선물하는데 그 안에는 재물운을 기원하는 뜻으로 1만엔이 들어 있게 마련이다. 일본은 미성년자들에게 술을 팔지 않는 규칙이 비교적 잘 지켜지는데 밖에서 당당하게 술을 시켜 마시면 그들에게는 '이제는 성인' 이라는 상징이기도 하다.

2. 결혼식

1) 전통 혼례

원래 혼인의 혼(婚)자는 혼(昏)에서 유래한 것으로서 혼례는 어두울 때 행하는 것이 예로 되어 있었다. 〈대대례〉라는 책에 보면, 관혼은 사람의 시작이라 했다. 혼인은 곧 인륜의 시초라는 뜻이다. 혼례는 혼인 또는 결혼이라 하며, 한 남자와 한 여자가 부부로 결합하는 의례이다. 따라서 혼례는 의례 가운데서 가장 중요하게 여겨 대례 혹은 인륜지대사라고 불렀다. 혼례는 가족이라는 새로운 사회집단을 형성하며, 한 남자와 한 여자 사이에 일부일처의 육체적인 관계와 사랑과 공경을 바탕으로 한 고유한 정신적 관계를 갖는다는 의의를 지닌다. 우리나라에서는 예로부터 '장가가기' 혹은 '장가들기'라 하여, 신랑이 신부집으로 가서 혼례를 치르고 최소한 3일을 지낸 후에 신부를 데리고 자기 집으로 돌아오는 것으로 혼인이 이루어졌다.

2) 현대의 결혼식

결혼식은 흔히 예식장에서 하는 일반 결혼식과 교회에서 하는 기독교식, 그리고 성당에서 하는 천주교식, 절에서 하는 불교식, 우리나라 전통 혼례 등이 있다. 신랑 신부의 가풍이나 종교 등에 따라 가장 적합한 것을 선택한다.

결혼식은 많은 사람들 앞에서 주례를 통해 혼인을 널리 선포하고 서약하는 자리다. 최근에는 결혼식 방식이나 장소도 차츰 다양해지고 있는 추세지만, 여기에서는 현대의 일반결혼식을 중심으로 그 식순과 예절을 정리해 보면 다음과 같다. 결혼식 직후 바로 폐백을 하는게 통례이므로 폐백을 결혼식 절차에 포함해 다루었다.

신부 : 신부는 준비하는데 시간이 많이 걸리므로 일찍 서둘러서 예식 30분 전에 식장에 도착하도록 하며 대기실에서 친지들과 친구들의 축하 인사를 받는다.

신랑 : 예식 30분 전에 식장에 도착하여 식이 시작될 때까지 부모님과 식장 입구에서 손님들을 맞는다.

양가부모 : 예식 1시간 전에 식장에 도착하여 양가 부모가 서로 인사를 나누고 준비 사항을 확인하고 나서 손님을 맞는다.

사회자 : 예식 1시간 전에 식장에 도착하여 식진행에 필요한 조명, 마이크, 좌석, 준비물을 미리 확인하고 식장측과 미리 얘기해서 진행에 차질이 없도록 한다.

▶ 결혼 식순

① 개식 선언 : 결혼식 시간이 되면 사회자는 좌석을 정돈하고 개식을 선언한다. 이어 주례 선생님을 소개한다. 신랑신부의 어머니는 식단에 나와 신랑 어머니는 청색의 초에, 신부 어머니는 홍색의 초에 촛불을 켠다.

② 신랑신부 입장 및 맞절 : 곧이어 '신랑 입장' 하는 사회자의 말에 따라 신랑이 주례 앞으로 걸어 나와 주례를 향해 고개 숙여 인사를 한 뒤, 단위에 올라 내빈을 향해 바라보고 오른쪽으로 서서 신부를 맞이할 준비를 한다. '신부 입장' 하는 사회자의 말과 함께 웨딩마치가 울려 퍼지면 신부가 집안의 남성 웃어른과 함께 천천히 걸어 나온다. 아버지가 오른쪽에 서서 왼손을 내밀면 신부는 그 손에 자신의 오른손을 얹는다.

신랑은 신부가 단 가까이 오면 단 아래로 내려가 신부의 아버지께 인사를 하고 신부를 부축하여 함께 나란히 주례 앞에 올라선다. 신랑신부의 위치는 주례를 향해 바라보면서 신랑은 왼쪽, 신부는 오른쪽에 자리한다. 서로 마주 보고 어느 정도 거리를 두고 떨어져 45도 정도의 각도로 허리를 굽혀 맞절을 한다.

③ 혼인서약 : 성혼선언문 낭독 및 주례사 다시 주례를 향해 서게 되면 주례는 예식장에서 준비한 혼인 서약을 읽고 신랑신부는 '예'하고 대답한다. 그러면 주례는 결혼이 성립되었음을 선언한다. 다음으로 주례 선생님의 주례가 이어지고 신랑신부는 겸손한 자세로 주례사를 경청한다.

④ 신랑신부 내빈께 인사 및 행진 : 폐식 주례의 지시에 따라 신랑신부가 돌아서 내빈을 향해 부부로서의 첫인사를 한다. 주례의 폐식 선언과 함께 행진곡에 맞춰 신랑신부는 통로를 행진해 퇴장한다.

신랑신부는 다시 식장에 들어서 사진촬영 시간을 갖는다. 사진 촬영은 보통 양가 부모님, 친지, 친구나 지인들의 순으로 함께 이루어진다.

⑤ 폐백 : 요즘에는 예식장에 폐백실이 갖추어져 있어 예식이 끝난 후에 곧바로 폐백실에 가서 폐백을 드리도록 되어 있다. 먼저 폐백상만 펴놓고 신부집 수모가 신부를 시아버지 앞으로 데려 가서 큰절을 한 번 시킨다.

신부가 두 번째 절을 하기 위해 일어났다 앉으면 수모는 폐백을 가져와 신부가 차려놓는 것처럼 신부 앞으로 거쳐서 시부모 앞의 폐백상에 가져다 놓는다. 신부가 시부모에게 사배를 드린 다음 자리에 앉으면,

시아버지는 대추 몇 개를 집어 신부의 치마 앞에 던져주며 덕담을 한다. 수모는 그 대추를 집어 신부의 원삼 큰 소매 속에 넣어 준다. 이 대추는 첫날밤에 신부가 먹는다. 또 시어머니는 신부의 흉허물을 덮어 달라고 폐백을 어루만진다. 만일 시아버지가 계시지 않을 때에는 폐백상에 대추를 사용하지 않고 시어머니에게만 폐백을 올린다. 시어머니가 안 계실 경우는 반대로 포를 사용하지 않는다.

폐백이 끝나면 사당에 고축한 후에 시어머니가 '이것은 너의 시아버지께서 주시는 것이다'하고 대추 몇 개를 그릇에 담아 신부에게 준다. 시조부모가 살아 계시면 폐백이 끝난 후 시부모가 신부를 데리고 가서 폐백을 올리게 한다. 시부모, 시조부모 모두에게 폐백을 올리고나면, 폐백은 수모가 물리고 빈 상만 놓아둔 채 다른 친척들에게 폐백을 드리게 한다.

항렬이 높은 친적일 경우 신부는 평절로 하고 상대는 받기만 한다. 같은 항렬에서는 평절로 맞절을 하여 서로 예를 갖춘다. 폐백을 드릴 때는 술은 놓지 않고 대추와 포만 사용한다. 이때 신랑은 부모 옆에 서 있고 신부만 큰절을 한다. 신부는 폐백을 드릴 때 수모의 도움을 받는데, 앉을 때는 수모가 먼저, 일어설 때는 신부가 먼저 일어난다.

절을 할 때는 고개를 숙이지 않고 팔만 올렸다 내렸다 한다. 사배를 한 다음 반절을 하고 뒤뢰 물러선다. 요즘에는 식장 폐백실에서 하는 관계로 절차를 간단히 한다. 절은 두 번만 하고, 시부모님은 절을 받고 술을 받아 마시며 대추를 집어 던져주고 선물이나 돈을 봉투에 넣어 신혼여행 비용으로 주기도 한다. 신랑과 같은 항렬은 선후를 따라 맞절을 하기도 하고 답례를 하기도 하는데 시누이, 시동생과는 맞절을 한다. 또한 폐백드릴 사람이 많으면 예의에 어긋나지만 시간 관계상 여럿에게 한꺼번에 절을 하기도 한다.

▶옛날과 오늘날 결혼식의 다른점

① 장 소 : 옛날에는 신부 집이었으나 오늘날은 결혼식장에서 함.

② 절 차 : 옛날에는 절차가 복잡하였으나 오늘날에는 간편함.

③ 결혼복 : 옛날에는 한복을 입었으나 오늘날에는 양복이나 드레스를 입음.

④ 절 차 : 옛날에는 결혼식이 끝나고 나서 신랑이 신부 집에서 며칠 지내고 돌아갔으나 오늘날은 결혼식이 끝나면 대부분의 신랑 신부는 신혼여행을 떠남.

3) 세계의 결혼 문화

▶ 일본의 결혼 문화

일본의 신부들은 하얀 기모노를 입고 정교한 머리 장식을 한다. 신부의 머리는 부부에게 행 운을 부른다는 여러가지 장신구로 꾸며진다. 신부는 머리부터 발끝까지 흰색으로 칠해지는 데 그것은 신에게 순결한 처녀임을 뜻한다고 한다. 신랑은 결혼식 동안 전통적인 검은 기모 노를 입는다.

예식은 신랑과 신부가 '사키(saki)'라는 쌀로 만든 술을 마시는 것으로 시작한다. '사키'를 마시는 행위는 혼인의 약속과 두 개인의 결합을 상징한다. '사키'가 3단계로 나누어 따라지 면 신랑과 신부는 각자의 잔으로 '사키'를 마시며 이 과정은 두 번 더 이뤄지는데 반복될 때마다 잔의 크기가 커진다. 3이라는 숫자는 일본에서 중요한 의미를 지닌다. 그러므로, ' 사키'를 3단계로 나누어 따르는 것, 신랑과 신부가 마시는 3번의 횟수, 세 개의 잔 등을 합 하면 9가 되는데 이러한 의식을 '산- 산- 쿠도'라고 부른다. 이러한 복잡한 의식이 끝나면 신랑과 신부는 결혼한 것이 된다.

신부는 피로연 동안 여러 번 옷을 갈아 입는다. 신부의 의상은 화려한 색깔의 붉은 기모노 에서 시작하여 서구적 스타일의 이브닝 가운으로 끝난다. 하객은 결혼하는 커플에게 '고슈 기(goshugi)'라는 것을 주는 것이 관습이다. 고슈기는 우리 나라의 '축의금'과 같은 것으로 예식 전후에 축하봉투에 넣어서 전해져 결혼 자금으로 사용된다.

▶ 브라질 인디오의 결혼 문화

브라질 원주민이었던 인디오는 현재 20~30만명 정도가 생존해 있다고 한다. 인디오는 여러 부족으로 나뉘어지는데 각기 약간식 다른 풍속을 갖고 있다. 급속히 사라져 가는 인디오들 의 전통적 결혼 풍습을 살펴본다.

결혼은 대체로 동족간 결혼과 일부일처제를 유지하였으나 추장의 경우는 자신의 능력이 닿는 한 여러 부인을 둘 수 있었다. 그러나 뚜삐족의 경우 삼촌과 조카간의 결혼, 사촌 간의 결혼 그리고 형이 사망하면 동생이 형수와 같이 사는 풍습이 있었고 다른 부족의 여성을 원할시엔 미래의 장인 댁을 위해 일정기간 일을 하였다. 기타 다른 부족들 경우는 결혼하 기전 여러 가지 테스트를 거쳐야 했는데 그중 까라자스(carajs)부족의 경우는 무거운 통나 무를 짊어지고 일정한 거리를 운반하는 테스트를 통과해야 했고 꾸리나(curinas)족 경우 는 엄청난 채찍 테스트를 통과하여야 했다.

결혼 후 산모가 아기를 낳을 때는 '꼬우바지(couvade)라 하여 남편이 사냥 등 노동을 멈추고 신중히 처신을 하면서 거의 금식에 가까운 생활을 하였다고 한다. 이에 대해 여러 의견 이 있지만 아내의 산고를 함께 하고자 하는 마음에서 비롯됐으며, 나아가 태어날 자식에 대 한 부성애의 표현 또는 아이를 갖게 됐다는 대외적 과시를 위한 것이라고 해석된다.

▶미얀마의 카렌족 결혼 문화

카렌족은 미얀마에 약 480만명 정도가 살고 있으며 독립 전쟁을 계속하는 종족이다. 그들의 특이한 결혼 풍속을 엿본다.

카렌족의 결혼은 종족간의 유대를 강화해 나간다. 사촌 이내, 삼촌과 질녀, 고모와 조카 사이에 결혼을 금지하며 동남아시아 소수 민족 가운데 가장 성적으로 보수적이라고 한다. 카렌족의 결혼식은 2~3일 동안 계속된다. 결혼식날 신랑은 친구들과 함께 악대를 대동하고 춤과 노래를 부르며 신부집으로 간다. 결혼식이 끝나면 신랑과 신부는 신부의 마을에서 살 아가게 된다. 이것은 모계중심 사회를 이루는 카렌족의 풍습에 따라 지속되고 있다. 그래서 부모와 오랫동안 함께 있기를 원하는 남자들의 경우 결혼을 늦게 하는 경향이 있다.

▶ 중국의 싸라족 결혼 문화

남자는 15, 16세가 되어야만 결혼할 수 있다. 부모에 의해 15, 16세에 정혼이 시작되고, 17, 18세에 결혼을 한다. 결혼은 일반적으로 중매인을 통해서다. 연상과 결혼하는 경우가 있는데, 처음 결혼할 때는 연상과 결혼하지 않고, 재혼시는 연상의 여자와 결혼하기도 한다. 첫 번째 결혼할 때는 중매자가 반드시 필요하고, 두 번째부터는 연애가 가능하다. 왜냐하면 여자는 이혼 당하면 가치가 떨어져 결혼하기 힘들기 때문이다.

이들의 결혼식은 신부집에서 신부를 데려와 신랑집에서 열린다. 신부를 데려올 때 예전에는 낙타에 태우고 길 앞에 우유를 뿌렸는데, 지금은 낙타대신 말을 사용하고 밀을 뿌린다. 또한 한국처럼 폐백이 있어 대추 등을 던져준다. 하지만 이러한 풍습도 점점 사라져 가고 있다. 싸라족은 모두 중매인이 되는 것을 기쁘게 생각한다. 결혼은 두 집안의 관계맺음을 의미한다. 결혼식 비용으로는 남 · 여 각각 3,000원~10,000원 정도 든다. 요즘 젊은이들은 전통적인 혼례에 비해 자유연애를 선호하며 연령에 상관없이 결혼을 하려고 하며, 여자가 이슬람을 믿지 않아도 상관없다고 생각한다.

▶ 유대인의 결혼 문화

유대인의 결혼은 그들의 신앙에 대한 사랑과 문화를 반영하는 전통과 관습으로 가득 차 있 다. 히브리인의 결혼은 ‘ketubah’나 결혼 계약으로 시작된다. 고대에 케투바는 신랑의 법적인 위치를 보장하기 위해 고안되었다. 오늘날, 케투바는 단지 형식적이며 그다지 두드러진 경향은 아니다. 결혼식은 결혼 파티 참석자들과 함께 전통적인 절차로 시작한다.

신부가 신부 아버지와 함께 통로를 걸어가는 대신, 신랑신부 부모가 신랑 신부를 이끈다. 이러한 전통은 가족 결속의 중요성을 상징한다. 랍비, 신랑, 신랑의 들러리와 유대인 남자 하객들은 야먹스(yamulks)라는 흰색 모자를 착용한다. 신부와 신랑은 전통적인 헙파(huppa) 밑에서 서약을 낭송한다. 제단 대신 네 개의 장대로 된 차양 아래서 신랑신부는 그들의 사랑을 선포한다. 결혼식 후에도 축하파티를 한다. 신랑이 유리조각 위에서 발을 구르는 춤을 추는데 이것은 인간의 행복이란 것이 얼마나 허약한 것인가를 상징한다고 한다.

생기에 넘치는 호라(hora)라고 하는 이스라엘 댄스는 신랑과 신부가 그날 밤 왕과 여왕임을 상징하는 것으로 이루어져 있다. 신랑과 신부는 각자의 의자에 앉혀져 기쁨에 가득한 하객 들의 위로 높이 들려진다. 신부와 신랑은 손수건의 양끝을 잡아 그들의 하나된 사랑을 나타 낸다. 물론, 유대인의 결혼은 하객들을 만족시킬 성찬이 없이는 완벽하지 않다.

▶ 영국의 결혼 문화

하얀 웨딩드레스. 드레스에는 코사지를 장식한다. 신부의 들러리(main)는 이 색과 동일한 색 의 드레스를 입는다. 그리고 'something old, something new, something borrowed, something blue(웨딩드레스의 레이스가 새 것이면 베일은 어머니께 물려받은 것으로, 웨딩 슈즈는 친구에게 빌린 것으로, 코사지는 푸른색으로 한다는 것) 또한 신부의 들러리는 신부 와 같은 부케를 들어 전체적인 분위기를 신부와 맞추어야 한다.

장소는 주로 교회나 성당이며, 귀족은 자신의 코트야드(court yard)에서 한다. 배경- 영국인들의 90% 정도가 성공회 등의 종교를 소유하고 있으므로 결혼식은 그들의 종교에 따라 행해진다. 무교- 결혼등록소 등의 공공장소를 이용한다.

레스토랑이나 카페에서 이루어진다. 신부의 아버지가 하객들에게 짤막한 인사말을 하며 결혼을 축하하는 축배를 리드한다. 하객들은 차려진 음식을 먹으며 새로 탄생한 신혼 부부를 축복해 준다.

식사 후 신랑의 가장 친한 친구가 신랑의 독신 시절에 대해 이야기하며 자신의 가장 친한 친구인 신랑과 결혼을 하게끔 신부를 키워 준 신부 어머니에게 고마움을 표한다. 이어서 신 랑은 하객들 앞에서 자신의 아내로 맞이한 신부의 아름다움에 대해 찬사를 보낸다. 몇몇 사람들의 연설이 끝난 후 신랑신부가 함께 웨딩 케이크를 자른다. 하객들과 여흥을 즐 기고 난 신랑신부는 제일 먼저 연회장을 빠져 나와 신혼 여행길에 오른다

3. 장례식에서의 매너

1) 장례식

요즘 장례식은 3일 동안 치르는 경우가 대부분이며, 검은색 양복을 입고 팔에 삼베 헝겊을 두른다. 또한 이동시 장의차를 이용해 묘지로 가며, 가풍에 따라 1년이나 49일 후에 탈상을 한다.

어른이 돌아가시면 장일과 장지가 결정되는 대로 알려야 할 사람들에게 빠뜨리지 말고 부고를 내야 한다. 가까운 친척, 친지 가운데서 상을 당했다는 연락이 오면, 가급적 빨리 상가에 가서 장례식 준비를 도와준다.

상가에 도착하면 우선 상제들을 위로하고 장의 절차, 예산 관계 등을 상의하고 할 일을 서로 분담하여 책임감 있게 수행한다. 아무리 가까운 사이라도 복장을 바르게 하고 영위에 분향 재배하며, 상주에게 정중한 태도로 예절을 잊지 않도록 해야 한다. 또한 내용도 잘 모르면서 이일 저일에 참견하는 태도는 바람직하지 못하며, 오랜만에 반가운 사람을 만나도 상가에서 너무 반가운 기색을 보이는 것은 좋지 않은 태도이다.

조문객을 접대할 때 상주는 영좌를 모신 방에서 침착하고 근신하는 태도로 맞이하며, 조문객이 절을 하면 마주 절을 하며 조상을 받든다. 상주들 사이에 종교 때문에 논란을 벌이기도 하는데 고인 중심으로 진행하는 것이 옳다. 또한 상주는 신위쪽에서 볼 때 왼편으로 상주가 늘어서며, 안상주들은 오른편에 선다.

또한 공수 자세는 흉사이므로 남자는 오른손이, 여자는 왼손이 위로 가도록 포개 잡습니다. 한편 상주는 조문객이 하는 절차에 맞춰 응접하며, 맞절할 때 조문객이 자신보다 윗사람이면 먼저 고개를 숙이고 나중에 고개를 드는 것이 예의이다.

2) 조문객의 예의

조문시에는 장례식장의 진행에 불편을 주고 유족에게 정신적 피로감을 줄 수 있으므로 너무 오랫동안 말을 시키지 말아야 하며, 고인의 사망원인, 경위 등은 상세하게 묻지 않는 것이 예의이다. 또한 반가운 친구나 친지를 만나더라도 큰소리로 이름을 부르지 않고 낮은 목소리로 조심스럽게 말하고 조문이 끝난 뒤 밖에서 따로 이야기한다.

조문갈 때는 의상도 예를 갖추도록 한다. 남성은 검정색 양복이 원칙입니다. 갑자기 통지를 받았거나 미처 검정색 양복이 준비되지 못한 경우 감색이나 회색도 큰 무리는 없다. 와이셔츠는 반드시 흰색으로 넥타이, 양말, 구두는 검정색으로 착용해야 한다.

여성은 검정색 상의에 검정색 스커트를 입는 것이 가장 무난하며, 주름치마는 폭이 넓어서 앉아도 신경이 쓰이지 않아 편리하다. 검정색 구두에 무늬가 없는 검정색 스타킹이 좋으며, 그 밖에 장갑이나 핸드백도 검정색으로 통일시키고 되도록 색채 화장은 피하는 것이 예의이다.

3) 조문 절차

▶ **일반 조문 절차**

① 외투는 밖에 벗어 둔다

② 상제에게 목례

③ 영정 앞에 무릎 꿇고 분향할 준비

④ 향은 오른손의 엄지와 검지로 1~2개 집어 성냥불이나 촛불에 붙인 다음 손가락으로 가만히 잡아서 끄던가 왼손을 가볍게 흔들어 끈 다음 두 손으로 향로에 꽂는다(절대로 입으로 불어 끄지 말 것). 선향은 하나로 충분하며, 여러 개일 경우 모아서 불을 끄더라도 꽂을 때는 하나씩 꽂아야 한다. 그리고 향로에 타고 있는 향이 많은 경우 굳이 분향을 하지 않아도 되며, 여러 명이 함께 조문할 때에는 대표로 한 명만 분향하면 된다.

⑤ 영정에 재배(남자는 한 걸음 물러서 재배한다. 여자는 4배가 원칙이지만 재배도 무방하다)하고, 한 걸음 물러서서 상제와 맞절한 후 인사말을 한다. 조문객은 '삼가 조의를 표합니다', '얼마나 슬프십니까', '뭐라 드릴 말씀이 없습니다', '환중이시라는 소식을 듣고도 찾아 뵙지 못하여 죄송하기 짝이 없습니다', '망극한 일을 당하셔서 어떻게 말씀드려야 좋을지 모르겠습니다'(망극이란 말은 부모상에만 쓰임) 등의 인사말 정도로 조의를 표한다. 그러나 아무 말을 하지 않아도 무방하며, 친한 사이라면 장지에 대해 물어볼 수 있다.

⑥ 부조금 내기

▶ **기독교식 조문 절차**

① 헌화

② 고인에 대한 묵념이나 기도

③ 상주에 대한 맞절 내지는 상주 위로

④ 부조금 내기

상주에게 인사하는 것은 괜찮지만 영구(靈柩) 앞에 절하는 것은 안 된다. 빈소의 영정 밑 적당한 곳에 〈저희 장례는 기독교 상례대로 하오니 영구 앞에 절은 삼가주십시오〉라고 써서 붙이는 것도 지혜로운 방법이다. 또한 상가에서 술, 담배를 대접하는 것은 바람직하지 않다. 또한 밤샘을 할 때에도 부도덕한 오락은 피해야 하며 조용히 찬송가를 부르거나 기도를 한다. 상주는 빈소를 떠나지 말아야 하며 슬픔에 싸인 유족들과 함께 위로 예배를 드린다. 또한 제사 음식은 차리지 않고, 사자의 사진을 가운데 게재한다. 조문객이 기도전에 헌화할 수 있도록 화병에 하얀색 국화꽃을 50여 송이 정도 준비해 둔다.

한편 비기독교인들의 조문을 위한 배려의 하나로 향과 향로를 제단 앞에 비치하는 것도 예의이다.

▶ 서양의 조문 예절

① 무엇을 입어야 하나?

나라마다 장례의 색상이 다를 수 있으나 대개 검은 단색의 양복에 검은색 넥타이가 보편적이다.

② 방명록에 싸인하라.

장례식장에 도착하면 우선 자신의 참석을 증빙으로 남긴다.

③ 위로의 말을 하라.

④ 유족에게 한 두 마디 위로의 말을 건넨다. 진부한 말은 필요없다. 정 할 말이 없으면 "'I don't know what to say". 정도면 된다.

⑤ 꽃을 보내라 - 화환이 가장 좋은 장례선물이다(단, 꽃의 종류와 색상에 유의하라).

⑥ 장례를 마친 후 유족들을 찾아가 위로하는 것은 좋은 마무리다.

단, 방문시 미리 전화로 예약하고 접견시간은 10~15분을 넘지 않도록 한다.

▶ **부의금 봉투, 답장 서식**

부의금은 깨끗한 단자에 인사말, 부의금 액수, 날짜, 보내는 사람의 이름을 써서 봉투에 넣어 낸다. 부의금 액수는 '금 ○○원'이라 쓴다. 영수증을 쓰듯이 '일금 ○○원정'으로 쓰지 않도록. 봉투에는 '부의(賻儀)'라 쓰는 것이 가장 일반적이며 그밖에 근조(謹弔), 조의(弔儀), 전의(奠儀), 향촉대(香燭臺)라고 쓰기도 한다. 봉투 뒷면 부조하는 사람의 이름 뒤에는 아무 것도 쓰지 않아도 되지만 근정(謹呈) 또는 근상(謹上)이라고 쓰거나 소속된 단체와 직함을 쓰기도 합니다.

장례식 뒤의 인사

장례를 치르는 동안 애써주신 호상과 친지들이 돌아가실 때에는 감사의 인사를 드리도록 한다. 호상을 맡아주신 분에게는 나중에 댁으로 찾아가서 인사드리는 것이 예의이며, 문상을 다녀간 조객들에게는 감사의 인사장을 흰 봉투에 넣어 보낸다.

답조장 예문

부친(또는 모친) 상중에 정중하신 위문과 부의를
보내주셔서 감사하옵니다. 염려하여 주신 덕택으로 장례를 무사히
마쳤사오니 삼가 감사의 인사를 올립니다.

년 월 일
○○○ 재배
○○○ 귀하

4) 세계의 장례 문화

▶ 마야의 장례 문화

마야인들의 매장풍습은 매우 독특하고 다양하다.

선고전기의 것으로 알려진 와샤툰지역의 매장인골 중에는 두개골의 앞부분을 잘라서 무릎사이에 끼워두거나 어린애가 죽었을 때 어른의 손가락 뼈를 함께 묻어둔 것 등이 발견되었다.

일반적으로 사람이 죽으면 생전에 사용했던 물건을 함께 매장하고, 시체의 입에 옥수수와 화폐로 쓰이던 돈을 물려 놓음으로써 사후세계에서의 불멸의 삶을 기원하였다.

귀족의 경우에는 화장을 하여 그 재를 커다란 항아리나 상자에 넣고 묻은 후, 그 위에 신전을 짓기도 하였다.

시체를 엎드린 자세로 넣고 사지를 절단하여 큰 항아리 안에 매장하는 옹관장의 방식도 여러 곳에서 성행하였다. 납골상자는 테라코타로 큰 눈과 어금니를 가진 재규어의 형상을 조각하거나 사람이나 유인원 모습 등을 만들어 사용하였다.

▶ 일본의 장례 문화

제사를 지내는 방법은 자기 집 불단이 소속되어 있는 절의 스님을 모시고 와서 경을 읽고, 설법을 듣는다.

그리하여 일본 사람은 장례식에 대하여서는 절과 밀접한 관계에 있다. 종교가 틀려도, 나이가 들면 아미타불이 계시는 극락세계에 가기 위하여 자기가 소속되어 있는 원찰에 설법을 들으러 자주 가는 것이 통례이다.

상기와 같이 사람이 죽으면 일단은 그 사람이 속한 원찰에 시신을 안치한다. 이때 시신의 보존방법은 드라이아이스를 시신과 같이 채워 부패하지 않도록 보존하며, 누구나 시신을 볼 수 있도록 한다. 영가의 극락왕생을 위해 계속 불경을 읽어주고 한국처럼 영가가 죽은 지 3일째 되는 날, 고별식을 한다.

고별식을 할 때는 한국처럼 곡을 해서 예를 갖추는 것이 아니라 사찰의 조용한 분위기 속에서 진행하는 것이 일반적이다. 고별식에 갈 때는 남녀를 불문하고 검정옷 계열을 입고 남자들은 검은 넥타이를 맨다. 고별식 때는 방문자 명부에 있는 이름을 부르면, 이름이 불린 사람은 영가 앞으로 와 通夜(고별식)모습 가루향을 향로에 조금씩 뿌린 다음 합장을 한다. 고별식을 마치고 나갈 때는 대체로 하얀 수건과 소금을 조그마한 봉지에 담아 방문자들에게 하나씩 나누어준다. 이 봉지를 받은 방문자들은 고별식장을 나서면서 소금을 몸에 뿌리고 가정으로 돌아가는 것이 대부분이다.

일본의 장례식은 두 가지 방법이 있다. 밀장(密葬)과 흔히 이야기하는 장례식이 그것이다. 밀장의 경우에는 5일장 내지 10일장이 있으며, 10일장의 경우 시신을 먼저 화장을 하고 많은 사람들이 참여를 할 수 있게끔 큰 회관이나 절에서 영가의 사진과 유골을 모셔두고 고별식을 한다. 일반 장례식은 절에서 영구차로 바로 화장터로 출발한다. 화장터에서 화장을 할 때 죽은 사람과 가까운 사람이 마지막까지 시신을 태우는 것을 지켜보며 처리한다.

▶베트남 장례 문화

부모가 생을 다할 시점이 되면 가족과 가까운 친척에게 통보를 하고 운명을 기다린다. 보통 운명전에 유언을 남기게 되는데, 생전에 미리 유언장을 작성하여 공증을 해 놓거나 운명하기 직전이라도 유언장을 작성하여 싸인을 하면 유언장의 효력이 있다.

부모가 숨을 거두면 곡을 하고 미리 만들어 놓은 흰색의 수의를 갈아 입히고 염을 한다. 염을 할 때는 바른 자세로 시신을 누이고 입에는 쌀, 동전, 금 등을 넣는다. 미리 준비한 검정색 칠이 되어 있는 관에 아래 부분에 바나나 잎을 깔고 시신을 누인다. 뚜껑은 나무로 만든 쐐기로 고정을 한다. 시신이 놓인 방의 뒷벽에는 조문 등이 쓰인 글씨가 쓰인 커다란 종이를 붙인다. 시신이 놓인 관 앞에는 제상을 차리는데, 바나나와 작은 접시에 찹쌀을 놓고 위에는 달걀을 하나 놓는다.

상주는 망사 같은 흰색의 긴 망토스타일의 상복을 입는데 허리에 같은 천으로 된 띠를 두르고 머리에는 머리 묶음을 한다.

이와 같은 상복은 아들, 딸만이 입고 나머지는 머리띠만을 두르는데 이 머리띠는 상주의 경우 흰색의 뒷부분을 길게 늘어뜨리고, 손자나 조카, 가까운 친척은 흰색이지만 뒷부분이 짧다.

증손자는 노랑색, 고손자는 보라색의 머리띠를 두른다. 이와 같이 흰색 머리띠를 하는 경우와는 달리 짚으로 꼰 새끼줄로 만든 머리띠를 한 경우는 지팡이를 짚기도 한다.

상주는 망사 같은 흰색의 긴 망토스타일의 상복을 입는데 허리에 같은 천으로 된 띠를 두르고 머리에는 머리 묶음을 한다.

이와 같은 상복은 아들, 딸만이 입고 나머지는 머리띠만을 두르는데 이 머리띠는 상주의 경우 흰색의 뒷부분을 길게 늘어 뜨리고, 손자나 조카, 가까운 친척은 흰색이지만 뒷부분이 짧다.

빈소가 마련되면 조문객들이 오게 되는데, 보통 상주가 연락을 하는 것이 아니라 친척이나 가까운 사람들이 연락을 하게 된다. 조문객은 방안쪽이나 바깥에 있는 터종껜(무당 혹은 악사와 비슷함 - 현재는 우리의 장의사와 비슷함)이나 친척에게 부조금(흰 봉투에 1만동~5만동 정도를 넣음)을 전달하고 상주에게서 향을 받아 분향을 하고 절을 3번 한다.

▶인도의 장례 문화

'화장터'라는 뜻도 가진 이 가트들은 힌두사원이자 순례지다. 곡소리의 일종인 라마라마' 소리가 퍼진다. 빨강, 노랑의 원색 헝겊으로 머리부터 발끝까지 동여맨 주검을 대나무 들것에 실은 운구행렬은 밤늦도록 골목길을 메우고 강가에는 종일 매캐한 연기 속에 주검타는 냄새가 진동한다. 화장터인데도 우는 사람이 눈에 띄지 않는다. 불에 타는 주검 앞에서 한 무리의 장정들이 큰 소리로 노래하며 웃는다. 인도 사람들은 죽음을 '목샤'(자유)로 부른다. 영원한 자유로 가는 관문이 죽음이며, 이 생에서 사용한 육신은 껍데기일 뿐이라는 것이다.

육신은 물, 불, 공기, 에테르, 흙 등 5개 원소로 이루어져 있으며 화장을 통해 원소가 해체된 뒤 자연으로 돌아간다는 게 이들의 믿음이다. 10억 인도인의 80% 이상은 전통적인 화장법을 따르고 있다.

죽은 뒤 3시간 안에 화장하는 것이 관습이다. 해탈에 이를 수 있는 '성지'이자 '위대한 화장터'로 불리는 바라나시의 화장터 세 곳은 신새벽부터 가동된다. 4036㎢의 면적에 인구는 130만명이나 되는 바라나시에서 화장되는 사람의 40%는 다른 지방 출신이다. 인도 사람들에게 화장은 소멸의 상징이자 카르마를 다 태워 불멸의 삶으로 거듭나는 길이기도 하다.

4. 제례

1) 제례

세계 각국이 제사를 올리는 예는 대부분 조상에게 제사를 드리는 것보다는 하나님, 신에게 드리는 제사라는 공통된 특징이 있다.

예를 들어 이집트의 피라밋, 중동의 지구랏, 중국 서안의 피라밋, 일본의 해저피라밋, 마야 문명의 지구랏 등은 무덤의 의미와 함께 신께 제사를 지내는 제단으로서 의미를 함께 갖고 있다. 모든 문명권에는 신께 정성을 드리는 제단을 갖고 있는 것이 많이 발견되기도 하였다.

우리나라에서 제례, 즉 제사는 조상을 기리는 마음과 제사상을 차리고 절하는 모습은 옛날이나 지금이나 같으나, 요즘에는 제사 지내는 시간, 음식의 수와 종류, 절차 등에서 많이 변화되고 간소화되었다.

제사에 항상 많은 음식과 제수를 차려놓아야 하는 것은 아니며, 형편에 따라 정성껏 지내는 마음가짐이 제일 중요하다. 그래도 예를 갖춰 조상을 모시기 위해 준비한 음식 정도는 올바른 위치에 놓는 것이 좋다.

(1) 제사상 차리기

제사를 지내기 위해 제수를 차려놓는 위치에는 기본적인 격식이 있다. 제사를 지내는 사람의 오른쪽을 동쪽이라 하고 왼쪽을 서쪽이라고 하고, 가정마다 조금씩 다르긴 하지만 전반적인 공통점을 갖추고 있다. 제사 지내는 사람의 좌우를 기준으로 이해하면 된다.

합설 : 아버지의 기일에 어머니의 제상도 함께 차리는 것을 합설한다고 하며, 이때 밥과 국, 술잔만 따로 차리고 나머지 제수는 함께 차린다. 대부분의 가정에서 합설을 기본으로 한다.

좌포우혜 : 포는 왼쪽에 놓고 식혜는 오른쪽에 놓는다.

어동육서 : 어물류는 동쪽에 놓고 육류는 서쪽에 놓는다.

두동미서 : 생선의 머리는 동쪽을 향하고 꼬리는 서쪽을 향하도록 놓는다.

홍동백서 : 과일이나 조과 중에 붉은 것은 동쪽에 놓고 흰색의 부류는 서쪽에 놓는다.

조율이시 : 동쪽에서부터 대추, 밤, 배, 감의 순서로 놓고 그 외의 과실은 순서가 없다.

반서갱동 : 밥은 서쪽에 놓고 국은 동쪽에 놓는데 살아 있는 사람의 상차림과 반대이며 이때 수저는 밥과 국의 사이에 놓는다.

고서비동 : 남자 조상인 고위 때는 서쪽에 해당하는 왼쪽에 밥, 국, 술잔을 놓고, 여자 조상인 비위일 때는 동쪽에 해당하는 오른쪽에 밥, 국, 술잔을 놓는다.

생동숙서 : 생것은 동쪽에 놓고 익힌 것은 서쪽에 놓는다.

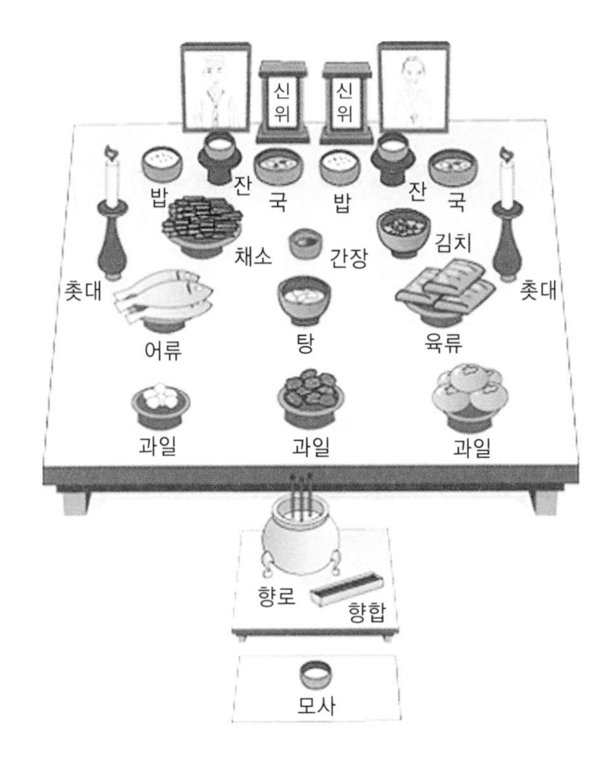

〈그림 6-1〉 제례상 차리기

(2) 제사 절차

분향한 모사에 술을 붓고 일제히 신위 앞에 재배(남자는 2번, 여자는 4번)한다. 다음, 술은 한 번 올린다. 축문을 읽은 후 묵념한다. 모두 신위 앞에 재배한다.

2) 절하기

절은 자신을 낮추고 상대방에게 공경하는 뜻을 나타내는 정중한 인사예절이다. 절하는 예절은 공수에서 시작된다. 보통 남자는 왼손을 위로, 여자는 오른손을 위(여우, 남좌)로 한다. 하지만, 흉사시 장례식 때는 손의 위치를 반대로 하여 남자는 오른손이 위, 여자는 왼손이 위로 가야 한다.

〈표 6-1〉 절할 때 손의 위치

구분	남자일 경우	여자일 경우
평상시	왼손: 위	오른손: 위
흉사시	오른손: 위	왼손: 위
제사	왼손: 위	오른손: 위
설, 추석	왼손: 위	오른손: 위

(1) 남자절의 기본 동작

① 공수하고 절할 대상을 향해 선다.

② 엎드리며 공수한 손으로 바닥을 짚는다(손을 벌리지 않는다).

③ 왼무릎을 먼저 꿇는다.

④ 오른무릎을 왼무릎과 가지런히 꿇는다.

⑤ 왼발이 앞(아래)이 되게 발등을 포개고 뒤꿈치를 벌리며 엉덩이를 내려 깊이 앉는다.

⑥ 팔꿈치를 바닥에 붙이며 이마(갓을 썼을 때는 양태)가 손등에 닿도록 머리를 숙인다.

⑦ 고개를 들며 팔꿈치를 바닥에 뗀다.

⑧ 오른무릎을 먼저 세운다.

⑨ 공수한 손을 바닥에서 떼어 오른무릎위에 올려 놓는다.

⑩ 오른무릎에 힘을 주며 일어나 왼발을 오른발과 가지런히 모은다.

(2) 여자 큰절의 기본동작

① 공수한 손을 어깨 높이에서 수평이 되게 올린다.

② 고개를 숙여 이마를 손등에 댄다.

③ 왼무릎을 먼저 꿇는다.

④ 오른무릎을 왼무릎과 가지런히 꿇는다.

⑤ 오른발이 앞(아래)이 되게 발등을 포개고 뒤꿈치를 벌리며 깊이 앉는다.

⑥ 상체를 앞으로 60도쯤 굽힌다.

⑦ 상체를 일으킨다.

⑧ 오른무릎을 먼저 세운다.

⑨ 일어나서 두 발을 모은다.

⑩ 수평으로 올렸던 공수한 손을 내린다.

(3) 여자 평절의 기본동작

① 공수한 손을 풀어 두 손을 양 옆에 내린다.

② 왼무릎을 먼저 꿇는다.

③ 오른무릎을 왼무릎과 가지런히 꿇는다.

④ 오른발이 앞(아래)이 되게 발등을 포개고 뒤꿈치를 벌리며 깊이 앉는다.

⑤ 손가락을 가지런히 모아 끝이 밖을 향하게 무릎과 가지런히 바닥에 댄다.

⑥ 상체를 앞으로 60도쯤 굽히며 손바닥을 바닥에 댄다.

⑦ 상체를 일으키며 손바닥을 바닥에서 뗀다.

⑧ 오른무릎을 세우며 손끝을 바닥에서 뗀다.

⑨ 일어나서 두 발을 모은다.

⑩ 두 손을 앞으로 모아 공수한다.

〈그림 출처 : naver 이미지〉

참고

경조사 매너 = 축의금은 가능하면 새 지폐로 한다. 달랑 돈만 넣지 말고 단자(單子)를 써서 동봉하면 좋다. 축하 문구와 상대편 이름에 줄이 생기지 않도록 단자를 접는다.

축의금 봉투는 봉하지 않는다. 결혼식은 몰라도 장례식에는 꼭 가는 게 좋다.

경사를 축하하는 것도 중요하지만 상가에 가서 궂은일을 함께 나누는 게 상대를 더 배려하는 것이다. 상가에서 분향할 때 향을 입으로 불어 끄면 안 된다. 두 손으로 받쳐 들고 한두 번 흔들어 자연스럽게 꺼지도록 한다. 조의금을 상주에게 직접 건네는 것은 예의에서 벗어나는 일이다.

〈봉투〉

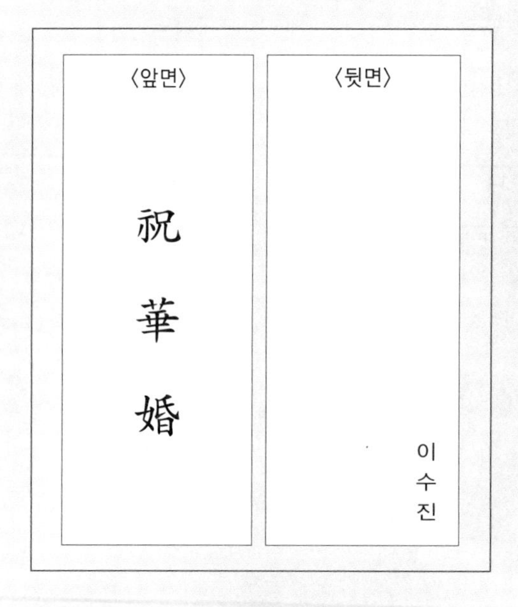

〈단자〉

祝結婚

一金 五萬 원

二○○六年 月 日

내이름 謹呈

상대방 貴下

▶ 축의금 봉투

【결혼식(結婚式) 축하】

祝 盛典(축 성전), 祝 聖婚(축 성혼), 祝 華婚(축 화혼, 보통 여자인 경우)

祝 結婚(축 결혼, 보통 남자인 경우)

【개업 · 창립 축하】

祝 發展(축 발전), 祝 開業(축 개업), 祝 盛業(축 성업), 祝 繁榮(축 번영)

祝 創立(축 창립), 祝 創設(축 창설), 祝 創刊(축 창간), 祝 移轉(축 이전)

祝 開院(축 개원), 祝 開館(축 개관),

【결혼기념일 축하】

祝 錫婚式(축 석혼식 : 결혼 10주년) 祝 銅婚式(축 동혼식 : 결혼 15주년)

祝 陶婚式(축 도혼식 : 결혼 20주년) 祝 銀婚式(축 은혼식 : 결혼 25주년)

祝 眞珠婚式(축 진주혼식 : 결혼 30주년) 祝 金婚式(축 금혼식 : 결혼 50주년)

祝 金剛婚式(축 금강혼식 : 결혼 60주년)

【생일 축하】

祝 生日(축 생일), 祝 生辰(축 생신), 祝 壽宴(축 수연 : 환갑. 60세)

祝 華甲(축 화갑 : 60세), 祝 回甲(축 회갑 : 60세),

祝 古稀(축 고희 : 70세)

【공사(건축) 축하】

祝 起工(축 기공, 공사시작 축하) . 祝 竣工(축 준공), 祝 完工(축 완공)

祝 竣役(축 준역, 공사 완공 축하) , 祝 除幕式(축 제막식)

【문상】

謹弔(근조), 追慕(추모), 追悼(추도), 哀悼(애도), 弔意(조의), 尉靈(위령)

【병문안】

祈 快癒(기 쾌유) , 祈 完快(기 완쾌),

【문상, 초상】

謹弔(근조), 追慕(추모), 追悼(추도), 哀悼(애도), 弔意(조의)

尉靈(위령), 賻 儀(부의), 弔 儀(조의)

【병문안】

祈 快癒(기 쾌유) , 祈 完快(기 완쾌)

【수상 축하】

祝 當選(축 당선), 祝 優勝(축 우승), 祝 入選(축 입선)

【이사 축하】

祝 入宅(축입택), 祝 入住(축입주), 祝 家和萬事成(축 가화만사성)

PART 7

글로벌 협상 스킬 익히기

1. 비즈니스 협상의 중요성
2. 심리전을 이용하는 협상술과 그 대응책
3. 국제협상에서 자주 등장하는 협상전술

PART 7
글로벌 협상 스킬 익히기

1. 비즈니스 협상의 중요성

"협상은 사람을 움직이는 기술이다. 사람의 마음속으로 들어가서,
그 마음을 움직일 수 있어야 한다."

사업상 외국인과 접촉하는 빈도가 급격하게 늘어나고 있다. 국제 비즈니스에서 첫 대면 이후 2~3시간 사이에 귀하의 이미지, 또는 귀사가 속해 있는 회사의 이미지가 결정된다.

사업의 성패를 좌우하는 요인은 물론 그 분야에 대한 전문성이 가장 중요하겠지만, 국제 비즈니스맨으로서 기본 소양 매너와 상대방 문화 · 관습을 깊이 이해하는 것도 필수 요소이다.

나아가서는 귀하가 프레젠테이션 하는 상품, 계약서의 신뢰도에까지도 모든 것이 영향을 끼치게 된다. 그러한 이미지 형성 요인들로는 다음과 같은 것들이 있고 이러한 다양한 비즈니스 Action과 의미를 통해 순간순간 신뢰감 있는 귀하의 이미지는 만들어지기도 하고 반감되기도 한다.

〈표 7-1〉 국제비즈니스의 필수요소

Acts	Messages
T.P.O에 맞는 영어 구사력	국제적인 환경에 노출 정도를 알 수 있음
시선처리	비즈니스 파트너의 신뢰도를 읽을 수 있음
명함교환	순발력과 순간적인 일처리 능력을 나타냄
악수	자신감의 유무를 파악할 수 있음
보디 랭귀지	성격을 나타내는 잣대로 사용될 수 있음
얼굴표정	비즈니스 파트너의 현재 심리상태를 표현함
Suit의 선택	비즈니스 스타일을 읽어 낼 수 있음
경청의 자세	현재의 대화내용에 흥미유무를 판단할 수 있음
선물의 선택	비즈니스 파트너를 고려하는 배려심 정도를 나타냄

국제비즈니스 환경은 대륙별로 다르고 나라별로 다르고 심지어는 회사마다 달라질 수 있다. 하지만 다음과 같은 구분으로 각 나라별로 일정한 Stereotype과 Corporate culture를 갖는다.

〈표 7-2〉 국가별 국제비즈니스 환경 비교

한국을 비롯한 많은 아시아 국가들	미국, 중, 서부유럽, 북유럽, 홍콩, 싱가폴 등
계약의 변동성	계약의 일관성
지위의 상하 지향성	직위의 동등성 지향형
친분을 기본으로 한 조직	Rule을 기본으로 한 조직
보다 과거 지향형	보다 미래 지향형
Polychromatic 시간관념	Monochromatic 시간관념
모험지향형	안정 지향형
정황위주의 수사법	상황위주의 수사법
결과 지향형	과정 지향형
집단 지향형	개인 지향형

2. 심리전을 이용하는 협상술과 그 대응책

"협상테이블에는 일정한 원리와 법칙이 있다.
내 요구가 아닌 상대방의 욕구를 먼저 알아야 한다. 그리고 양쪽 모두를 만족시킬 수 있는 창조적 대안을 찾아라. 결렬을 대비해 여러 방법을 모색하라. 협상은 과학이다. 과학이기에 익히고 배워야 한다."

국제협상을 하다 보면, 주무부처 장관이나 발주처 사장을 면담하기 위해 미리 시간약속을 하고 사무실로 찾아가지만, 대기실에 남겨진 채로 2시간 이상 기다려야 되는 경우도 수없이 있다. 이럴 경우 우리 회사의 협상 대표들은 예외 없이 엄청난 인내심을 발휘하는 것을 보아 왔다. 양식이 있는 협상 상대라면, 중간중간에 비서를 보내서 왜 이렇게 면담이 지체되는지 설명하면서 진심으로 미안하다는 사과를 하게 마련이지만 상대에 따라서는 마냥 기다리게 하는 경우도 비일비재하기도 하다.

평소 아는 우리 회사 협상 대표의 성격으로 미루어 속은 까맣게 타들어가고 심기가 몹시 불편할 것이 틀림없지만 대기실에서조차 전혀 내색을 하지 않고 기다리다가, 드디어 상대방을 만나게 되면 방금 도착해 접견실로 안내된 것처럼 만면에 웃음을 띠고 유쾌하게 상대방과 협상에 임한다.

만일 상대방이 의도적으로 장시간 기다리게 해 조급한 마음을 갖도록 해 협상을 그르치도록 심리적인 술수를 부렸다면 멋지게 대응한 것이라고 볼 수 있다. 뚜렷한 사명감이나 목적의식이 협상자로 하여금 담담한 마음을 가지도록 만들어 주는 것 같다.

통상적으로 대등한 상태에서 협상할 경우 협상 장소를 어디로 할 것인가에 대한 논의가 많다. 상대방을 우리측으로 불러들이느냐, 아니면 적진으로 들어가느냐, 제3의 장소를 정하느냐에 대해 협상 전문가마다 견해가 다를 수 있다. 그러나 어느 경우든 협상에 임해서 심리적으로 스트레스를 받는다면 그 원인을 바로 분석해야 한다. 장소가 너무 시끄러운지, 너무 덥거나 추운지,

동료끼리 비밀회의를 할 장소가 마련되어 있지 못한지 등 그 원인을 빨리 찾아내는 것이 필요하다.

상대방이 의도적으로 그런 환경을 연출한 느낌이 들면 바로 환경을 개선하도록 하든가, 간단한 인사만 나누고 본격적인 협상은 장소를 옮겨서 하도록 제의하고, 회의시간을 연기하는 것도 바람직하다. 외국으로 출장해 상대방 사무실에서 협상하는 경우에도 협상 장소의 환경이 스트레스의 원인이 되면, 투숙하고 있는 호텔의 회의실로 협상 장소를 이전할 것을 제의하는 것도 권할 만하다.

협상에서 아주 곤란한 상대는 의도적으로 상대방에게 무례를 범해 불편한 심기가 되도록 하거나 난처하게 만드는 경우이다. 예를 들면, 서두에 든 예처럼 무작정 기다리게 한다든지, 회의 도중에 다른 일로 자주 자리를 뜬다든지, 심지어는 상대방 면전에서 자기들끼리 통하는 조크를 해 낄낄거리고 웃는다든지 하는 것이다. 은연중에 무시당하는 느낌을 받도록 하는 경우도 있고, 피부색 등 인종 차별적인 발언을 우스갯소리를 빙자해 던지는 경우도 있다.

이런 경우 우리측이 혼자가 아닐 경우에는 서로 얼굴을 마주보고 상대방 술수를 다 간파하고 있다는 듯이 빙긋이 웃어 주는 것만으로도 상대방의 심리전을 무력하게 만든 경험이 있다. 단신으로 협상에 임했을 경우에도 상대방의 술수를 간파하는 것만으로도 술수를 무력화시킬 수 있는 힘이 생기고, 적당한 때에 상대방에게 상대방의 무례를 거론하는 것이 더 이상의 시도를 포기하도록 할 수 있다. 만일 유머 감각이 있어 되받아칠 수 있다면 더할 나위 없이 좋을 것이다.

협상에서 가장 권하지 않는 것이 협박이다. 협박은 아주 단순하고 강력하다. 그러나 양날의 칼과 같아 자신을 해칠 수도 있다. 상대방도 협상을 깨는 것을 감수하고 강력한 협박으로 맞대응해 나올 수 있기 때문이다. 협상가들은 협박보다는 간접적인 경고를 적절하게 사용하는 데 능숙해야 한다.

이를테면 이번 협상이 결렬될 경우 되돌아올 불이익에 대해 또는 앞으로 전개될 피치 못할 상황 전개를 암시하는 것으로 족하다. 만일 상대방으로부터 명백한 협박을 받았다면, 협상의 원칙으로 되돌아가는 것이 현명할 것이다. 즉 협상은 양자에게 이득이 있는 방향으로 결과를 도출해내는 데 있지 협박에 굴복해 부당한 결과를 부담하는 데 있지 않다는 점을 일깨우는 것이다. 유용한 표현으로 "I only negotiate on the merits. My reputation is built on not responding to threats"가 있다.

3. 국제협상에서 자주 등장하는 협상전술

기본적으로 협상에서 목표보다 높게 또는 낮게 시작하는 것은 상식적인 일에 속한다. 그러나 국제협상에서 종종 상대방이 수락할 수 없는 터무니없는 제안으로 협상을 시작하는 협상가가 있다. 이를 'Trial Balloon'이라고도 하는데 목적은 상대방의 기대치를 낮추게 하고 상대방의 의중을 떠보는 데 있다.

협상에 준비 없이 막연한 태도로 참여하여 상대방의 입장에 따라 수동적으로 대응하는 협상가에게는 아주 유용하게 먹혀드는 전술이다. 반대로 어떤 협상이든 사전에 충분히 대안을 모색하고 각 대안마다 나름대로 객관적인 근거로 무장해 있는 협상가에게는 통하지 않는다.

아무리 교활한 협상가라고 하더라도 'Trial Balloon' 전술을 구사하는 데는 내재적인 리스크가 부담되게 마련이다. 즉, 터무니없는 제안에 대해 상대방이 정색을 하고 객관적인 근거를 제시하도록 요청하면서, 제안자로 하여금 스스로 우스꽝스런 제안을 했다는 기분이 들 때까지 제안자의 해명을 집요하게 추궁해 식은땀을 흘리게 하는 협상가를 만날 수 있기 때문이다. 이런 협상가를 만나면, 제안자의 신뢰성은 금이 가고 종국에는 협상 상대로서 함량 미달이라는 무시를 당할 위험을 부담해야 한다.

이와는 반대로, 협상이 거의 마무리되어 갈 무렵 드디어 길고 긴 터널의 끝이 보인다는 느낌에 긴장감이 풀어질 때쯤 마지막 제의를 추가하는 'Last One More' 전술이 있다. 이때 끼워 넣는 한 줄의 문장 또는 한 단어가 수십만 달러에서 수백만 달러의 가치가 있을 수도 있는데 이는 거의 완성된 협상을 재론하는 번거로움을 상대가 원치 않을 것이라는 계산에서 사용하는 전술이다. 빨리 타결 소식을 상부에 보고하고 싶어하는 상대방이나, 기자회견을 마련해 놓고 있는 등 조급한 상대방에게 거의 확실하게 통하는 전술이기도 하다. 하지만 이런 전술은 협상의 마지막 순간까지 평정심을 잃지 않고, 자신의 배석자에게 의견을 고루 발표하도록 배려하고 청취하는 여유를 보이는 협상가에게는 통하지 않는다.

서양인에게 있어서 상대방에게 수락하든가 협상을 결렬시키든가 최종 결단을 하도록 촉구하는 것은 전혀 낯선 일이 아니다. 오히려 대부분 그런 식으로 비즈니스를 한다고 해도 과언이 아니다. 즉 'Take it or leave it'의 전술이 보편화되어 있다는 것이다. 이 전술이 효과적으로 작동하는 원리는 상대방이 협상에 시간과 노력을 많이 들였을 경우일수록 쉽게 포기하지 못한다는 데 있다.

영어를 사용하면서 좋은 인상을 줄 수 있는 지름길이 있다. 우리와 서양은 사고방식과 문화에 차이를 보인다.

우리는 "고맙습니다"라고 굳이 말하지 않아도 이심전심으로 전해진다고 생각하지만, 국제적인 관점에서는 고맙다는 의사표현을 반드시 해야 한다. 내가 말하지 않는 부분에 대해 상대가 내 마음을 읽어가며 알아주길 바랄 수는 없다. 그래서 꼭 습관화해야 하는 문장 5가지를 꼽아봤다. 의식적으로 연습해서 입에 붙인다면 글로벌 스탠더드의 기본을 익히는 것이나 마찬가지다.

1. Please
2. Excuse me
3. I am sorry
4. May I ask~/Could you tell me~/I'd like to~
5. Thank you

다른 사람에게 무언가를 요청할 때는 앞이나 뒤에 'Please'를 붙이는 것이 좋겠다. "Well-done, please"(바짝 익혀주세요)나 "Open the window, please"(창문 좀 열어주세요) 처럼 말이다. 'Please'를 붙이지 않고 말하면 명령조의 거친 말투로 인식될 가능성이 있으니까요. 가급적 'May I ask~/Could you tell me~/I'd like to~'를 사용해 예의바른 표현을 하는 것도 필요하겠지요. "When will he be back?"이라고 묻기보다는 "Could you tell me When he will be back?"라고 묻는 것이 좋다는 것이다. 저자는 우리가 질문을 직설적으로 하는 경향이 있다며, 이런 표현들을 사용해 보다 공손하고 예의바른 표현을 쓰는 것이 좋다고 조언한다.

출처 : 서대원, 글로벌 파워 매너, 중앙북스, p.22

부 록

1. BUSINESS MANNER
2. COMPANY PHONE ENGLISH
3. 기본 경제 용어
4. 기본 상식 용어

부록 1.
BUSINESS MANNER

First impressions last. This simple statement highlights the role of etiquette in its most basic form – flee, fight or get friendly. The observance of accepted social etiquette is a vital factor in the initial establishment of any sort of relationship – anywhere else in the world for that matter – and has been so since before the beginnings of civilization.

Etiquette can take the rough edges off contact with those from different cultures by formalizing events, establishing a tentative framework to mediate first meetings and, generally, start the process to build the foundation of long-term business or social relationships.

Etiquette is, therefore, generally the informal rules of society which reflect the historic, cultural and religious preferences of a society beyond the formal legal applications, applied by the individual with other individuals.

It is a simple fact that we live in a culturally diverse world.

However, where there is a diversity, there also tends to be disharmony. When cultures clash, the importance of etiquette as a key factor of performance is highlighted from the very first instance of contact.

Etiquette should be a positive rather than a negative influence on your activities. Allow your natural awareness and open mindedness take over. Respect other cultures, but always remember that the greatest act of improper etiquette is to ape the acts of another's culture and not sincerely try to understand.

The origin of manner

The word "manner" is derived from latin "manuarius".

Manuarius means "belonging to the hand", from manus "hand" and from arius "more at manual , more by the manual". Most figurative meanings derive from the original sense of "method of handling".

Manner means "destined by birth to be subject to the custom" and "external behavior in social intercourse".

The origin of etiquette

The word French "etiquette" is similar to "manner".

The word 'etiquette' used to mean "keep off the grass". Louis XIV' s gardener noticed that the aristocrats were walking through his gardens and put up signs, or étiquets, to ward them off.

The dukes and duchesses walked right past these signs. Due to this blatant disregard, the King of Versailles decreed that no individual was to go beyond the bounds of the étiquets.

The meaning of etiquette would later include the ticket to court functions that listed the instructions on where a person would stand and what was to be done.

Etiquette, like language, has evolved, but it still means literally "keep off the grass". Until the 1960's, the importance of good manners were taught without question, but with the liberated 70's came a decline in the popularity of teaching proper etiquette.

1. GREETINGS

First Beat – Utter the greeting and bend forward.

Second Beat – After bending forward you hold(Stop Motion)

Third Beat – Slowly go back to the original position.

Fourth Beat – When you are standing straight, smile at the receiver of the greeting.

- Each person has to give and receive in a greeting
  A proper greeting is interactive, not one way.
- Whoever sees the other person first must do the greeting first.
  Seniors will greet younger people good heartedly and younger people will greet older people with respect.
- Exaggeration is better than giving an inadequate greeting
  Become comfortable greeting in any situation, at any time, and with any frequency.

It's better to be overly polite than give a greeting that is slightly disrespectful.

– Don't hesitate, just do it !

To express gratitude, an apology, or when necessary as required, a greeting should be carried out immediately. Never delay or be embarrassed!

– Don't judge people when greeting.

When you greet, never distinguish between people or judge them by their appearance or their outfit.

2. HANDSHAKES

Handshaking is an ancient ritual. It is reported as long ago as 2800 B.C. in Egypt. According to historian Charles Panati, folklore places the handshake even earlier and speculates that because the right hand is the weapon hand, presenting it open and without a sword came to be seen as a sign of peace and acceptance.

Though archaic in origin, the handshake is still the accepted form of greeting in our society in modern times. In both social and business situations, the handshake is important.

3. INTRODUCTION

We all know that it is important to develop a very brief self introduction that tells people what we want them to know about us and our business.

It is sometimes called "the elevator speech" because one should be able to finish it before the listener reaches his/her floor in a ride up or down in an elevator.

This brief introduction is often our one chance to make a good first impression, so it warrants some careful attention:

Introduce your full name. " My name is Su jin Lee"(O)

Do not use Mr, Miss

Higher ranking persons are introduced before those of lower rank, older persons before younger ones, and women before men.

4. BUSINESS CARD

One aspect of etiquette that is of great importance internationally is the exchanging of business cards. Unlike in North America or Europe where the business card has little meaning other than a convenient form of capturing essential personal details, in other parts of the world the business card has very different meanings.

For example, in Japan the business card is viewed as a representation of the owner. Therefore proper business etiquette demands one treats the business card with respect and honor.

부록 2.
COMPANY PHONE ENGLISH

▣ 상사에게 전화를 건넬 때

S: Good morning. Mr. Anderson's office, Miss Lee speaking.

C: Could I speak to Mr. Anderson, please?

S: May I have your name, sir?

C: This is Paul Robinson of IBM.

S: Hold the line. please, Mr. Robinson.

(인터폰으로)

S: Mr. Anderson, Mr. Robinson of IBM is on the line.

B: Put him through, Miss Lee.

S: Yes, Mr. Anderson.

(손님에게)

S: Mr. Robinson, Mr. Anderson is on the line. Go ahead, please.

C: Thank you

▣ 상사가 부재중 전화가 왔을 때

● 전화 드리도록 하겠습니다.

S: Good morning. Mr. Anderson's office. Miss Lee speaking.

C: I'd like to speak to Mr. Anderson, please. This is Mr. Paul Robinson of IBM.

S: I'm sorry, Mr. Robinson, but Mr. Anderson is not in the office now.

C: Oh, when do you expect him back?

S: He'll be back in about ten minutes. Shall I have him call you back as soon as he returns?

C: No, I'll call back later. Thank you.

S: Thank you for calling, Mr. Robinson. Good-bye.

C: Good-bye.

● 저희가 연락드리겠습니다.

C: Good afternoon. I'm Thomas Martin of BBC Co.
I wonder if Mr. Anderson is in?

S: Please wait a moment, Mr. Martin. I'll check.
(인터폰 후에)

S: I'm sorry, but he's not in his office at the moment.

C: I see. I wonder what I should do. I'm in a hurry.

S: I'll have him return your call as soon as I locate him, if that's all right.

C: Yes, please. I'll be waiting for his call. Thank you. Good-bye.

S: Thank you. Good-bye.

▣ 전언(Memo)을 받았을 때

S: May I take a message?

C: Yes, Please tell him that tomorrow's meeting will be cancelled.

S: Certainly. Thank you for calling. Good–bye.

☆ ☆ ☆

C: I'd like to leave a message.

S: Yes, certainly.

C: Please tell Mr. Anderson to call me at Chosun Hotel.
The number is 777–0500 and the room number is 621.

S: That's Chosun Hotel. The number is 777–0500 and the room number is 621. Is that right?

C: Yes, that's right. Thank you. Good–bye.

S: Thank you for calling, Mr. Jones. Good–bye.

☆ ☆ ☆

C: Hello. This is Thomas Martin of BBC Co. I know Mr. Anderson is out of town this week. I'd like to leave a message for him.

S: Certainly.

C: I'd like him to get in touch with me as soon as he returns from his business trip.

S: All right, sir. I'm sorry, but I couldn't catch your name.

C: That's Thoman Martin of BBC Co.

S: Thank you, Mr. Martin. I'll be sure he gets your message.
Thank you for calling. Good–bye.

▣ 상사가 다른 전화로 통화중일 때

S: Mr. Anderson's office. Miss Lee speaking.

C: Hello, Miss Lee. This is Mr. Jones of Central Bank. Can I speak to Mr. Anderson, please?

S: Hello, Mr. Jones. I'm sorry, but Mr. Anderson is on another line. Will you hold the line or shall I have him call you back?

C: Well, can you tell him to call me back as soon as he is free? My number is 564-7476.

S: 564-7476, Mr. Jones. I will have him call you back.

C: Thank you, Miss Lee.

S: Thank you for calling, Mr. Jones.

▣ 전화 상태가 나쁠 때

S: I'm sorry, but I can't hear you very well. May I call you back?

C: Yes, please. My number is 716-4708.

☆ ☆ ☆

S: I think we've got a bad connection.

▣ 식당을 예약할 때

R: Paris Seafood Restaurant. May I help you?

S: Yes, I'd like to reserve a table for two for tomorrow evening at 8:00 p.m.

R: A table for two at 8:00 p.m. May I have your name, please?

S: Yes, it's for Yoon-Ho Kim.

R: That's Mr. Yoon-Ho Kim. And the number, please.

S: It's 221-4256. I wonder if we could have the table near the window.

R: Yes, I think I can get you a table near the window.

S: Thank you. Good-bye.

▣ 약속을 취소할 때

R: Mr. Mratin's office. Miss Brown speaking.

S: This is Miss Lee, Mr. Kim's secretary calling.

R: Good morning, Miss Lee. What can I do for you?

S: I'm afraid that Mr. Kim will not be able to see Mr. Martin at 2 o'clock today. Something urgent came up, and he had to leave for Pusan right away.

R: I see. But you should have let us know earlier.

S: Yes, I'm terribly sorry.

☆ ☆ ☆

R: Maxim de Paris. May I help you?

S: I'd like to cancel our reservation for tonight. The name is Kane.

R: All right, ma'am.

S: Thank you. Good-bye.

부록 3.
기본 경제 용어

● ADB(아시아개발은행)

ADB는 아시아개발도상국의 경제발전을 위한 자금을 융자하기 위해 1966년 설립된 국제개발은행. 지역내 개발투자 촉진, 역내개발을 위한 투자, 역내개발에 관한 정책 및 계획조정, 기술원조 공여 등이 주요업무이다.

특정한 프로젝트에 융자하는 것을 원칙으로 하나 수개국에 걸치는 사업도 융자대상이 된다. 매년 열리는 연차총회는 회원국 대표들이 모여 지난 1년간의 활동에 대한 결산보고서와 당해년도 예산안을 승인하고 경제전망에 대한 보고서를 내는 것 외에도 회장단과 의사위원회를 구성하게 된다.

● BW(신주인수권부사채; Bond With Warrent)

신주를 인수할 권리가 부여된 채권. 즉 신주인수권과 회사채가 결합되었다고 보면 된다. 회사채 형식으로 발행되지만 일정기간(통상 3개월)이 경과하면 미리 정해진 가격으로 주식을 청구할 수 있는 것을 말한다. 투자자들은 발행기업의 주가가 약정된 매입가를 웃돌면 신주를 인수해 차익을 얻을 수 있고, 그렇지 않으면 인수권을 포기하면 된다.

신주인수권을 행사하기 전까지는 BW를 가졌다고 해서 주주로서 배당을 받거나 의결권을 행사할 수 없다. BW는 보통사채에 비해 발행금리가 낮아 발행자는 적은 비용으로 자금을 조달할 수 있는 장점이 있다. 또 투자자의 입장에서는 주가상승시 매매차익을 올릴 수 있다는 것이 가장 큰 매력이다. BW는 채권과 신주인수권증서를 한꺼번에 매매해야하는 하는 일체형과 따로 거래할 수 있는 분리형 두 종류가 있으며 분리형은 99년 1월부터 발행이 허용됐다.

DDA(도하 개발 아젠다; Doha Development Agenda)

지난 2001년 11월 14일 카타르 도하에서 열린 제4차 세계무역기구(WTO) 각료회의에서 새로이 출범시킨 다자간 무역 협상을 말한다. 즉 DDA는 뉴라운드의 공식명칭이다. WTO는 우루과이 라운드 이후의 새로운 다자간 무역협상을 명명하면서 '도하 개발 아젠다'라고 부르기로 하였다. 과거 GATT(관세와무역에관한일반협정) 체제에서는 다자간 무역협상을 주로 "00 라운드"라는 이름으로 지칭하였으나 '라운드'라는 이름에 대해 거부감을 갖고 있는 개도국들의 요구를 수용하여 '도하 개발 아젠다'로 지칭키로 합의했다.

DDA 협상은 95년 WTO 체제 출범이후 최초의 대규모 다자간 무역협상이며, 2002년부터 3년간 뉴라운드 협상을 진행, 2005년 1월 1일까지 종료키로 합의된 상태이다. DDA의 협상방식은 모든 분야의 협상결과를 모든 회원국들이 일괄적으로 수락하는 일괄타결 방식(모든 분야에 대한 협상을 동시에 개시하고 진행하여 동시에 종료하는 것)으로 진행된다. DDA하에서 WTO 회원국들은 비농산물, 농산물, 서비스 분야에서의 무역자유화 문제와 함께 반덤핑협정, 보조금협정 등 기존 협정의 개정, 환경의 일부 사항에 대해서 새로운 규범 수립 문제에 대해 협상을 진행할 예정이다.

EB(교환사채; exchangeable bond)

발행회사가 보유하고 있는 다른 기업의 주식과 교환할 수 있는 권리가 부여된 사채. 주식으로 바꿀 수 있다는 점에서 전환사채(CB)와 유사하지만 발행회사의 주식이 아닌 다른 회사 주식으로 교환한다는 점에 차이가 있다. 또 교환권 청구시 추가 자금부담이 없다는 점에서 신주인수권부사채(BW)와도 다르다. 이 때문에 교환시 자본금이 증가하지 않는다. 교환사채를 발행할 수 있는 법인은 상장회사로 발행이율, 이자지급조건, 상환기한 및 전환기간 등은 자율화돼 있다.

교환가격은 교환대상 주식 기준 주가의 90% 이상이며 교환비율은 100% 이내로 제한된다. 교환대상 상장주식을 신탁회사 등에 예탁한 후 교환사채를 발행해야 한다. 우리나라에서는 1994년 일신방직이 SK텔레콤 주식을 교환대상으로 정해 교환사채를 발행했으며 1995년에는 대한중석이 포항제철 주식을 대상으로 교환사채를 내놓았다.

FTA(자유무역협정; Free Trade Agreement)

2개 이상의 국가가 서로 관세와 수입제한 제도를 철폐해 통상을 자유화함으로써 무역의 증진을 꾀하는 지역간 협정을 말한다. 이는 각 나라간 교역을 자유화할 경우 무역거래와 국제간 국제간 분업이 확대되어 서로의 이익이 증대될 것이라는 자유주의 경제이론에서 출발했다. 협정이 체결되면 당사국간에는 세금이 면제되고 무역장벽도 없어져 투자나 서비스 및 경쟁시장이 상호 개방된다. 그러나 국방 등 특수 사정을 이유로 극히 일부 품목의 예외를 인정하기도 한다.

FTA는 가입국가 이외의 국가에 대한 관세 및 무역정책에는 각 국가가 독자적인 규제를 하고 있다는 점에서 대외적으로 단일관세 주체로 행동하는 관세동맹과는 차이가 난다. 그러나 FTA 가입국가 이외 국가와의 무역을 제한하는 역내 보호무역주의적 성격을 띠고 있기는 마찬가지이다. 북미 3개국이

1992년에 맺은 NAFTA(북미자유무역협정)가 대표적이다.

우리나라의 첫 자유무역협정인 한-칠레 FTA가 지난 99년 12월 칠레 산티아고에서 1차 협상을 시작한 이후 3년만에 타결됐다.

ISO(국제 표준화기구; International Organization for Standardization)

상품 및 서비스의 국제적 교환을 촉진하고, 지적활동이나 과학·기술·경제활동 분야에서 세계 상호간의 협력을 발전시키기 위해 세계의 세계 공통의 표준 개발을 목적으로 1947년 설립된 기구.

스위스 제네바에 본부를 두고 있으며 각국의 표준화 단체가 회원으로 가입하고 있다. 주로 나라마다 다른 공업규격을 조정 · 통일하고, 물자와 서비스의 국제적 교류를 유도한다. 2001년 말 현재 세계 140개국이 회원으로 가입하고 있으며 약 1만3천5백종의 표준을 보유하고 있다. 국제표준화기구에서는 ISO 규격 및 ISO 추천규격을 제정하는데, 이 경우 전문위원회를 통해 올라온 규격안에 대한 찬반투표를 실시하여 회원 단체의 75% 이상이 승인한 경우에만 ISO규격을 승인한다. 우리나라는 1963년에 가입했다. 'ISO'는 약어가 아니다. 이 용어는 그리스어의 isos에 근원을 두고 파생된 말로서, '같다'는 의미인 'equal'의 뜻을 가지고 있는데, 'iso-'라는 접두어에서 그 예를 찾아볼 수 있다. ISO라는 이름은 'International Organization for Standardization'을 각 나라에서 이 기구의 이름을 나름대로 번역하면서 생길지도 모르는 여러 가지의 약어들의 과잉을 막기 위해, 전세계적으로 사용된다(영어권에서는 약어를 IOS라고 쓰고, 프랑스에서는 Organisation internationale de normalisation의 약어로서 OIN 등으로 쓰는 것을 방지하기 위함). 그러므로, 어느 나라에서든 이 기구를 의미하는 약어는 항상 ISO로 쓰인다.

● MMF(머니마켓펀드)

투자신탁회사가 고객의 돈을 모아 단기금융상품에 투자하여 수익을 얻는 초단기금융상품, 'Money Market Funds'의 약자로 투자신탁회사가 고객의 돈을 모아 펀드를 구성한 뒤 금리가 높은 만기 1년 미만의 기업어음(CP), 양도성예금증서(CD), 콜 등 주로 단기금융상품에 집중투자하여 얻은 수익을 고객에게 되돌려주는 만기 30일 이내의 초단기금융상품이다.

은행의 보통예금처럼 수시로 입·출금이 가능한 상품으로 하루만 돈을 예치해 놓아도 펀드운용 실적에 따라 이익금을 받을 수 있기 때문에 단기 여유자금을 운용하는 데 안성맞춤이다.

1996년 9월부터 허용돼 투자신탁회사에서 취급하고 있으며, 가입금액에 제한이 없어 소액투자자에게 많은 인기를 얻고 있다.

● MOU(양해각서; Memorandom of Understanding)

일반적으로 기존 협정에서 합의된 내용의 뜻을 명확하게 하거나 기존 협정의 후속조치와 관련된 내용을 규정하는 절차다.

본래 국가간에 문서 형태로 된 합의를 의미하며 법적 구속력이 있는 조약과 같은 효력을 갖는 것이지만 최근에는 그 범위와 뜻이 넓어져 정부간, 국가기관간, 일반 기관간, 일반 기업간에 상호 제휴와 협력 등을 위해 맺는 다양한 형태의 문서로 된 합의사항을 MOU로 표현한다. 즉 당사자간의 교섭 결과 서로 양해된 사항을 확인, 기록하는 것이 양해각서다.

이에 따라 양해각서가 갖는 구속력의 범위도 다양하게 해석되고 있으며 현재에는 통상적으로 법적인 강제성은 없으나 타당한 근거없이 양해각서를 위반할 경우 도덕적인 비난이 따르는 정도로 받아들여지고 있다.

ODA(정부개발원조; Official Development Assistance)

선진국의 정부기관에 의한 개발도상국 또는 국제기관에의 원조를 말한다.

금리가 높은 민간 원조보다 조건이 좋기 때문에 받는 쪽에서 환영하고 있다. 증여 · 차관 · 기술원조 등의 형태를 취하며 원조를 필요로 하는 여러 국가에 대해 외교수단으로 이용되기도 한다. 개발원조위원회(DAC)는 1973년 1월 1일 이후 조인된 일절의 원조에 관해 그랜트 엘리먼트(원조조건의 유연성을 표시하기 위한 지표)가 25% 이상인 것을 ODA에 해당되는 것으로 판단하고 있다. 또 ODA를 GNP(국민 총생산)의 0.7%까지 늘리는 것을 국제적인 목표로 삼고 있다. 지난 2000년 한국의 ODA 규모는 2억1천만달러로 국내총생산(GDP)의 0.047%에 불과해 OECD 및 개발원조위원회(DAC) 22개 회원국의 평균 0.22%에 비해서 상당히 낮은 수준을 기록했다.

P2P 서비스

Peer to Peer의 약자로 인터넷상의 정보를 검색엔진을 거쳐 찾아야 하는 기존 방식과는 달리 인터넷에 연결된 모든 개인 컴퓨터로부터 직접 정보를 제공받는 서비스를 말한다.

검색은 물론 개인 컴퓨터에 저장된 파일을 자유롭게 교환할 수 있게 해준다. 서버를 거치지 않고 다른 네티즌들의 PC에 있는 동영상, MP3 음악파일을 전송받을 수 있다. 미국 냅스터와 우리나라의 소리바다 서비스가 P2P 서비스의 대표적인 경우로 이 서비스를 이용하면 전세계 PC에 흩어져 있는 MP3파일들을 무료로 전송받을 수 있다.

WEF(다보스포럼; World Economic Forum)

스위스 다보스에서 열리는 세계경제포럼, 세계 각국의 거대기업 회장 및 각료급 이상 인사와 학자들이 범세계적 당면과제들에 대해 토론하고 국제적 실천과제를 모색하는 회의.

매년 1월말 닷새동안 스위스의 세계적 휴양지이자 스키 도시인 다보스에서 열려 '다보스 포럼'이라 불린다.

1971년 미국 하버드대 클라우스 슈바브 교수가 설립, 독립적 비영리 재단 형태로 운영된다. 처음에는 '유럽인 경영 심포지엄'으로 출발했으나 1973년부터 참석 대상을 전세계로 넓히고 정치인으로까지 확대했다.

다보스 포럼은 연차총회외에도 지역별 회의와 산업별 회의를 운영하면서 세계무역기구(WTO)나 서방선진 7개국(G7) 회담 등에 막강한 영향력을 행사한다.

나비효과

나비효과란 뉴욕에서 나비 한 마리가 날갯짓을 하면 다음달쯤 서울에서는 태풍이 일어날 수도 있다는 기상학적인 연구에서 비롯된 말로 모든 결과는, 어떤 결과도 처음엔 감지조차 되지 않은 작은 변화에서 비롯된다는 뜻이다.

1961년 로렌츠라는 미국 기상학자가 12개 방정식으로 이루어진 기상예측 모델을 만든 다음, 초기치를 1천분의 1씩 다르게 주었더니 결과에서 엄청난 차이가 난다는 것을 발견. 대기현상은 이처럼 초기 조건에 매우 민감하기 때문에 시간이 지날수록 날씨예측의 정확도가 급격히 낮아진다는 것이 대기과학자들의 주장이다. 이 원리는 훗날 카오스 이론으로 발전해 여러 학문 연구에 쓰이고 있다.

이 용어는 근래에 들어 소비자의 라이프스타일이나 구매형태 변화를 시시각각 체크하고 있어야 수익발생이라는 기업의 원초적인 존속 이유를 유지 발전시켜 갈 수 있다고 주장할 때 흔히 인용된다. 또 주가를 예측하는데도 이 이론이 동원될 정도다.

내부거래

한 그룹내에서 계열사끼리 물건을 사주거나 인력을 지원하는 거래를 말하며 주로 30대 재벌이 자금, 자산, 인력, 상품, 용역거래를 하면서 계열사와 비계열사를 차별대우하는 행위.

30대 그룹이 계열사 또는 친족독립경영회사에 지원한 실질적 금액이 10억원을 넘을 경우 부당내부거래로 판정받는다. 공정거래법에는 '부당지원행위'로 규정돼 있다. 내부거래는 법적용어는 아니며 공정한 거래질서를 해치는 요인이 되기도 하지만 계열사간 필요한 거래도 있기 때문에 반드시 불법은 아니다. 통상 그룹내에서 수직 계열화가 이뤄진 경우 내부거래 비중이 높아진다.

내부고발자

기업이나 정부기관 내에 근무하는 내부자로서 조직의 불법이나 부정거래에 관한 정보를 신고하는 사람.

내부고발자는 물론 조직발전에 순기능만 있는 것은 아니다. 그러나 미국 엔론 사태를 계기로 내부고발자의 기능이 부각되고 있다. 현재 미국 의회는 '내부고발자 보호법'을 추진중이며 영국에서는 이미 내부고발자를 보호하는 법이 발효됐다. 조만간 유럽연합(EU)도 이 법을 채택할 것으로 보여 앞으로의 움직임이 주목된다. 우리나라의 경우 지난 2001년 제정된 부패방지법에 따르면 부패행위 제보자의 범죄가 드러난 경우, 그의 형을 감경 또는 면제할 수 있으며 이 규정을 공공기관의 징계처분에 준용한다고 명문화하는 등 공공기관의 내부고발자 보호에 대한 내용을 담고 있다.

세계적인 시사 주간지 타임이 '올해의 인물'에 대기업 엔론, 월드컴과 연방수사국(FBI)의 비리를 각각 폭로한 내부 고발자 여성 3인을 선정했다. 내부고발자는 딥 스로트(Deep Throat) 또는 휘슬 블로어(whistle-blower)라고도 불린다.

'딥 스로트'는 1972년 워싱턴포스트지의 칼 번스타인, 밥 우드워드 기자에게 이른바 '워터게이트 사건'의 단서를 제공했던 정보제공자의 암호명이었다. 이 암호명 은 70년대 당시 인기를 끌었던 포르노 영화 '딥 스로트'에서 따온 말. 이때의 이야기는 알란 J. 파큘라 감독의 영화 '모두가 대통령의 사람들'에서 재현돼 큰 화제를 불러일으켰으며 이후 '딥 스로트'란 내부고발자, 밀고자를 뜻하는 고유명사로 굳어졌다. 또한 미국에서는 내부고발자를 '휘슬 블로어(whistle-blower)', 즉 '호루라기를 부는 사람'이라 부르기도 한다.

내부자거래

특정기업과 특별관계에 있는 사람이 자신의 지위를 악용해 회사정보를 입수, 불공정하게 주식을 매매하는 것을 말한다.

기업체의 임원 등 내부 사정을 잘 아는 사람이 일반투자자들에게 공개되지 않은 기업합병, 증자, 자산재평가, 신규투자계획 등 기업비밀 정보를 갖고 주식을 매매하면 부당이익을 취할 수 있다. 증권거래법에서는 이같은 사례를 막기 위해 내부자거래를 금지시키고 있다.

내부자는 당해 회사의 임직원, 대리인, 주요 주주(10% 이상의 주식을 소유하고 있는 사람과 지분이 10% 미만이더라도 임원의 임명 등 회사경영에 영향력을 행사하는 사람)를 말한다. 또 당해 회사에 대해 인허가 지도 및 감독을 하는 공무원 감독기관 임직원, 국회의원과 당해 회사와 계약한 변호사, 회계사·세무사·컨설턴트 등 준내부자도 내부자거래를 할 수 없다. 이와 함께 내부자나 준내부자로부터 정보를 받은 사람도 넓은 의미의 내부자로 분류돼 내부자거래를 할 수 없다.

증권거래소가 최근 LG투자증권 미수금사고와 관련, LG그룹 계열사들의 불공정행위에 대한 조사에 들어갔다. LG그룹 계열사들은 미수금사고를 낸 LG증권 주식을 지난 17일 시간외거래에서 566만주(866억원 어치)를 매각했다. LG증권은 이날 시간외거래가 종료된 뒤 미수금사고가 발생했다고 공시했다.

노이즈 마케팅

시장에서 상품과 관련된 각종 이슈를 요란스럽게 화제화함으로써 소비자들의 이목을 끌어들여 판매를 늘리려는 마케팅의 한 기법.

소비자들은 화제내용이 좋은 쪽이든 나쁜 쪽이든 많은 사람들의 입에 오르내리면 그 상품에 대해 호기심을 갖게 마련이며 이는 그 상품의 구매로 직접 이어질 가능성이 높다. 상품에 대한 소음'(noise)을 일부러 조성해 이를 판매에 이용한다는 뜻에서 노이즈 마케팅'으로 불린다.

경쟁이 치열한 12월 극장가에서는 몇몇 영화들이 인지도를 높이기 위해 노이즈 마케팅에 나서고 있어 눈길을 끈다. 대통령을 소재로 한 '피아노치는 대통령'은 최근 개봉하면서 민주당과 한나라당으로부터 영화의 내용에 대해 항의를 받고 있다는 내용의 보도자료를 언론사에 배포했다. 대통령 선거일인 19일 개봉한 영화 '반지의 제왕'도 "모후보측의 사주를 받아 선거일날 개봉일자를 잡고 젊은 층의 선거 참여를 낮추려하고 있다"는 내용의 글이 이 영화의 온라인 게시판에 올라 영화 관계자들을 곤혹스럽게 하고 있다며 대선 관련 내용으로 '잡음'을 만들고 있다.

전문가들은 노이즈 마케팅이 초반에는 어느 정도 소비자들의 인지도를 높일 수 있으나 지속적으로 반복될 경우 신뢰성을 얻지 못해 결국 소비자들의 무관심, 냉소만 불러올 것이라며 우려를 제기했다.

녹다운 수출(knock down export)

상대국에 현지공장을 건설하고 자국의 부품·반제품을 가져와 현지에서 직접 조립 판매하는 수출(현지 조립 수출 방식).

수송, 운반기기 등과 같은 플랜트류의 수출상품에 이 방식이 주로 쓰인다. 수출국 입장에서 보면 완성품의 수입제한, 고율의 수입 관세장벽을 피해 상대의 시장에 진입이 가능하다는 장점이 있다. 또한 현지의 저렴한 노동력을 이용할 수 있고 부품형태로 수출되는 것이므로 운임이나 관세가 낮아 비용 면에서도 유리하다.

수입국의 입장에서는 노동자 고용이나 제품조립에 필요한 다량의 물자 조달이 가능하고 관련 산업을 발달시킬 수 있어 공업화를 촉진하는 경제적 효과를 기대할 수 있기 때문에 자국의 생산을 보호·육성하고자 하는 개발도상국가에서 주로 이용되고 있다. 완성품 조립에 필요한 모든 부품을 수출하는 경우와 일부를 현지에서 조달하는 경우가 있는데, 전자를 CKD(complete knock down), 후자를 SKD(semi knock down)라고 한다.

뇌물공여지수(BPI; Bribe Payers Index)

각종 공사나 계약을 따기 위해 외국 기업에 뇌물을 얼마나 자주 제공하는지를 측정하는 지수. 지난 93년 설립된 국제투명성기구(TI)가 2000년부터 격년제로 뇌물공여지수(BPI)를 공개하고 있다. 국가별 부패랭킹을 제시, 일반에게도 낯설지 않은 국가별부패지수(CPI)가 뇌물을 받는 쪽에 초점을 맞췄다면 BPI는 기업 등 정치자금 제공자를 대상으로 한다는 점이 특징이다. 뇌물을 주는 쪽인 기업 등을 대상으로 직접 설문조사를 통해 발표되는 BPI는 무역관련 전문 종사자에 대한 심층 인터뷰를 통해 작성된다. 이 지표는 다른 나라와 무역을 할 때 뇌물을 주는지, 그것에 대한 감각은 어떤지 등을 조사한다.

'2002 뇌물공여지수'에서 우리나라는 조사대상 21개국 가운데 네번째로 뇌물을 제공할 가능성이 높은 국가로 꼽혔다. 뇌물제공 가능성이 가장 낮은 국가는 호주로 나타났으며 스웨덴과 스위스, 오스트리아가 뒤를 이었다.

니치마케팅

'틈새시장'이라는 뜻을 가진 말로 시장의 빈틈을 공략하는 새로운 상품을 잇따라 시장에 내놓음으로써 다른 특별한 제품 없이도 셰어(share)를 유지시켜 가는 판매전략. '니치'란 틈새를 의미하는 말로서 대중시장 붕괴후의 세분

화한 시장 또는 소비상황을 설명하는 말이기도 하다. 니치마케팅은 특정한 성격을 가진 소규모의 소비자를 대상으로 판매목표를 설정하는 것이다.

남이 모르는 좋은 곳, 빈 틈을 찾아 그 곳을 공략하는 것으로 예를 들면 건강에 높은 관심을 지닌 여성이 건강음료를 기획, 대성공을 거둔 것이 대표적 사례로 꼽힌다.

● 대차거래(貸借去來)

증권회사가 고객과의 신용거래에 필요로 하는 돈이나 주식을 증권금융회사가 대출하는 거래. 신용거래를 보완해주는 제도인 우리나라의 유통금융에 해당하는 것이다.

주식 신용거래에서는 증권업자가 고객에게 매수대금이나 매도증권을 빌려주는 것을 원칙으로 하고 있으나 증권회사 자체내에서 조달할 수 없는 부분은 증권금융회사로부터 빌려서 고객에게 빌려주게 되는데 이와 같은 증권회사와 증권금융회사 간의 거래를 말한다. 주식을 살 때는 매입한 그 주식을 담보로 돈을 차입하고, 팔 때는 그 대금을 담보로 주식을 빌려 쓴다.

● 더블딥(double dip)

더블딥이란 두 번(double) 떨어진다(dip)'는 뜻. 경제학 용어로서 일반적으로 경기 침체로 규정되는 2분기 연속 마이너스 성장 직후 잠시 회복 기미를 보이다가 다시 2분기 연속 마이너스성장으로 추락하는 것을 말한다.

즉 경기가 일시 회복했다가 다시 침체에 빠지는 W자형 회복을 의미한다. 경기침체기에 기업들이 생산을 늘리면서 일시적으로 경기가 반등하는 것처럼 보이지만, 실제로는 펀더멘털 악화로 수요 침체가 재차 강화돼 결국 경제가 다시 침체기에 빠지게 된다는 이론, 최근의 미국 경제를 표현할 때 가장 많이 등장하는 용어가 바로 더블딥이다.

V자형이나 U자형 등 기존 방식으론 설명이 안 되는 부분이 많다 보니 W

자로 표현되는 신조어가 더블딥이다. 경기침체의 골을 두 번 지나야 비로소 완연한 회복을 보일 것이라는 전망 때문에 W자 모양의 더블딥으로 불리게 됐다. 반면 V자형은 말 그대로 경기침체가 저점에 도달한 뒤 바로 상승세로 치달을 때 적용된다. U자형은 침체가 저점에 도달한 뒤에 바로 회복세를 타지 못하고 일정 기간 침체를 유지하다가 완만하게 상승세에 들어설 때 주로 사용된다.

미국경제에 대한 우려를 나타내는 말로 널리 쓰이던 더블딥'이라는 용어가 이제는 우리 경제에도 친숙한 단어로 정착되고 있다.

최근 국제유가가 연일 사상 최고치 행진을 지속하고 있는 가운데 주가가 다시 부진에 빠지고, 원·달러환율도 900원대 진입을 눈 앞에 두는 등 회복조짐을 보여온 경기에 갖은 악재가 이어지고 있다.

작년의 더블딥(이중하강)' 현상이 올해에도 재연되는 것이 아니냐는 우려가 높아지고 있는 가운데 정부가 '4월 징크스'를 피하기 위한 대책 마련에 부심하고 있다.

● 디노미네이션(denomination)

화폐 · 채권 · 주식 등의 액면금액을 의미, 종전에는 화폐단위 변경을 의미하는 뜻으로 불렸으나 최근 한국은행이 "화폐단위 변경을 영어로 표현하려면 '리디노미네이션' 또는 '디노미네이션의 변경'이라는 표현을 사용하는 것이 정확하다"고 밝혔다.

● 리디노미네이션(R edenomination)

화폐 액면단위 변경을 의미, 화폐를 가치의 변동없이 모든 은행권 및 지폐의 액면을 동일한 비율의 낮은 숫자로 표현하거나 새로운 통화단위로 화폐의 호칭을 변경시키는 것으로 화폐단위를 1000대 1, 100대 1 등으로 바꾸는 식이다.

화폐가치가 변하지 않기 때문에 물가·임금·예금·채권·채무 등의 경제적 양적 관계가 전과 동일하다. 또 선진국 화폐단위와 비슷해져 통화의 대외적 위상이 높아지고, 계산, 장부 기재, 자금 결제 등이 쉬워지고 빨라진다는 장점이 있다.

그러나 새 화폐를 제조하고, 현금지급기나 자동판매기와 같은 자동화기기, 컴퓨터시스템 등을 변경하는데 큰 비용이 소요되며 물가 상승 가능성에 대한 우려도 있다. 이와 함께 예금의 지급정지 등 통화개혁적 조치가 동시에 취해질 때는 국민의 재산권 변동 등 실질적인 영향을 일으킬 수도 있다.

종전에는 디노미네이션(Denomination)이라 불렀으나 한국은행은 "디노미네이션은 화폐·채권·주식 등의 액면금액을 의미하기 때문에 화폐단위 변경을 영어로 표현하려면 '리디노미네이션' 또는 '디노미네이션의 변경'이라는 표현을 사용하는 것이 정확하다"고 밝혔다. 국내에서는 1953년 100원을 1환으로, 61년 10환을 1원으로 바꾼 바 있다.

● 디마케팅(Demarketing)

기업들이 고객의 자사 상품에 대한 구매를 의도적으로 줄이는 활동으로 수요를 적절히 관리, 제품을 합리적으로 판매하는 마케팅 기법.

기업의 목적이 이윤의 극대화라고 보면 얼른 이해하기 어렵지만 소비자보호나 환경보호 등 기업의 사회적 책임을 강조함으로써 기업 이미지를 긍정적으로 바꾸는 효과를 기대하거나, 해당제품이 시장에서 독과점이라고 비난받을 위험이 있을 때 사용된다. 담배·식품·의약품 등의 포장, 광고에 적정량 이상을 사용하면 건강을 해칠 수 있다는 경고문구를 삽입하는 경우가 그것이다.

기업이 돈 안되는 고객과 거래를 끊어 버리거나 돈 안 되는 업무영역에서 과감하게 철수하는 영업전략 또한 디마케팅이라 한다. 최근 포털업체, 은행, 카드사 등에서 주류를 이루고 있으며 전 산업 분야에 퍼지고 있다.

그동안 회원 모으기에 주력했던 포털업체들은 실제 수익에 도움이 되는 회원에게 차별화되고 고급화된 서비스를 제공하기 위해 회원을 정리하고 있다. 또 카드사들도 잠재부실 가능성이 있는 고객을 퇴출시키고 있으며, 소액 예금에는 이자를 주지 않거나 창구에서는 공과금을 받지 않는 등 최근 은행권의 디마케팅이 활발하다.

기업뿐 아니라 개인의 디마케팅도 등장했다. 채용정보사이트 잡링크에서 최근 석박사 학위 소지자 1천3백26명을 대상으로 조사한 바에 따르면 입사지원서 제출 때 고급자격증 소지 여부를 속여 하향지원한 경우가 70%에 이르는 것으로 밝혀졌다.

모기지론

주택자금 수요자가 은행을 비롯한 금융기관에서 장기 저리자금을 빌리면 은행은 주택을 담보로 주택저당증권(MBS)을 발행, 이를 중개기관에 팔아 대출자금을 회수한다. 중개기관은 MBS를 다시 투자자에게 판매하고 그 대금을 금융기관에 지급하는 시스템이다.

재정경제부는 모기지론(장기주택담보대출)을 운영할 한국주택금융공사가 2일 공식 출범함에 따라 이르면 오는 22일부터 일반인들에게 모기지론을 공급할 수 있을 것이라고 밝혔다.

주택금융공사가 주택저당채권(MBS)을 팔아 조달한 돈을 낮은 고정 금리로 빌려 주고 10년 이상 장기간에 걸쳐 원리금을 나눠 갚게 하는 제도. 이 제도가 되면 6억원 이상의 고급주택을 빼고 최고 2억원 한도 안에서 집값의 최고 70%까지 대출받을 수 있게 된다.

재경부는 아파트의 경우 월 원리금 상환액이 월소득의 3분의 1을 넘지 않는 선에서 최고 한도까지 대출하게 하고 기존의 단기 주택대출금도 모기지론으로 대환할 수 있도록 했다.

모기지론을 취급할 금융기관은 국민은행, 기업은행, 우리은행, 외환은행,

제일은행, 하나은행, 농협, 삼성생명, 대한생명, 연합캐피탈 등 10개로 잠정 결정됐다. 은행들이 모기지론 업무를 대행하고 받는 수수료는 대출액의 0.5% 선이 될 것으로 알려졌다.

무상증자

실질적인 증자를 뜻하는 유상증자와는 달리 자본의 구성과 발행주식수만 변경하는 형식적인 증자.

주금의 납입없이 주주총회 결의로 준비금 또는 자산재평가적립금의 전부 또는 일부를 자본에 전입하고 증가된 자본금에 해당하는 만큼의 신주를 발행하여 구주주에게 소유주식에 비례하여 무상으로 배정교부하는 증자방법. 재원의 대부분은 자산재평가적립금 및 주식발행초과금이다.

무상증자는 정관에 따로 정한 경우를 제외하곤 이사회 결의가 있어야 하며, 배당기산일은 결의일 또는 사업연도 개시일로 정할 수 있다.

무어의 법칙

새로이 개발되는 메모리 칩의 능력은 18~24개월에 약 2배가 된다'는 기술 개발 속도에 관한 법칙, 무어법칙은 세계 최대 반도체업체인 인텔의 공동 창업자인 고든 무어(76) 박사가 1965년 4월 19일자 일렉트로닉스(Electronics) 잡지에 "반도체의 정보 기억량은 18개월마다 배로 증가할 것"이라고 예견하면서 탄생했다.

집적 밀도의 진전 속도를 초소형 연산처리장치(MPU)에 적용한다면 1개의 MPU에 집적된 트랜지스터 수는 18개월마다 2배가 된다는 것이다. 한 개의 칩에 트랜지스터의 수가 많을수록 더 많은 출력과 성능을 낼 수 있다는 것을 의미한다. 실제로 인텔사는 1985년에 발표한 MPU 'i386DX'의 27만5천개 트랜지스터에서 1996년 5월에 발표된 MPU '펜티엄 프로'의 550만개 트랜지스터에 이를 때까지 이 법칙을 실증하여 집적 밀도를 높였다.

세계 반도체 시장의 법칙으로 자리잡은 무어의 법칙이 4월19일 탄생 40주년을 맞는다. 인텔사는 무어법칙 탄생 40주년을 맞아 지난주말 일렉트로닉스 잡지 원본을 1만달러에 사겠다고 발표하는 등 다양한 행사를 계획하고 있다.

바람냉각지수(Windchill index; WCI)

체감온도를 구하는 방식은 전세계적으로 여러가지 있으나 우리나라는 기온과 바람에 비례하는 바람냉각지수를 응용해 피부의 열손실을 계산하는 방법을 가장 많이 쓴다. 체감온도는 기상청의 통신정보시스템으로 자동계산돼 기상청 인터넷홈페이지(www.kma.go.kr)를 통해 광역예보구역별로 제공되고 있다.

바람냉각지수는 Siple과 Passel이 1945년 발표한 것으로 기온과 풍속으로 산출되는 종합적인 냉각력을 말한다. 이때 피부온도는 33℃라고 보고 구한다. 냉각력의 변화가 가장 큰 것은 무풍으로부터 초속 2m의 사이이고, 초속 9~13m이상이 되면 냉각력의 변화는 매우 적어진다.

바람냉각지수(WCI)가 800일때는 방한복 등 보통의 예방 수단을 강구하면 쾌적하게 지낼 수 있다. 지수가 900이면 추움, 1100이면 매우 추움, 2100이면 1분내 동상 등을 나타낸다. 따라서 지수가 1000을 넘으면 스키나 여행을 떠나는 것은 무리가 뒤따른다.

바람냉각지수는 겨울철 실외작업을 하는 사람에게 큰 도움을 준다.

바이러스 마케팅

네티즌간의 구전(口傳)효과를 이용한 신종 판촉기법. 인터넷 이용자들 사이에서의 확산효과를 노린 마케팅 기법으로 고객이 또 다른 고객에게 사이트를 소개하도록 하는 것, 온라인 매체를 타고 네티즌들의 PC로 옮겨다니는 컴퓨터 바이러스처럼 강력한 전파력을 구사한다고 해서 붙여진 이름이다.

대중매체를 통해 다수에게 무차별 전해지는 기존 마케팅과 달리 한번 이용해본 소비자가 주위 사람들에게 직접 전파하도록 유도하기 때문에 기하급수적인 파급효과를 볼 수 있다.

밤비노의 저주

밤비노의 저주'라는 말이 미국 프로야구 보스턴의 팀 역사를 대변하고 있다. 1901년 창단한 보스턴은 1910년대만 해도 메이저리그 최강의 전력을 자랑하는 구단이었다. 총 5차례의 월드시리즈 우승 가운데 1910년대에만 4차례 우승의 위업을 달성했다. 그러나 전설적인 홈런왕 베이브 루스를 몰라보고 뉴욕 양키스에 헐값으로 팔아치운 뒤로는 1920년대 이후 지금까지 한 번도 천하를 제패하지 못했다.

호사가들은 그 일을 두고 '밤비노의 저주'라고 말한다. '밤비노'는 갓난아기(베이브)를 뜻하는 이탈리아어로 베이브 루스의 애칭, 한편, 시카고 컵스의 경우도 애완염소와 같이 온 관중이 경기장에 입장하지 못하자 퍼부은 염소의 저주'가 작용한 것이라고 한다.

미국 프로야구 2004년 아메리칸리그 챔피언십시리즈에서 보스턴이 뉴욕 양키스에 3연패뒤 내리 4연승을 하며 월드시리즈에 올랐다. 이로서 보스턴은 내셔널리그 챔피언십시리즈 세인트루이스와 휴스턴의 승자와 월드시리즈 우승자를 가리게 돼 과연 보스턴이 밤비노의 저주를 풀수 있을지 관심이 모아진다.

배당성향

회사가 법인세를 공제한 후 당기순이익을 어느 만큼 배당금으로 지급하느냐를 백분율로 나타내는 것으로 사외분배율 또는 배당지급률이라고도 한다. 무리를 해서 고율배당을 하는 경우도 있기 때문에 배당률만으로는 회사의 배당지급능력 여하를 알 수가 없다. 투자가들이 배당률보다 배당성향에 주목하는 이유도 이 때문이다.

한 회사의 배당성향이 높을수록 배당금이 많아져서 재무구조 악화요인이 되며 배당성향이 낮을수록 사내유보율이 높아져 배당증가나 무상증자의 가능성이 높아진다.

또 회사의 당기순이익이 큰 경우 배당성향이 낮아지고, 불황일 때에는 배당성향이 높아지는 경향이 있다. 회사업종이 성장업종인 경우에는 사내유보를 강화하여 배당성향이 낮아지고 성숙업종은 반대현상이 발생한다. 따라서 배당성향 그 자체보다는 배당성향의 추세를 파악하는 것이 중요하다.

최근 코스닥증권시장은 코스닥기업들의 정기주총 내용을 중간집계한 결과 배당을 결의한 기업은 전체 512개사 중 51.9%인 266개였으며 배당성향은 30.26%로 2001사업연도 전체 배당기업의 배당성향 35.02%에 비해 감소했다고 밝혔다. 반면 소액주주 기준 주당배당금은 276.9원에서 277.8원으로 소폭 증가했다.

한국배당주가지수 (KODI; Korea Dividend Stock Price Index)

국내 주식시장의 장기수요 기반을 확충하고 배당을 통한 주주중시경영 기업문화 확산을 유도하기 위해 증권거래소가 도입한 제도, 증권거래소는 배당실적이 좋은 상장기업의 주가 흐름을 한눈에 알아볼 수 있는 한국배당주가지수를 7월 21일부터 도입한다고 밝혔다. 배당지수는 시가총액의 단순평균인 종합주가지수(KOSPI)나 업종대표 종목 200개로 구성된 KOSPI200 지수와는 달리 배당을 잘하는 기업으로 구성된다. 배당지수에 편입되는 종목은 50개로, 2001년 7월 2일 지수 1000을 기준으로 산출된다.

배당지수 종목은 KOSPI 200 편입종목 가운데 일정수준 이상의 수익성과 시장대표성, 유동성을 원칙으로 주기적으로 배당하고 있는지를 나타내는 안정배당지표와 배당성향(당기순이익 중 배당금 비율), 배당수익률(주가 대비 배당금) 등 3대 배당지표를 비교해 선정됐다.

삼성전자. SK텔레콤 등 22개 종목은 KOSPI 50과 겹치지만 LG애드, 빙그레, 대림산업, 삼양사, 신도리코, 제일기획, 풍산, 호텔신라 등은 배당지수에만 들어있는 종목들이다. 시가총액이나 거래량이 KOSPI 50 기준에 못미치지만 배당실적으로는 상위 50위에 포함된 것이다. 시가총액상위 10개 종목 중에서는 국민은행, 우리금융, 한국전력 등 3개사만 제외됐다. 배당지수 구성종목은 매년 7월 최초 매매거래일에 정기적으로 변경된다.

벌처펀드(Vulture Fund)

부실자산을 싼값으로 사서 가치를 올린 뒤 되팔아 차익을 내는 투자기금이나 회사. 벌처란 썩은 모기를 먹는 독수리를 뜻한다.

벌처 펀드를 이용한 M&A는 M&A의 특수한 유형으로서 부실기업 자산을 싸게 사들인 뒤, 인원감축과 자산매각 등 구조조정을 실시하여 경영을 정상화한 다음 다시 기업을 되파는 펀드를 말한다. 벌처 펀드는 파산기업의 채무증권 등을 값싸게 매입해 주요 채권자가 되고 난 후 파산기업을 경영해 회생시킴으로써 자본차익을 남기는 것을 목적으로 한다. 부실기업을 회생시키는 데는 평균 3년 정도가 소요된다.

사모(私募)펀드

불특정 다수의 일반 투자자를 대상으로 널리 판매되는 공모펀드와 달리 30명 이하 소수 투자자의 돈을 모아 만드는 펀드.

공모펀드가 아무에게나 파는 기성복이라면 사모펀드는 소수 고액투자자에게만 파는 맞춤복이라 할 수 있다.

사모펀드는 운용에 대한 제한이 별로 없이 자유롭게 운용할 수 있는게 특징이다. 소수의 투자자로부터 모은 자금을 주식과 채권 등에 운용하지만 이익이 발생할 만한 어떠한 투자대상에도 투자 가능하다.

비공개로 투자자를 모집해 자산가치 저평가된 기업에 자본 참여한뒤 기업

가치를 높인 다음 기업주식을 되파는 전략를 취한다.

사모 펀드는 여러 가지 규제가 완화돼 있어 M&A의 유용한 도구로 활용되기도 한다. 예를 들어 펀드 자산의 100%를 한 종목에만 집중 매수할 수 있다. 공모 펀드는 위험관리상 동일 종목에 10% 이상 투자할 수 없는 반면 사모 펀드는 이같은 규정이 없다.

내년부터는 누구나 영화펀드, 뮤지컬펀드, 책펀드, 연극펀드 등과 같은 소형 펀드를 만들어 운용할 수 있고, 투자자들은 소형 펀드들에 가입해 돈을 벌 수 있다.

정부는 최근 경제정책조정회의를 열어 '자산운용업 규제완화 방안'을 확정했다. 이에 따르면 여러 회사의 펀드상품을 한꺼번에 모아 파는 펀드판매 전문 중개회사가 허용되고, 자산운용사가 아니더라도 누구나 10억~20억원의 소규모 사모 펀드는 설립·운용할 수 있게 된다. 인터넷을 통한 펀드 가입도 가능해진다.

사보타주(Sabotage)

고의적인 사유재산 파괴나 태업 등을 통한 노동자의 쟁의행위, 프랑스어의 사보(sabot:나막신)에서 나온 말로, 중세 유럽 농민들이 영주의 부당한 처사에 항의하여 수확물을 사보로 짓밟은 데서 연유한다.

우리나라에서는 흔히 태업으로 번역하는데 실제로는 태업보다 넓은 내용이다. 태업은 파업과는 달리 노동자가 고용주에 대해 노무제공을 전면적으로 거부하는 것이 아니라 형식상으로는 취업태세를 취하면서 몰래 작업능률을 저하시키는 것을 말한다.

사보타주는 이러한 태업에 그치지 않고 쟁의중 기계나 원료를 고의적으로 파손하는 행위도 포함한다.

사회안전망

넓은 의미로 실업 · 질병 · 노령 · 빈곤 등 사회적 위험으로부터 국민을 보호하기 위한 제도적 장치를 말한다. 즉 국민연금, 의료보험, 실업보험 및 산재보험의 4대 사회보험과 사회부조를 포괄하는 말이다.

우리나라에서도 1997년 IMF이후 실업자 수가 급증하자 정부가 최소한의 생계를 유지할 수 있도록 해 주는 '사회안전망(Social Safety Net)'을 구축해야 한다는 사회적 요구가 일어나기 시작했다.

이에 따라 정부에서는 국민들을 국민연금·건강보험·실업보험·산재보험 등에 의무적으로 가입하도록 해 만일의 상황에 대비하고 있으며, 의료보호·공공근로 등의 제도를 통해 극빈층의 생계를 지원하고 있다.

사회안전망은 그동안 사용해 온 '사회보장'이나 '사회복지'란 용어를 대신하고 있다.

상계관세(compensation duty)

수출국이 특정수출상품에 장려금이나 보조금을 지급, 수출상품의 가격경쟁력을 높일 경우 수입국이 그 보조금액 만큼의 관세를 부과하는 것으로 상쇄관세라고도 불린다.

수출국에서 보조를 받은 상품이 수입돼 국내 산업이 피해를 입을 경우 이같은 제품의 수입을 억제하기 위해 상계관세가 발동한다. 결국 상계관세는 외국의 산업장려정책이나 수출촉진정책에 입각한 부당경쟁으로부터 국내 산업을 보호키 위해 부과된다.

관세 및 무역에 관한 일반협정(GATT)에서는 수출국에서 지원한 보조금을 상쇄하도록 상계관세 부과를 인정하고 있다. 상계관세의 부과요건은 해당 제품의 생산 및 수출에 대해 장려금, 보조금 등이 지급됐고 자국의 기존 산업이 실질적 피해를 입었거나 피해를 입을 우려가 있는 경우 등이다. 또 수입국의 국내 산업에 직접적인 피해가 없더라도 제3국(GATT 가입국에 한함)의 수출

산업이 피해를 입으면 상계관세 부과가 인정된다.

최근 미 상무부는 하이닉스반도체가 출자전환이나 채권만기 연장조치를 받은 것을 보조금으로 간주, 44.71% 상계관세를 부과키로 하는 것을 주요 내용으로 하는 최종판정결과를 발표했다.

상속·증여세 완전포괄주의

세법에 명백한 과세 규정이 없더라도 사실상 상속이나 증여로 볼 수 있는 모든 거래에 대해 세금을 물릴수 있도록 제도를 말한다.

이에 비해 현행 세법이 채택하고 있는 유형별 포괄주의는 부동산, 현금, 주식 등 세금을 부과할 수 있는 14개 유형을 법률에 정해 놓고 그 유형에 속하는 각종 상속·증여 행위에 대해서만 세금을 부과하고 있다.

완전 포괄주의가 새로 도입되면 상속·증여세 부과요건이 크게 완화돼 부유층의 변칙·탈법적인 상속·증여가 불가능해지는 셈이다. 그러나 완전 포괄주의가 도입되더라도 실제 적용을 받는 계층은 극소수에 그칠 것으로 보인다. 상속 · 증여하려는 재산이 '재벌 수준'에 이르는 경우에만 해당될 것이란 전망이다.

대통령직 인수위원회는 상속·증여세 완전포괄주의 제도 도입을 위한 법률 개정안을 올 정기국회에 상정하는 방안을 추진키로 했다.

상장지수펀드(ETF; Exchange Traded Funds)

주가지수를 펀드로 만들어 주식처럼 사고파는 상장지수펀드(ETF)가 10월 14일 도입된다. 코스피 200과 같은 특정 주가지수의 수익률을 따라가는 지수 연동형 펀드를 만든 뒤 이를 사고 파는 상품, 즉 목표주가지수 구성종목들로 만들어진 주식꾸러미를 현물로 납부해 펀드를 구성하고 이를 바탕으로 발행된 ETF주권을 거래소에 상장해 일반 주식처럼 거래하는 것이다. 거래는 주식처럼 하지만 성과는 펀드와 같은 효과를 낸다.

ETF는 지수에 투자하는 것이므로 일반투자자가 쉽게 접할 수 있는 뉴스나 신문기사로 투자판단이 가능하다. 즉 개별주식에 투자하면 주식시장 전체 움직임에 따른 위험에 개별종목이 지닌 위험까지 부담해야 하지만 ETF는 주식시장 전체의 위험만 따지면 된다. 개별주식에 투자할때는 보통 3~5개 종목에 한정되기 때문에 위험분산이 어렵다. 그러나 ETF는 주식시장 전체에 투자하는 것과 똑같은 효과를 내므로 소액투자를 통해서도 높은 위험분산효과를 거둘 수 있다. 개별주식을 팔 때는 증권거래세가 부과되지만 ETF에는 거래세가 없는 점도 장점이다. 또 실시간으로 거래되기 때문에 언제든지 원하는 가격으로 사고 팔 수 있다.

우리나라에 도입되는 ETF의 경우 기초자산은 종합주가지수인 코스피가 아니라 시가총액 상위종목으로 업종대표성을 지니는 '코스피 200'과 '코스피 50'이다. 상장된 ETF 1주의 가격은 코스피 200 지수에 100을 곱한 값이고 최소 거래단위는 일반주식처럼 10주이다.

상표가치

상표의 지명도만으로 현재 또는 미래에 거둘 수 있는 이익을 금액으로 환산한 것, 기업의 재무제표와 분석가들의 보고서를 근거로 미래 수익 잠재력을 추산하여 산출, 해당 상표명으로 팔리는 전제품 매출액과 영업이익에 대한 자본투입비율 등을 고려하여 산정한다.

평가방법은 인터브랜드사의 평가가 가장 대표적으로 매년 전세계에 나가있는 직원들이 추천한 1,200개 기업의 리스트를 작성한 후 500개 업체를 선정, 브랜드 상품이 산출하는 수익력을 계산한다.

이익은 지난 3년동안 거둔 평균치를 취하고 금리는 브랜드 이익에서 공제한다.

아웃플레이스먼트 서비스

고용주가 전문 컨설팅업체와 계약을 하고 해고된 직원들의 재취업이나 창업을 지원해주는 프로그램. 비용은 전액 기업이 부담하며 기간은 3~6개월. 단순한 취업알선에 그치지 않고 적성검사와 심리상담, 인터뷰 준비, 이력서 준비 등까지 보조해주는 게 기존 재취업 알선기관과 다른 점이다.

미국 등 선진국의 예에서 보듯 사회적 비용을 최소화하면서 구조조정에 따른 고용조정을 원활히 할 수 있는 방법 가운데 하나이다.

국내 기업 가운데는 포항제철 판매 자회사 포스틸, 한국통신 정도가 아웃플레이스먼트 서비스를 도입했다.

출자총액제한제도

한마디로 대기업들의 '문어발식 사업 확장'을 막기 위해 1987년 도입됐으며 30대 그룹에 속하는 회사가 순자산액(자기자본금액-자기 계열사가 보유한 지분액)의 25%를 초과해 다른 계열사에 출자할 수 없도록 한 제도이다.

정부가 출자총액 제한을 하는 것은 재벌그룹들이 기존 회사의 자금으로 또다른 회사를 손쉽게 설립하거나 혹은 타사를 인수함으로써 기존업체의 재무구조를 악화시키고 무분별한 사업 확장을 방지하기 위해서다. 그러나 계열사가 적대적 M&A에 노출될 수 있는 역기능도 우려된다.

예를 들어 순자산이 1천억원인 대기업 A가 3개 계열사를 가지고 있다면 A사가 3개 계열사에 출자할 수 있는 합계액은 순자산의 25%인 250억원이 전부다. 250억원보다 더 많이 출자하게 되면 공정거래위원회에서 제재를 받는다. 끝까지 이를 어기면 출자액의 10%에 해당하는 과징금을 물어야 한다. 그러나 계열사가 아닌 다른 회사의 주식을 투자목적으로 소유하는 것은 제외된다. 도입 당시에는 출자한도를 순자산의 40% 이내로 정했으나 94년에 25%로 강화됐다. 98년에는 IMF 외환위기로 아예 폐지됐다가 대기업들의 계열사에 대한 내부지분율이 증가하는 등 부작용이 일어남에 따라 2001년 4월부터 전격 재시행됐다.

당시 김진표 경제부총리는 SK지분 대량 매입과 관련, 경영권 방어수단 차원에서 출자총액제한제도를 보완할 뜻을 밝혔다.

카지노 자본주의(Casino Capitalism)

정보통신기술의 발달로 국제 금융시장이 통합되면서 나타나는 자본주의의 부정적 측면을 가리키는 말, 영국의 경제학자 수전 스트레인지가 사용한 말로 투기자본이 세계 경제를 교란시키는 것을 도박판에 빗대 표현했다. 실물 경제보다 머니 게임에 더 많은 관심을 기울이는 현상을 비판적으로 표현하기도 하고, 투기성이 강한 주식시장의 한탕주의에 빠져 건전한 근로정신을 상실하는 것은 바람직하지 않다는 의미를 지니고 있기도 하다.

국경없이 넘나드는 자본의 흐름은 앞으로도 더욱 거세질 것이 분명하며 카지노 자본주의도 더욱 기승을 부릴 것으로 전망된다. 최근 수년동안 세계 경제는 이미 각종 파생상품을 둘러싼 헤지펀드들의 투기적 움직임이 몰고온 엄청난 영향력을 여러 차례 목격했다. 지난 92년 유럽의 통화위기, 95년 멕시코 금융위기, 97년 아시아 외환위기 등이 대표적인 사례. 카지노 자본주의의 희생양은 금융시스템이 제대로 갖춰지지 않은 나라인 경우가 대부분이다.

컨캐시바이아웃(Cash Buy-Out; CBO)

채권현금매입 또는 채권할인매입으로 번역되며 기업구조조정 과정에서 채권단 공동관리에 참여하지 않는 금융기관의 채권을 일정비율로 현금으로 매입하는 것을 말한다. 예를 들어 공동관리에 참여하지 않는 채권기관이 30%의 매입률로 캐시바이아웃을 희망할 경우 3천억원만 현금으로 회수하고, 나머지 7천억원의 부채는 탕감하게 된다. 캐시바이아웃이 이뤄지면 해당기업은 탕감되는 규모만큼 채무면제이익이 발생한다.

캐시바이아웃은 채권액의 상당 부분을 털어내므로 회수율이 매우 낮고 당장 손실로 잡힌다는 점에서 꺼리는 채권자들이 많지만 일부나마 현금을 즉시 손에 쥘 수 있다는 게 장점이다. 채권을 주식으로 출자 전환할 경우 회사가 정상화돼 주가가 오르거나 상환 능력이 생기면 회수율이 상당히 높아져 유리하지만 상황이 좋아진다는 확신이 없는 데다 자칫하면 추가 출자 등의 부담도 져야 하기 때문이다.

최근 SK 글로벌 사태의 처리 방향이 논의되는 과정에서 캐시바이아웃이라는 용어가 자주 등장하고 있다.

SK 글로벌의 경우 국내 채권자들은 캐시바이아웃을 선택하면 청산가치(25.9%)보다 약간 많은 채권액의 30%, 해외 채권자들은 30~38%를 현금으로 받고 나머지 빚은 탕감하게 된다.

SK 글로벌 입장에서는 캐시바이아웃을 처리하고 남는 70%는 채무 면제 이익으로 잡혀 부채 감축과 자본 잠식 해소 등에 도움이 되기 때문에 적정 규모의 신청이 들어오기를 기대하고 있다.

캐시카우(Cash Cow)

우유가 아닌 현금을 짜내는 젖소, 즉 기업에 막대한 현금을 제공해주는 상품이나 사업분야를 의미한다.

1970년대 초반 미국에서 잘 나가던 경영자문회사 BCG(보스턴컨설팅그룹)가 성장은 완만하지만 시장에서 강세를 유지하는 흑자사업을 지칭해 만들어낸 조어. 한번 사와서 키우기만 하면 추가비용 없이도 지속적인 수익을 올릴 수 있는 암소를 비유했다.

우리나라의 경우 60년대 가발, 70년대 신발·섬유, 80년대 철강·기계, 90년대 이후는 자동차와 반도체가 수출로 외화를 벌어들이는 '캐시 카우' 산업이었다. 최근 미국의 한 경제주간지에서는 캐시카우를 재창조해내는 뼈를 깎는 노력을 기울이지 않을 경우 경쟁자에게 덜미를 잡힐 수 있으며, 이는 곧 영원한 캐시카우는 없다고 보도해 주목을 주목을 끌었다.

예를 들어, 세계 휴대폰 시장에서 상위를 다투는 기업들이 감성적인 디자인과 다양한 기능으로 무장한 후발주자에게 뒤집힌 것이 대표적인 사례다.

이 때문에 회사 내에서 이미 성공했다고 평가되며 안정적인 수입원으로의 역할을 하지만, 더 이상 성장성을 기대하기는 어려운 분야이다. 그래서 기업은 새롭게 성장을 견인할 차기주자, 새로운 캐시카우를 찾아 나선다.

컨슈머 리포트

미국의 소비자 전문지인 컨슈머 리포트는 소비자들에게 제품정보를 제공, 올바른 구입을 권유하기 위해 미국 소비자 연합회에서 발간하는 것으로 공정성·신뢰성면에서 최고 수준으로 인정받고 있다. 매월 품목을 하나씩 선정, 그 제품을 생산한 주요 업체별로 비교평가를 실시함으로써 유통업계는 물론이고 소비자의 구매결정에 중요한 영향을 미치는 것으로 알려져 있다.

처음에는 우유, 비누 등 생필품 테스트 결과를 실은 24쪽짜리 흑백잡지였으나 현재 80여쪽으로 분량이 늘었다.

코레스 계약

외국환은행이 세계 여러 은행과 외국환 업무 전반에 걸쳐 맺는 계약을 말하며 환거래계약이라고도 한다. 외국과의 무역이나 자본거래에 있어서 각국의 은행이 자국거래 당사자들의 의뢰를 받아 송금해주는 등의 일을 하게 되는데 이러한 업무를 서로 추진키로 은행간에 상호계약을 맺는 것을 코레스 계약이라고 한다. 이러한 상호계약이 체결된 은행을 환거래은행 또는 코레스은행이라고 한다.

코레스계약을 체결하기 위해선 거래쌍방 은행들은 대상점포, 취급업무의 종류, 거래통화의 종류, 대금결제방법 등에 관해 협약을 맺어야 하며, 서명부 거래조건 및 제수수료, 표준암호 등 거래를 위한 각종 문서를 교환해야 한다.

우리나라의 거의 모든 은행이 세계 각국의 은행과 코레스계약을 맺고 있다. 특히 국내 시중은행들은 북한과의 본격적인 교류에 대비해 북한의 대성은행과 코레스계약 체결에 적극적으로 나서고 있다.

● 코리안페이퍼

해외시장에서 거래되는 한국관련 증권을 총칭한다. 한국물이라고도 불리며 한국기업들이 해외에서 발행한 해외주식전환사채(CB), 주식예탁증서(DR), 기업어음(CP) 등이 모두 포함된다.

코리안 페이퍼는 한국증시가 외국인에게 처음 개방되던 1987년까지만 해도 없어서 못 팔 정도로 인기를 끌어 프리미엄이 붙어 거래되는 것이 보통이었으나 점차 인기가 낮아져 정크본드(쓰레기채권)로 분류되는 형편없는 대우를 받았다. 코리안 페이퍼는 국가 신용도에 따라 거래될 때 프리미엄이나 가산금리가 붙게 되는 것이 보통이다.

● 콜금리

주로 은행 · 보험 · 증권업자간에 이뤄지는 초단기 대차(貸借)에 적용되는 금리, '부르면 답한다'는 의미에서 '콜'이라고 부른다. 금융기관들도 영업활동을 하다보면 자금이 남을 수도 있고, 급하게 필요한 때도 있다.

금융회사끼리 남거나 모자라는 자금을 30일 이내에 초단기로 빌려주고 받는 것을 '콜'이라 부른다. 이때 적용되는 금리가 바로 '콜금리'다.

콜시장에서 자금을 공급하는 측을 콜론, 수요자측을 콜머니라고 부르며 쌍방간 거래를 중개해주는 콜중개기관이 따로 있다. 콜금리는 금융기관간 적용되는 금리이지만, 우리나라의 경우 사실상 한국은행의 콜금리 목표수준에 의해 크게 영향받고 있다. 한국은행 금융통화위원회가 매달 한 차례씩 정례회의를 열고 그 달의 통화정책 방향을 정한다. 경기과열로 물가가 상승할 가능성이 있으면 콜금리를 높여 시중자금을 흡수하고, 경기가 너무 위축될 것 같으면 콜금리를 낮추어 경기활성화를 꾀한다.

한국은행 금통위는 12월중 콜금리 목표를 3.75%로 0.25%포인트 인상했다. 지난 10월 3.25%에서 3.5%로 0.25%포인트 올린 지 두달 만이다.

크레디트 뷰로(CB)

금융거래를 하는 모든 개인의 신용정보를 집중·관리하고 이를 가공해 최종적으로 점수화한 뒤 각 회원(은행·카드사·캐피털)에 제공하는 기관. 즉 회원사들은 자사에 모인 개인고객의 모든 신용정보를 CB에 집중시켜주고 CB는 회원사들로부터 취합된 정보를 관리하고 가공해 다시 회원사에 나눠주는 시스템이다. 개인의 신용정보가 점수로 낱낱이 매겨져 모든 금융회사에 통고돼 관리되면 금융회사 입장에서는 개인의 신용도를 제대로 파악할 수 있어 대출 리스크를 줄일 수 있게 된다. 그러나 개인신용정보 공유과정에서 외부유출 및 사생활침해가 일어날 가능성이 있어 법 제도적인 개인신용정보 보호장치가 마련돼야 할 것으로 보인다. 또 일부 대형 금융회사들이 자사 고객 정보의 유출을 두려워하고 있어 난항이 예상된다.

(양자간)투자협정(BIT; Bilateral Investment Treaty)

두 나라간 투자에 있어 내 · 외국인을 구별하지 않고 똑같은 권리를 부여하기 위해 맺는 협정을 의미한다.

외국인 투자의 보호와 규제를 위해 자본 유입국과 투자국간에 체결된 협정을 말하며 현재 전세계적으로 약 330개의 협정이 체결돼 있다.

외국인 투자가를 내국인과 동일하게 대우해 주기 위해 각종 법적 규제를 없애 궁극적으로 협정 체결 국가간 자유로운 투자를 보장하는 것을 목표로 삼고 있다. 투자협정이 체결되지 않으면 해당국에서 외국인의 투자자금을 몰수하거나 송금을 제한하는 등의 조치를 내려 손실을 보게 되는 극단적인 상황도 맞이할 수 있다. 투자협정은 이러한 위험으로부터 법적인 안전 장치를 마련해 주는 것이다.

다만 국방이나 농업 등 자국 산업을 보호하기 위한 분야는 해당 부속서를 통해 유보조항으로 규정, 투자 자유화 대상에서 제외한다. 이에 반해 자유무역협정(FTA;Free Trade Agreement)은 관세나 물량제한 등 무역거래에 대한 규제를 완전히 없애자는 국가간 합의. 이것은 투자협정 단계를 넘어선 완전자유경쟁체제에 돌입하는 것으로 사실상 공동 경제권에 놓임을 뜻한다. 현재 칠레와 자유무역협정 체결을 추진중이다.

재경부는 한·미 BIT체결에 걸림돌이 되고 있는 스크린쿼터 문제를 분리해 별도 논의하는 방안을 추진키로 했다.

파리클럽

1956년 7월에 아르헨티나의 외채조정을 위해 파리에서 개최된 채권국가들의 회의를 계기로 형성된 주요 채권국회의, 협정이 파리에서 이뤄져서 파리클럽이라고 부른다. 파리클럽은 채무 불이행 국가에 대해 채무지불 방식과 일정을 조정하고 있으며 프랑스 재무국장이 의장을 맡아 IMF(국제통화기금), BIS(국제결제은행)와 연락을 취하면서 특정국의 공적채무(정부채무 및 정부보증부 채무)의 반환에 대해 협의한다. 최근 이라크 전후 재건을 둘러싸고 미국과 러시아, 프랑스, 독일 등 전쟁 반대국 사이에 갈등이 심화되고 있다. 미국이 독일, 러시아, 프랑스에 이라크에 대한 채권 포기를 요구하자 이들 국가는 오는 6월 파리클럽에서 논의하자고 대응하고 있다.

한국배당주가지수 (KODI; Korea Dividend Stock Price Index)

국내 주식시장의 장기수요 기반을 확충하고 배당을 통한 주주중시경영 기업문화 확산을 유도하기 위해 증권거래소가 도입한 제도이다.

증권거래소는 배당실적이 좋은 상장기업의 주가 흐름을 한눈에 알아볼 수 있는 한국배당주가지수를 7월 21일부터 도입한다고 밝혔다.

배당지수는 시가총액의 단순평균인 종합주가지수(KOSPI)나 업종대표 종목 200개로 구성된 KOSPI200 지수와는 달리 배당을 잘하는 기업으로 구성된다. 배당지수에 편입되는 종목은 50개로, 2001년 7월 2일 지수 1000을 기준으로 산출된다.

배당지수 종목은 KOSPI 200 편입종목 가운데 일정수준 이상의 수익성과 시장대표성, 유동성을 원칙으로 주기적으로 배당하고 있는지를 나타내는 안정배당지표와 배당성향(당기순이익 중 배당금 비율), 배당수익률(주가 대비 배당금) 등 3대 배당지표를 비교해 선정됐다.

삼성전자, SK텔레콤 등 22개 종목은 KOSPI 50과 겹치지만 LG애드, 빙그레, 대림산업, 삼양사, 신도리코, 제일기획, 풍산, 호텔신라 등은 배당지수에만 들어 있는 종목들이다. 시가총액이나 거래량이 KOSPI 50 기준에 못미치지만 배당실적으로는 상위 50위에 포함된 것이다. 시가총액 상위 10개 종목중에서는 국민은행, 우리금융, 한국전력 등 3개사만 제외됐다. 배당지수 구성종목은 매년 7월 최초 매매거래일에 정기적으로 변경된다.

핫머니(Hot Money)

국제금융시장을 돌아다니는 유동성 단기 자금, 핫머니에는 각국의 단기금리 및 환율 차이를 이용하여 단기 차익을 올리기 위한 투기를 목적으로 하는 것과 국내 정치정세의 불안이나 통화 불안을 피하기 위한 자본도피 목적으로 이뤄지는 것이 있다.

핫머니는 자금 이동이 일시에 대량으로 이뤄지며, 유동적인 형태를 취하는 특징이 있다. 따라서 이와 같은 현상은 자금 유출국에 있어서 국제수지의 악화, 환율의 하락, 통화불안의 증대 등 경제적인 균형을 파괴시킨다. 뿐만 아니라 자금 유입국에도 과잉 유동성에 의한 인플레이션 압력 등의 영향을 끼친다. 홍콩의 신문들은 5일 핫머니가 중국의 위앤(元)화 평가절상을 노리고 중국으로 유입되고 있다고 보도했다.

해양의 경계

IHO(국제수로기구)가 발간하는 '해양의 경계'는 세계 각 바다의 명칭 결정에 주요한 근거자료로 활용되고 있는 일종의 해도(海圖)이다.

지난 1953년 제3차 개정판이 발간된 후 50여년만에 제4차 개정판 발간작업이 진행중이다. IHO는 당초 올해 3월에 제4차 개정판을 내놓을 예정이었으나, 사정상 내년으로 발간일시를 늦춘상태이다. 올해 제4차 개정판에서 동해 병기가 이뤄지지 않으면 향후 40~50년간 '일본해'가 공식명칭으로 계속 사용된다. 정부는 오는 10월까지 다각적인 외교경로를 통해 동해 병기의 정당성을 주장하는 한편 동해 관련 자료를 보강, 개정판 발행에 대비할 방침이다. 그러나 IHO에 많은 분담금을 내는 일본이 '일본해 단독 표기'를 고집하고 있어 해결의 실마리를 찾기는 쉽지 않을 전망이다.

IHO는 우리나라가 일제 치하에 있던 1929년 초판을 발행하면서 동해를 '일본해(Japan Sea)'로 표기한 이후 지금까지 '일본해(Sea of Japan)'라는 명칭을 고수하고 있다.

헤지 펀드(hedge fund)

개인이나 기관투자가들로부터 모은 돈의 이윤을 극대화하기 위해 국제증권 및 외환시장에 투자, 단기이익을 올리는 민간 투자기금. 100명 미만의 투자자들로부터 개별적으로 자금을 모아 카리브해의 버뮤다제도 등과 같은 조세피난처에 거점을 설치하고 자금을 운영한다. 헤지 펀드는 수익이 나는 곳이면 세계 어디든, 주식 · 채권 등 기본적인 금융상품은 물론 선물 · 옵션 · 스왑 등의 파생금융상품, 원유와 같은 1차 상품 등을 가리지 않고 공격적인 형태의 투매를 한다. 헤지펀드는 파생금융상품을 교묘하게 조합해서 도박성이 큰 신종상품을 개발, 이것이 국제금융시장을 교란시키는 하나의 요인으로 지적되고 있다.

세계 금융계를 좌지우지하는 대표적 헤지 펀드는 미국의 조지 소로스가 운영하는 퀀텀 펀드로 우리나라의 주식시장에도 수억달러를 운용하고 있는 것으로 알려지고 있다. 우리나라에서도 1996년 9월 금융기관들로부터 자금을 모아 남아메리카와 동유럽 등 투자하는 위험성이 비교적 높은 신흥시장에 집중 투자하는 헤지펀드가 최초로 생겼다.

생각해 봅시다!!!

칭찬합시다

50년대 미국 위스콘신 대학에서 우수한 문학 지망생들이
두개의 서클을 만들어 활동한 적이 있었다고 합니다.
남학생 중심의 서클에서는 정기적으로 모여 각자의 쓴 소설이나
시의 결점을 가차 없이 비평하면서 창작활동을 하였고,
여학생 중심의 또 다른 서클에서는 서로가 혹평을 피하고
서로 좋은 부분만을 칭찬해 나갔다고 합니다.

10년 후 서로 칭찬하면서 창작활동을 했던 여학생들은
대부분 훌륭한 작가가 되었으나, 비평만 일삼던 남학생들은
전도가 유명한 능력을 갖고 있음에도 불구하고 단 한명도
뛰어난 작가가 되지 ㅁ소했다고 합니다.

부록 4.
기본 상식 용어

- 맥락 효과(Context Effect) : 성실한 사람이 머리가 좋으면 머리 좋은 게 지혜로운 것으로 해석되고 이기적인 사람이 머리가 좋으면 교활한 것으로 해석되는 것, 또는 예쁜 여자가 공부도 잘하면 기특한 거고, 못생긴 여자가 공부를 잘 하면 독한 년이라고 처음에 제시된 정보가 나중에 들어오는 정보들의 처리 지침을 만들고 전반적인 맥락을 제공하는 것.

- 피그말리온 효과(Pygmalion effect) : 피그말리온이라는 사람이 자기가 만든 여자 조각상을 너무도 사랑했기 때문에 그 조각이 진짜 여자가 되었다고 해서 나온 말로, 긍정적으로 기대하면 그 기대에 부응하는 행동을 하게 된다는 것.

- 낙인(stigma)효과 : 피그말리온 효과와는 반대로 나쁜 사람이라고 부정적인 낙인이 찍히면 그 낙인에 걸맞은 행동을 한다는 것

- 위약(placebo)효과 : 밀가루를 알약처럼 만든 플라시보가 약효를 보는 것

처럼 가짜 약이 진짜 약처럼 정신적, 신체적 변화를 일으키는 것.

- 자이가르니크(Zeigarnik)효과 : 연구자의 이름을 딴 것으로 첫사랑은 잊을 수 없는 것처럼 미완성 과제에 대한 기억이 완성 과제에 대한 기억보다 더 강하게 남는 것.

- 후광(halo)효과 : 어떤 사람이 갖고 있는 한 가지 장점이나 매력 때문에 다른 특성들도 좋게 평가되는 것.

- 악마(Devil)효과 : 후광효과와는 반대로 못생긴 외모 때문에 그 사람의 다른 측면까지 부정적으로 평가되는 것.

- 방사(Radiation)효과 : 예쁜 여자랑 다니는 못생긴 남자는 뭔가 다른 특별한 게 있을 것이라고 보는 것처럼 매력 있는 짝과 함께 있을 때 사회적 지위나 자존심이 고양되는 것.

- 대비(Contrast)효과 : 방사 효과와는 반대로 여자들이 자기보다 예쁜 친구와는 될 수 있는 대로 같이 미팅에 안 나가는 것처럼 너무 매력적인 상대와 함께 있으면 그 사람과 비교되어 평가절하되는 것.

- 스톡홀름(Stockholm) 신드롬 : 스톡홀름의 은행 강도에게 인질로 잡힌 여자가 그 강도와 사랑에 빠진 것처럼 왕창 겁을 준 다음에 주는 호의가 더 효과적이라는 것.

- 전위적 공격행동(Displaced Aggression) : 자기 마누라한테 받은 분풀이를 회사에 와서 부하직원에게 푸는 것처럼 처벌을 가한 자에게 공격행동을 하기보다는 다른 대상을 찾아 분노감을 해소하는 것.

- 자기 이행적 예언(Self-Fulfilling Prophecy) : '며느리가 미우면 며느리 발뒤꿈치까지 밉다'고 어떤 사람을 의심하면 하는 짓마다 수상하게 보이고 미워하면 미운짓만 하는 것 같은 것.

- 기대- 가치 이론(Expectancy- Value Theory) : '제 눈에 안경' 혹은 '끼리끼리 논다'는 유유상종이란 말처럼 자기와 함께 할 상대자를 선택할 때 그 상대방의 매력 정도 뿐만이 아니라 그 상대와의 성사 가능성이란 기대 정도도 고려해서 결정한다는 것.

- 욕구-상보성 가설(Need Complementarity Hypotheses) : 기대-가치이론과는 반대로 지배욕구가 강한 사람은 순종적인 사람을 좋아하는 것처럼 서로 상반되는 성향의 사람들이 자신들의 욕구를 보상받을 수 있는 상대와 친해지려고 하는 것.

- 단순접촉의 효과(Effect of simple contrast) : 자주 보면 정이 드는 것처럼 단지 자주 첩촉하는 것만으로도 사람들이 호감을 느끼는 것.

- 초두 효과(Primacy effect) : 만남에서 첫인상이 중요한 것처럼 먼저 제시된 정보가 나중에 들어온 정보보다 전반적인 인상 형성에 강력한 영향을 미치는 것.

- 주의 감소(Attention Decrement) 현상 : 첫인상이 나쁘면 나중에 아무리 잘해도 어려운 것처럼 후에 들어오는 정보에 주의를 기울이는 정도가 줄어드는 것.

- 중요성 절감(Discounting) 현상 : 이기적이라고 생각했던 사람이 갑자기 호의를 보이면 의심하듯이 나중에 들어오는 정보의 중요성은 처음 들어오는

정보에 비해 가볍게 취급되는 것.

- 현저성 효과(Vividness Effect) : 이빨에 고춧가루가 낀 여자는 아무리 예쁘게 생겨도 매력 없는 것처럼 두드러진 특징이 인상형성에 큰 몫을 차지하는 것.

- 부정성의 효과(Negative Effect) : 한번 전과자는 사회에 발붙이기 힘들다고 하듯이 부정적인 특징이 긍정적인 것보다 인상형성에 더 강력하게 작용하는 것.

- 수면자 효과(Sleeper Effect) : 큰 잘못을 해도 시간이 지나면 용서받을 수 있듯이 초기에 제시된 정보도 잠자고 나면 점차 망각되는 것.

- 빈발 효과(Frequency Effect) : 내성적이라고 생각했던 사람도 웃기는 행동을 자주 하면 외향적이라고 생각되듯이 반복해서 제시되는 행동이나 태도가 첫인상을 바꾸는 것.

- 통제감의 착각(Illusion of control) : '사람들은 모두 제 잘난 맛에 산다'고 불행한 사건이 일어날 가능성은 낮게 보고 남들보다 행복한 미래가 기다리고 있다고 생각하는 것처럼 우연에 의해 결정되는 일도 자신이 통제력을 행사할 수 있다고 믿는 것.

- 행위자-관찰자 편향(Actor-Observer Bias) : 운전할 땐 차선의 빨간 불이 길게 느껴지고, 길을 걸을 땐 횡단보도의 빨간 불이 길게 느껴지는 것처럼 똑같은 행동도 자신이 행위자일 때와 다른 사람이 그 행위를 하고 있는 것을 관찰할 때가 서로 다른 것.

- **허구적 일치성 효과(False consensus Effect)** : 바람기 있는 남자는 자기 친구가 업무상 여자를 만나면 바람을 피운다고 추측하기 쉽듯이 객관적인 절차 없이 남들도 자기와 같을 것이라고 짐작하는 것.

- **허구적 톡특성(False Uniqueness)** : 내가 하면 낭만적 로맨스고 남이 하면 주책 같은 스캔들이라고 자신은 남들과 달리 독특한 개성을 갖고 있다고 보려는 것.

- **사회 비교 이론(Social comparison Theory)** : 내가 남들에게 어떻게 보이는가가 항상 궁금하듯이 사람은 의식적 또는 무의식적으로 자신을 타인과 비교하려는 욕구가 있다는 것.

- **단순 보상의 효과(simple Reward effect)** : 사람들이 유명세에 약하듯이 부담스러운 것보다는 보상을 추구하는 성향이 있기 때문에 일단은 강한 자 편에 서고 싶어하는 것.

- **자존심 고양의 효과(self-Esteem Enhancing Effect)** : 유명하고 똑똑하고 힘있는 사람이 내 주변에 많으면 내 자존심이 올라간다고 생각하는 것.

- **발부터 들여놓기 기법(foot-in-the-door Technique)** : 외판사원들이 하는 영업수법으로 작은 요구에 응하게 하여 나중에 큰 요구를 들어주게 하는 것.

- **머리부터 들여놓기 기법(face-in-the-door Technique)** : 어린애들이 엄마에게 우선 비싼 것을 사달라고 떼쓰다가 그것이 안되면 그것보다 좀 싼 것을 사달라고 하는 식으로 무리한 부탁을 먼저 해서 나중에 제시한 작은 요구를 들어주게 하는 방법.

- 내적귀인(Internal Attribution) : '잘되면 내 탓'이라고 자기가 한 일이 성공적인 경우는 자신의 재능이나 노력 등 스스로의 공으로 돌리는 것.

- 외적귀인(External Attribution) : '못되면 조상 탓'이라고 실패한 경우는 타인이나 상황 또는 운으로 탓을 돌리는 것.

- 방어적 귀인(Defensive Attribution) : 실패했을 때는 남의 탓으로 돌려야 자존심이 상하지 않으며, 잘 되었을 때는 자기의 공으로 치부해서 자기의 자존심이 고양되는 것.

- 조건반사(conditioning) : "파블로브의 개'처럼 과거에 경험했던 어떤 자극이 제시되면 그 자극상황에서 나타났던 반응들이 일어나는 것.

- 혐오적 조건 형성(Aversive Conditioning) : 만일 나비가 하수도에서 산다면 나비도 쥐처럼 사람들이 혐오하는 곤충이 되었을 것이라는 상상처럼 더럽고 불쾌한 자극과 짝지어 제시되었기 때문에 어떤 것을 혐오스럽게 생각하는 것.

참고문헌

강인호 외. 『글로벌매너와 문화』. 기문사, 2007.

관광동인회. 『테이블매너와 그 이론』. 형설출판사, 2000.

김정하 외. 『세계여행』. 백산출판사, 2006.

김정하. 『TC 실무』. 기문사, 2006.

데브라 파인 지음, 김미옥 옮김. 『스몰토크』. 21세기북스, 2007.

박준형. 『글로벌에티켓을 알아야 비즈니스에 성공한다』. 북쏠레, 2006.

서대원. 『글로벌 파워 매너』. 중앙북스, 2007,

신정하. 『테이블매너 교실』. 선일문화사, 2000.

원융희. 『국제화 시대를 위한 생활 에티켓』. 홍경, 2000.

이정우 외. 『지구촌 생활문화와 국제매너』. 양서원, 2001.

이정학. 『현대사회와 매너』. 기문사, 2006.

이영희. 『현대인의 생활매너』. 백산출판사, 2005.

이형철. 『글로벌에티켓 글로벌매너』. 에디터, 1999.

정영순 외. 『글로벌매너 요럴땐 요렇게』. 영진미디어, 2007.

최영민 외. 『관광과 세계문화』. 백산출판사, 2008.

초오신타. 『세계의 인사법』. 진선출판사, 2007.

한정혜. 『만화로 배우는 테이블매너』. 김영사, 1998.

http://www.bizforms.co.kr 직장인 예절

http://blog.naver.com/parks9492 감성역량, 감성지수 올리기 현대경제연구원 (2005.4)

http://blog.naver.com/choibria 실천력, 행동력을 높이는 방법 |작성자 최용범

http://www.sorabol.ac.kr/~atone/에티켓강좌/목차.htm

http://blog.naver.com/percefone 관혼상제 예절 익히기|작성자 카엘

네이버, 지식iN – 세계의 성년식 문화, 세계의 결혼 문화, 세계의 매너, 글로벌협상

남양주시청, 친절 서비스 매뉴얼, 2006.

저자약력

최영민
University of Lyon II, France, B.A of Tourism
University of Lyon II, France, M.A of Tourism
University of Surrey, United Kingdom, Tourism Planning and Development, PhD
순천향대학교, 관광경영학과 조교수
현, 숙명여자대학교, 문화관광학과 부교수
한국문화관광학회 편집이사
한국항공경영학회 상임이사
서울시관광진흥위원
서울시공공기술위원회
주식회사 서울시 마케팅 사외이사

김정하
관광학 박사(한양대학교)
(주) 한진관광 전문 TC
(주) 씨에프랑스 한남관광 전문 TC
한국관광공사 조사 연구실
현, 경인여자대학교 관광학부 교수
문화관광부 지정 국외여행인솔자 과정 주임교수
한국컨벤션학회 이사

서 선
관광학 석사(경기대학교)
관광학 박사(경기대학교)
(주)대한항공 여객영업과
현, 인덕대학교 관광레저경영학과 전임강사
관광경영학회 편집위원

허지현
관광학 석사(경기대학교)
관광학 박사(경기대학교)
현, (사)한국관광산업포럼 연구이사
호원대학교, 호서전문학교, 숭실대학교 전산원, 경기대학교, 신흥대학교, 장안대학교 출강

이수진
관광학 석사(경기대학교)
관광학 박사과정(경기대학교)
현, 문화관광여행사 팀장
숙명여자대학교 사이버, 재능대학교, 경인여자대학교, 인덕대학교 출강

사회초년생이 꼭~ 알아야 할

글로벌 비즈니스 상식과 매너

2008년 9월 5일 초판 1쇄 발행
2013년 8월 25일 초판 3쇄 발행

저자 | 최영민 · 김정하 · 서선 · 허지현 · 이수진

발행인 | 진 욱 상
발행처 | 백산출판사
등록 | 1974. 1. 9 제1-72호
주소 | 서울시 성북구 정릉 3동 653-40
전화 | 02)914-1621, 917-6240
팩스 | 02)912-4438

www.ibaeksan.kr
editbsp@naver.com

ISBN 978-89-6183-111-6

값 14,000원